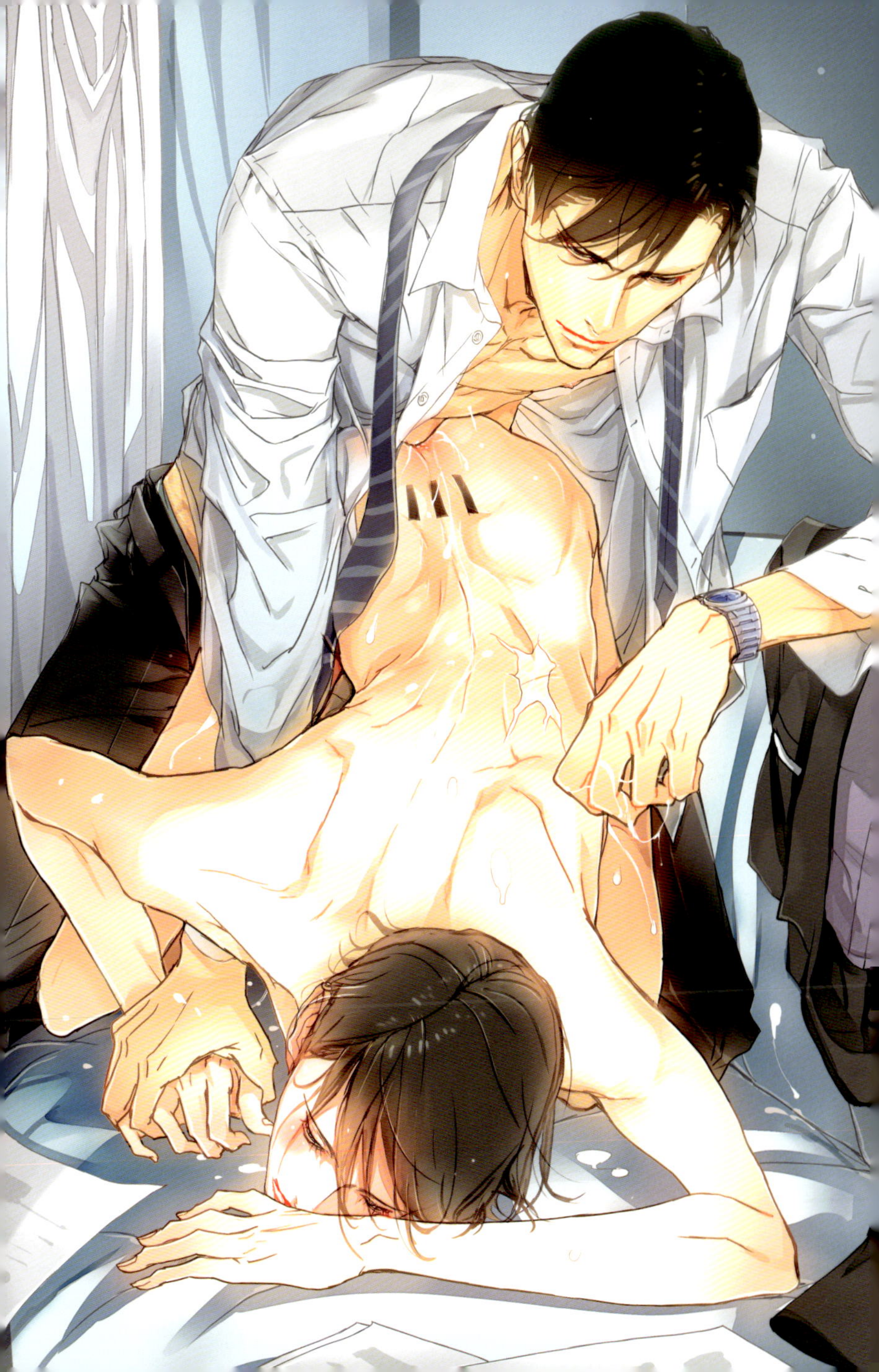

SCRAMBLE
スクランブルメソッド
METHOD

presented
by
Izumi Tanizaki
谷崎　泉

contents

SCRAMBLE METHOD

本作品はフィクションです。
実在の人物・団体・事件などには関係ありません。

イラスト　笠井あゆみ
デザイン　清水香苗（CoCo.Design）

一話　スクランブルメソッド

初恋はいつだった？　そんな質問を向けられて、すぐに答えられる人間は少数派に違いない。必ずしも薔薇《ばら》色だとは限らない思い出を口にするのは躊躇《ためら》われるだろうし、正確にいつなのか、覚えていない場合も多い。幼稚園の頃、一緒に遊んだあの子。小学校の頃、席が隣だったクラスメイト。中学校の頃、初めてつき合い、キスをした相手。そんな明確な答えを返せる人間は、しあわせだとも言える。

音喜多《おときた》はすぐに答えられる少数派に入る。しかし、その思い出は甘酸っぱいというような、生易しい言葉で表現出来るようなものではない。三十半《なか》ばになった今も彼の心の底に眠る思い出は、永遠に消えない深い傷痕《きずあと》のようなものだ。

音喜多にとって初恋の相手は特別で、大切で、誰もその代わりになり得ない、唯一無二の存在だった。思春期に出会った初恋のその人と、音喜多は一生添い遂《と》げるつもりでさえいた。年齢が十近く離れ、相手は大人で自分は少年だったにもかかわらず、経済力さえあれば乗り越えられると考え、どうやったら一緒にいられるのか具体的な計画まで立てていた。

しかし、拠《よ》ん所ない事情から、音喜多の願いは叶えられなくなった。その後、音喜多は大勢の相手とつき合った。全てにおいて生まれつき恵まれ、優れていた音喜多は、関係を持つ相手に不自由しなかった。それが女であろうが、男であろうが、音喜多が望めば手に入ったし、誰もが彼に夢中になった。

それでも音喜多が夢中になれる相手はおらず、三十を迎える頃には、短い時間を共にするだけのゲーム的な恋愛にはとうに飽《あ》きていた。かといって、継続的な関係を結びたいと思える相手にも出会えず、音喜多はその情熱を仕事に向けることにした。その結果、音喜多の資産は増える一方となり、今度は彼自身の魅力だけでなく、その資産目当ての輩《やから》まで集まって来るようになった。

しかし、どんな魅力的な相手であっても、下心を抱き意図的に仕掛けられるラブアフェアはうんざりするものだ。恋愛において、自分は生涯満足を覚えることはないのだろう。そんな風に諦観《ていかん》していた音喜多は、あの日、思いがけない出会いをして、考えてもいなかった状況に陥《おちい》った。

つまり、恋に落ちたのである。


それは九月。夏の影を引きずったような残暑が、まだ東京《とうきょう》を包んでいた頃のことだ。


夏休みが終わり、学生や子供たちがそれぞれの居場所へ戻って行くと、街も本来の顔を取り戻す。少しずつ空気の質が変わっていくのが肌で感じられるせいもあって、秋がより一層、待ち遠しくなる。これでもかと秋の設《しつら》えがなされた展示を見ているせいもあるのだろうかと、音喜多はガラスの向こうにある器《うつわ》をじっと見つめていた。

青山《あおやま》にある美術館で、以前から気になっていた陶磁器《とうじき》コレクションの展覧会が開かれていると聞き、立ち寄った。明治期から昭和初期にかけ、とある財閥《ざいばつ》によって集められた中国や朝鮮の陶磁器はどれもが上質で、今はどれほどの大金を積んでも手に入らないものばかりだ。いや、実際のところ、音喜多はそれに近いものであれば、手に入れられる財力を有している。しかし、対象が何であれ、音喜多は蒐集癖《しゅうしゅうへき》を持っていない。

陶磁器も絵画も、美術館で見ると決めているし、購入したこともない。ただ、何かを綺麗《きれい》だと純粋に思える時間が欲しくて、美術館などにはこまめに足を向けていた。音喜多の前には李氏《りし》朝鮮時代の壺《つぼ》が展示されている。白磁《はくじ》の壺は経年変化により、薄い卵色にも見える。丸みを帯びたフォルムを美しいと思って立ち止まっていた音喜多は、ふと人の気配を感じて左隣を見た。

「……」

音喜多の見ていた壺から、一メートルほど離れたところに展示されている粉引茶碗《こひきちゃわん》を、熱心に見ている男がいた。背が高く、細い。背中に華奢《きゃしゃ》な体軀《たいく》には似合わない、大きなデイパックを背負っている。白いシャツに薄いベージュのカーディガン、黒いズボン。学生の制服みたいな格好だが、年齢は二十代半ばくらいだろう。

緩《ゆる》やかなウエーブを描く髪は長めで、伸びた前髪が額《ひたい》の大半を覆い、目元にまで及んでいる。白い肌が印象的な横顔を見ただけで、音喜多は言葉を失った。一瞬で、二十年以上、過去を遡《さかのぼ》ったような錯覚がした。どうして。そんな言葉さえ浮かんで、音喜多は瞬《まばた》きをするのも忘れて、男を凝視《ぎょうし》していた。

男はそんな音喜多の視線に気付いているのか、いないのか。ガラスぎりぎりにまで顔を寄せて、茶碗を見つめていた。デイパックの持ち手部分を両手で握り、前のめりになっている姿勢は、相当興味があるのだと思わせる。作陶《さくとう》の勉強でもしているのか、骨董《こっとう》好きなのか。そんなことを考えた音喜多はどうでもいいと緩く首を振り、足を踏み出した。

「あの…」

呼びかけられた男は不思議そうに音喜多を見る。彼の顔を正面から目にした音喜多は、大げさかもしれないが、雷《かみなり》に打たれたような衝撃を受けた。まさか。そんな言葉を呑《の》み込むのと同時に、全ての言葉を失くした音喜多は、かなり挙動不審だった。

男は微《かす》かに表情を曇らせ、「何か？」と聞く。音喜多はその問いかけに答えられず、無言で首を横に振ってその場から逃げるようにして立ち去った。

自分から声をかけておきながら、何も言えないほど、音喜多は動揺していた。展示室を出て、廊下のベンチに崩れ落ちるようにして座り込むと、はあと大きな息を吐いて胸を押さえる。それから瞼《まぶた》を閉じ、自分が今さっき目にした姿を思い返した。

夢じゃない。これは現実だ。横顔を見てまさかと思ったが、自分を見た彼の顔は思い出にあるものとそっくりだった。あり得ないというのに、本人ではないのかと目を疑うほどに似ていた。でなければ、ここまで動揺はしない。

はあと息を吐き、目を開ける。彼はまだいるだろうか。ベンチから立ち上がって、展示室を覗《のぞ》いてみると、彼は先ほどの茶碗の前から移動し、別の展示物を熱心に鑑賞していた。音喜多の立ち位置からは、後ろ姿しか確認出来なかったが、近づいて再度顔を見る勇気は出なかった。

その時、既に音喜多の頭には、彼に悪く思われたくないという考えが宿っていた。訝《いぶか》しがられることなく、何者なのかを突き止め、親しくなるにはどうしたらいいのか。大きなデイパックが目立つ後ろ姿を見ながら、必死で策略を巡らす。

自ら特定の人間と親しくなりたいと思うのは、久しぶりで、最後がいつだったのか思い出せないほどだった。しかし、音喜多には自信があった。それまで親しくなりたいと考えた相手と、距離を縮められなかったことはなかった…つまり、振られたことがなかったからだ。

展示物を一つずつ、丁寧に見て回っている彼の姿を、ずっと凝視しながら考えていた音喜多は、とにかくきっかけを得なくてはならないと結論付けた。どう話しかけるのが最善か。やはり彼が熱心に鑑賞している陶磁器の話がいいだろうと決め、意を決して再び展示室へ足を踏み入れる。

それとなく背後から彼に近づき、横に立つ。彼が見ているのは印花《いんか》装飾が施《ほどこ》された四耳壺《しじこ》だった。李氏朝鮮時代の器に興味があるのかと、音喜多が尋ねようとした時だ。

「何か御用ですか？」

「……」

先に彼から尋ねられてしまい、気勢を削《そ》がれる。それでも音喜多は自分を立て直し、予定通りの問いを向けた。

「李氏朝鮮の焼き物がお好きなんですか？」

「いえ。特に好きというわけではありません」

「でも、熱心に見てらっしゃる」

「何にでも興味を覚える質《たち》なので」

「なるほど」

「さっきからずっと僕のことを観察していましたよね？」

「……」

背を向けていた彼に気付かれていないと思っていた音喜多は、微かに眉《まゆ》を顰《ひそ》める。不審者に思われるわけにはいかず、苦しい言い訳を口にした。

「そういうつもりはなかったのですが…、随分熱心に見てらっしゃったので、愛好家の方かと思いまして」

器の話が出来たら嬉しいと考えたのだと、音喜多が言うのを聞き、彼はにっこり笑った。そうだったんですか…と相槌《あいづち》を打ち、音喜多にとっては想定外の台詞《せりふ》を続ける。

「でも、残念ながら愛好家というわけじゃないんです。失礼します」

笑《え》みを浮かべた彼は挨拶《あいさつ》し、さっさと展示室を出て行った。音喜多は自分の読みの甘さを悔い、拳《こぶし》を握り締める。話しかけさえすればきっかけが摑《つか》めるはずだと、お気楽に考えていたのは否《いな》めない。相手が男であれ、自分のような…大抵の人間に二度見されるほどの美丈夫《びじょうぶ》で、高級なスーツを着て、金の匂いを振りまいている男に話しかけられれば、誰もが興味を持って接してくれるはずだという、自信過剰な思い込みがあった。

彼は厭《いや》そうな表情は見せなかったし、笑みを浮かべていたものの、その態度は限りなく素っ気なかった。音喜多は焦《あせ》り、反省し、次の一手を必死で考えた。ここでさよならするわけにはいかない。

笑った彼は…益々《ますます》、似ていた。夢でもいいからあの頃に戻れたらと、未《いま》だに願う音喜多にとっては、逃すことの出来ないチャンスだった。彼に遅れて展示室を出た音喜多は、その姿を捜《さが》して辺りを見回す。大きなデイパックが出口の方へ向かっているのを見つけ、距離を取ってその後を追いかけた。

美術館を出た彼は、足早に歩き始めたが、何処《どこ》へ向かっているのかは分からなかった。最初は駅を目指しているのかと思ったものの、途中で方向を変えたりする。自分が尾行しているのに気付いていて、まこうとしているのかと思ったが、それにしては後ろを窺《うかが》ったり足を速めたりする様子がない。

もしかすると、道に迷っているのかもしれないと思ったのは、街をぐるぐる回った挙《あ》げ句《く》、美術館まで戻って来たからだ。美術館の前で立ち止まった彼は首を傾《かし》げ、背負っていたデイパックを下ろす。

その中からガイドブックらしきものを取り出し、両手で摑んで読み始めた。

「……」

なんと、彼は観光客だったのか。物陰からその様子を窺っていた音喜多は驚き、次の作戦を考えた。偶然を装って声をかけ、道案内を買って出る。それなら自然で、怪しまれないし、彼のことを色々と知るチャンスにも結びつく。

そう考えた音喜多は、別の出入り口から美術館の敷地内へ戻り、立ち尽くしてガイドブックを読みふけっている彼の後ろにある出口から姿を現す…という手間をかけ、接触することにした。

「…あれ？　どうしたんですか？」

今、美術館を出て来たところなのだという風を装い、何気なく声をかける音喜多に、彼は反応しなかった。ガイドブックを読むことに集中しているらしく、微動《びどう》だにしない。声が聞こえなかったのかもしれないと思い、彼の前に回って、音喜多は再度「あの」と声をかけた。

すると、彼が「どうして」と口にする。

「僕の後をずっと尾《つ》けていたのに、偶然会ったような振りをするんですか？」

「……」

彼はガイドブックに視線を落としたままで、顔も上げなかったが、その台詞は音喜多を愕然《がくぜん》とさせるようなものだった。すっかりばれていたのが分かり、どうしたらいいのか分からなくなる。普通の人間であれば恥ずかしくなって、慌《あわ》てて立ち去っていただろう。しかし、音喜多は恥ずかしいという感情に縁のない男だったし、それよりも、何がなんでも彼と知り合いになりたいという気持ちの方が強かった。

「気付いてたなら、教えてくれれば…」

「あなたの目的が分からなかったので」

「……。お茶でもどうですか？」

　これはもう、直接誘うしかないと開き直った音喜多がそう言うと、彼はガイドブックから顔を上げた。にっこり笑い、「いいですね」と同意して本を閉じる。彼が同意してくれたのは音喜多にとっては驚きであり、喜びであった。千載一遇《せんざいいちぐう》のチャンスを逃してはなるまいと、音喜多は早速、近くのカフェへと彼を誘った。


　窓際の席に音喜多と向かい合って座った彼は、店員が置いて行ったメニュウを熱心に読み始めた。先ほど、ガイドブックを手にしていた時と同じく、両手で持って真剣に読んでいたかと思うと、唐突《とうとつ》に手を挙げて店員を呼び寄せる。

「僕はこの…抹茶《まっちゃ》シフォンケーキと、抹茶パフェ、抹茶ババロアにします」

　一人で三つも食べる気なのだろうかと驚きつつ、音喜多は店員にホットコーヒーを頼む。店員がいなくなると、甘い物が好きなのかと尋ねた。

「はい。それに抹茶味のケーキやアイスを食べてみたいとずっと思っていたので。ここはいい店ですね」

　念願叶ったと嬉しそうに言う彼の読んでいたガイドブックが英語で書かれたものだったのを思い出し、音喜多は確認する。

「…日本人じゃないんですか？」

流暢《りゅうちょう》な日本語を話すし、外見は日本人に見えるけれど、もしかすると違うのかもしれない。そんな音喜多の疑問に、彼は微かに首を傾げた。

「国籍はアメリカです」

「……。じゃ、アメリカから？」

「はい」

日本人であることを否定はせず、国籍は…と答えたのには何かしらの理由があるのだろう。そんなことを考えつつ、音喜多はまず自分の名前を告げた。

「自己紹介が遅れて失礼しました。音喜多といいます。あなたは？」

「久嶋《くしま》です」

「久嶋さん…」

名前も合わせて知りたかったが、不審に思われる事態は避けたい。好奇心は出来るだけ抑《おさ》えようと決め、日本を観光しに来たのかとだけ尋ねた。久嶋が観光客であるなら、アプローチのしようは幾らでもある。東京を隅から隅まで案内したっていい。しかし、音喜多の気合いとは別に、久嶋は違うと答えた。

「仕事です」

「仕事…」

久嶋は二十代半ばほどに見えたが、学生だと言われても十分に頷《うなず》けるような容姿《ようし》だった。逆に、働いていると言われても、どんな職種なのか想像がつかない。訝しがられるかもしれないと恐れたものの、どうしても気になって、どういう仕事なのかと聞いた。

「大学で働く予定なんです」

「なるほど」

それなら納得がいく。恐らく、大学院を出たばかりとかで、大学に研究助手などの職を得たのだろう。そんな想像をする音喜多に、久嶋は同じ問いを返した。

「音喜多さんは何をしていますか？」

「俺は…不動産関係の仕事をしています」

「不動産関係？」

「マンションを建てて売ってます」

ざっくりと説明する音喜多に、久嶋はさほど興味がなさそうな顔で「そうですか」と相槌を打った。

そこへ久嶋が頼んだシフォンケーキと音喜多のコーヒーが運ばれて来る。彼は嬉しそうにフォークを握り、大胆にシフォンケーキを半分に切って口へ運ぶ。一口食べて、「美味《おい》しいです」と言って笑う顔は、音喜多にとって懐《なつ》かしくあり、愛おしくあるもので、我を忘れて見つめていた。

音喜多の視線を気にしていない様子で、久嶋はシフォンケーキを食べ続けていたが、皿を空にしたところで、手についたクリームをぺろりと舐《な》めて、「それで」と切り出した。

「音喜多さんは僕の何が気になるんですか？」

「……」

「顔ばかり見ているので…音喜多さんが知っている誰かに似ているのだと思いますが…」

図星《ずぼし》をさされた音喜多は、自分の行動を反省し、「すみません」と詫《わ》びた。変に思われないように自制しなければと思っているのに、久嶋の笑顔が魅惑的過ぎてつい見入ってしまう。音喜多はコーヒーを一口飲んでから、自分の行動を説明した。

「…昔の知り合いに似てるんです…。なので…つい…」

「恋人ですか？」

「いえ」

苦笑して首を振り、音喜多は窓の外を見る。恋人になりたいと願っていたのに、そうなると誓っていたのに、自分の願いは叶わなかった。大切な人だった…とだけ言う音喜多に、久嶋は無言で頷く。新たに運ばれて来たパフェとババロアを同時進行で食べながら、大変美味しいと鼻息荒く賞賛した。

「抹茶味のケーキなどが美味しいと勧めて貰っていたので、試してみようと考えてはいたのですが、こんなに早く出会えるとは思ってませんでしたし、ここまで美味しいとも想像してませんでした。音喜多さんがこの店に連れて来てくれたお陰です。ありがとうございます」

久嶋は真摯《しんし》に礼を言うが、音喜多はそのカフェを選んで入ったわけではなかった。偶々《たまたま》、通りかかったからであり、店に入る際も、メニュウや雰囲気に気を遣《つか》う余裕は音喜多にはなかった。久嶋と話せる機会を逸《いっ》してはならないと、必死だったのである。

それに久嶋はべた褒《ぼ》めするけれど、決して特別な店ではない。甘い物を食べない音喜多には味の判断はつけられないが、見る限り、ごく一般的なスイーツのように見える。音喜多は困惑しながらも、もっと美味しい店は他にあるはずだと伝える。

「そうなんですか？」

「ええ。調べておきますから、今度、一緒に行きませんか？」

「是非《ぜひ》」

久嶋が笑顔で誘いを受けてくれるのは、甘味《かんみ》目当てだと分かっていても、音喜多にとっては喜びだった。初デートを成功させ、次のデートの約束を取り付けられたと浮かれるティーンエイジャーのような心持ちで、音喜多は連絡先を聞いた。

「連絡しますから、携帯の番号を教えて貰えますか？」

「そうしたいのは山々ですが、こちらでも使えるかどうかが分からないので…、メールアドレスでもいいですか？　パソコンは使えると思うので」

「もちろん」

満足げに頷き、音喜多は久嶋が口にするメールアドレスをスマホに打ち込んで、自分の電話番号を教える。そうしながら、ふと、ある疑問を抱いた。こちらでも使えるかどうか分からないというのは、アメリカで使っていた携帯が、という意味だろう。まだ手続きを済ませていないということは…久嶋は、最近日本に来たばかりなのだろうかと不思議に思い、尋ねてみると、驚くような答えが返って来る。

「はい。午前中に成田《なりた》に着いたばかりです」

「!!　じゃ…成田からあの美術館に直行したんですか？　それほど見たかった展示品が？」

「いえ。何処に行こうかと思って…ガイドブックを適当に開いたら、あそこが出たので」

「……」

そんな理由で…と呆《あき》れると同時に、あそこで久嶋に出会えたのは天文学的確率だったのだと、音喜多は密かに感動した。音喜多自身、今日、美術館を訪れたのは偶々、スケジュールが空いたからであり、予定していたわけではなかった。

お互いの気持ちが少しでもずれていたら出会えなかったのだと思うと、神様に感謝したいような気分になる。音喜多はにこやかに頷き、これから宿泊先へ向かうのかと久嶋に聞いた。

すると、彼はまた驚くような答えを口にする。

「そのつもりです。空いてるホテルを探して…」

「探して？　予約してないんですか？」

「はい」

「どうして？」

音喜多は段取りが命の男でもある。行き当たりばったりの旅など、音喜多にとってはあり得ないことで、眉を顰めて理由を聞く。宿を探す余裕もないくらい、ぎりぎりの出立《しゅったつ》だったのだろうか。不思議に思う音喜多に、久嶋は逆に首を傾げてみせた。

「どうして…と言われても…。東京は大きな都市ですから、ホテルなどたくさんあるだろうと思いまして」

「そりゃそうですが…」

それにしたって…と音喜多は心中《しんちゅう》で暴挙だと憂《うれ》えた後、宿探しを手伝うと久嶋に申し出た。一緒に宿泊先を探せば、何処に泊まっているのかと探る必要もなくなる。久嶋と親しくなりたいと望む音喜多にとっては、チャンスでもあった。

「大学へ行くのに便利な方がいいですよね。しばらくはホテル暮らしで、その後、部屋を借りるつもりなんですか？」

「ええ」

「大学はどちらに？」

「揚羽《あげは》大学です」

「はあ」

揚羽大学と言えば、優秀な人材が多く集まる、日本で最高峰と言われる大学である。久嶋が賢そうなのは雰囲気だけではないのだと思い、「ならば」と続けた。

「文京区《ぶんきょうく》ですから、そちらの方で探した方がいいでしょう。ちなみに予算は？」

「安い方がいいです」

「そうですか…」

大学で働く予定といっても、まだ久嶋は若いし、金銭的な余裕はないのだろう。つい最近まで学生だった可能性も高い。安宿を望む久嶋に、音喜多はよければとある提案をした。

「俺は仕事柄《がら》、幾つかマンションを持ってるんですが、そこはどうでしょう？　ホテル代わりに使って貰ってもいいですし、そのまま、住んで貰っても構いません」

「部屋を貸してるんですか？」

「いえ。貸してるわけではないのですが…」

「じゃ、どうして？」

自分にそのようなことを勧めるのだと、久嶋に正面から聞かれた音喜多は言葉に詰まった。親しくなりたいという思いがあるだけに、ただの親切だと言うのは躊躇われる。それでも、他に返答のしようがなくて、善意だと説明した。

「困っている相手を見ると…助けたくなるというか…」

「僕は困ってません」

「でも……安い方がいいと言うのは手持ちが乏《とぼ》しいからなのでは？」

「金持ちではありませんが、収入はありますので、乏しくはないと思います。ただ、使う先を選んでるんです。住環境というのは僕の中で優先順位が低いので、寝起き出来るならどんなところでも構わないんです」

「そんな……」

あり得ないと音喜多は、再度信じられない気分になった。音喜多は久嶋とは逆で、住まいにとことん拘《こだわ》るタイプだ。それが高じて、デベロッパーにまでなってしまったと言っても過言ではない。寝起きさえ出来ればいいと言う久嶋に、それは間違った考えだと諭《さと》す。

「住まいはその人の心の状態を表すものです。外から帰った時に心から寛《くつろ》げるような空間であるべきですよ。どんなところでも構わないなんて、生きることを放棄《ほうき》してるも同じです」

「そうでしょうか」

「快適な空間というのをご存じないのでは？」

経験がないから、どうでもいいと思っているのではないかと指摘し、音喜多は自分のマンションへ来てみたら分かると続けた。きっと気に入るはずだと熱弁を振るい続ける音喜多を、久嶋はしげしげと眺《なが》めながら、パフェとババロアを平らげていった。

「…ですから、居間から見える風景一つ取っても…」

「音喜多さん」

「…はい？」

「ありがとうございました。僕はこれで失礼します」

久嶋が別れを告げるのを聞き、蕩々《とうとう》と持論を展開していた音喜多は、自分が大きな失敗をしたのに気付く。しまったと慌てて後悔しながら、ちょっと待って下さいと久嶋を引き留めた。

「すみません。気分を害してはいません。気分を害させたなら謝ります…」

「気分を害してはいません。音喜多さんの考えは僕と真逆《まぎゃく》なので、面白かったです」

「…分かりました。取り敢《あ》えず、一緒にホテルを探しましょう。それから…」

「自分で探しますから結構です」

「待って…」

下さいと音喜多が続ける前に、久嶋はレシートを手に立ち上がっていた。デイパックを背中に担《かつ》ぎ、すたすたとレジへ向かってしまう。音喜多はその後を追いかけ、財布《さいふ》を出そうとする久嶋の横からすかさずカードを店員に渡した。

「支払いはこれで」

「自分の分は自分で払います」

「誘ったのは俺ですから」

久嶋に払わせることなど出来ないと断り、音喜多は店員が差し出して来る明細とカードを受け取る。困ったような顔付きの久嶋と共に店を出ると、改めて協力させて欲しいと頼んだ。

「お願いします。余計なことは言いませんから」

「どうして音喜多さんがお願いするんですか？」

「それは…」

久嶋と親しくなりたいと考えているからだ。「親しく」という言葉には様々な意味が含まれている。知り合い、友人、そして…恋人。最後の一つが頭の隅に引っかかって、音喜多はうまい答えを返せなかった。言い淀《よど》む音喜多を、久嶋は穏《おだ》やかな笑みを浮かべて見る。

「本当の目的を教えて下さい」

「……」

本当の目的を言えば、久嶋は同行するのを認めてくれるのだろうか。ただ…傍《そば》にいて、その顔を見ていたい。久嶋と一緒にいる時間が多くなるほどに、夢ではなく、現実なのだという感覚が強くなって来ている。幸福感と比例する久嶋との時間を、出来るだけ長く、味わっていたいだけなのだ。けれど、久嶋が男性であるだけに、正直な思いを告げることは出来なかった。誤解…でない部分もあるのだが…を抱かせてしまったら、拒絶されかねない。無言に陥る音喜多に、久嶋は「ごちそうさまでした」と礼を言う。背中を向けて去って行ってしまう久嶋を、音喜多は追いかけることが出来なかった。


しかし、諦《あきら》められたわけでもなかった。

「今月から揚羽大学で働く予定の職員で、クシマという名字だ。二十代半ばの男性で、国籍はアメリカらしい」

久嶋と別れた後、音喜多は六本木《ろっぽんぎ》にあるオフィスに戻り、幼い頃から世話役として自分に仕《つか》えている半林（なかばやし）に、久嶋についての調査を命じた。半林はアイロンがけから庭木の剪定《せんてい》、ボディガードから身元調査まで、ありとあらゆる要求に応《こた》えられる能力を備えている。音喜多の命《めい》は彼にとっては絶対であり、すぐにお調べしますと返事をした。

音喜多が通話を切ってすぐに部屋のドアがノックされた。音喜多の返事を待たずに、四十前後のスーツ姿の男が、足早に入って来る。

「社長…」

「社長は俺じゃない。お前だ」

音喜多に「社長」と呼びかけたのは、彼が実質的な経営権を握るワルツコーポレーションで、代表取締役を務める長根《ながね》だ。音喜多は以前、投資顧問《こもん》会社を経営していた際、その手法を巡って検察と一悶着《ひともんちゃく》を起こした過去を持つ。従って、司法機関から未だに目をつけられている彼は、ワルツが不動産売買だけでなく、自社ブランドのマンション販売に乗り出した段階で、社長職を長根に譲《ゆず》った。

マンション販売はブランディングが重要視され、風評被害を嫌う。犯罪者としての嫌疑をかけられた過去のある自分に、代表は相応《ふさわ》しくないと音喜多自身が判断した。しかし、音喜多が相談役に退いた今も、彼が会社を動かしている事実は変わらず、長根自身もそれを重々弁《わきま》えている。

「すみません。でも、社内ではいいじゃないですか」

「何言ってるんだ。癖《くせ》をつけておかないと、いつ何時《なんどき》、性格の悪い刑事やら検事やらが乗り込んで来るか、分からないだろう」

「まあ…確かに。それより、明日からの北海道《ほっかいどう》出張をキャンセルしたと、大脇《おおわき》から聞いたんですが…」

「ああ。俺はしばらく休暇を取る」

「何処かへ視察ですか？」

音喜多は仕事人間で、普段はほぼ休みなく働いている。たまに取る休暇も、今後の事業展開を見据《みす》えた視察目的で旅行に出ることが多く、今回もそれなのかと聞く長根に、音喜多は首を横に振った。

「いや。東京にいる」

「じゃ、都内での物件精査を…」

「違う。仕事をするつもりはないんだ」

どういう目的があって休むのかは長根には言えず、曖昧《あいまい》な答えでごまかして、明日からしばらく社に出る予定はないと告げた。そう。音喜多には仕事よりもずっと重要な用事が出来ていたのだ。


つまり。

「揚羽大学で九月から働く予定のクシマという名の職員はおりませんでした」

六本木のオフィスへ迎えに来た半林が、車を運転しながら報告して来るのに、音喜多は眉を顰める。ならば、久嶋は嘘《うそ》を吐《つ》いたのか。自分を怪しんでいたせいなのかと落胆《らくたん》する音喜多に、半林は「ですが」と続ける。

「職員ではなく、客員教授なら該当しそうな人物がおりました」

「客員教授…？」

半林が口にした言葉を繰り返し、音喜多は益々訝しげな表情になる。客員教授というのは大学の専任教授ではないものの、外部から優秀な人材を招聘《しょうへい》する際に用いられる役職名である。だが、教授にしては、久嶋は余りにも若い。間違いだろうと思いつつ、半林の話に耳を傾けた。

「十月よりアメリカのスタンフォード大学から招かれる予定の客員教授に『久嶋藍《あい》』というお名前の方がおられます。恐らく、光希《みつき》さんがお捜しなのは、この方ではないかと思われます。まだ着任していないようですが、変わった経歴の持ち主で、大学内では既に話題になっているそうです」

「変わった？」

「天才なんだそうです。二十五歳という若さで、スタンフォード大の教授であり、博士号を三つ取得しているとか」

「!!」

二十五歳という年齢を聞いた音喜多は、後部座席の背もたれに預けていた身体《からだ》を勢いよく起こした。運転席と助手席の間から身を乗り出し、それは本当なのかと半林に確認する。

普段は冷静沈着、いつも冷めた目で世間を見ている音喜多が動揺している理由を、半林は既に察していた。久嶋に関する調査報告書で彼の写真を確認した時点で、音喜多がどうして調べろと命じたのかが分かった。半林は助手席にあるタブレットに、入手した久嶋の写真があるので確認して欲しいと告げる。

音喜多は早速タブレットを摑みあげ、映《うつ》し出された写真を凝視する。それは間違いなく、音喜多が出会った久嶋本人だった。

「…拝見して私も驚きました。そっくりでございますね」

「……」

低い声で言う半林に返事をせず、音喜多はタブレットを手にして、後部座席に座り直す。音喜多が久嶋を見てそっくりだと驚いた人物のことを、半林もよく知っている。バカな真似《まね》をしていると、半林は内心で呆れているだろうか。タブレットに浮かぶ久嶋の顔を見ながら考えていると、新たな情報が告げられた。

「久嶋さんは揚羽大学近くのホテルにいらっしゃるようです。向かいますか？」

「…頼む」

あの後、久嶋は自力で宿を探したのだろう。自分の目的を説明出来ない以上、久嶋に合わせる顔はないと思ったが、遠くからでも見ていたいという思いを抑えられなかった。半林に指示を出した音喜多は、小さく息を吐いて、車窓《しゃそう》の向こうへ遠い昔を見ているかのような視線を漂わせた。


久嶋が宿泊先として決めたホテルは、彼の信条をそのまま表しているかのような、安宿だった。今にも壁が崩れ落ちそうなぼろい外観を、音喜多はベントレーの車内から啞然《あぜん》として眺める。その上、半林から宿賃が一泊三千円以下だと聞き、音喜多は思わず「どうして？」と口走ってしまった。

「素泊まりで相部屋だからだそうです。一部屋に二段ベッドが二つあるとか」

「監獄か？」

「外国人のバックパッカーには人気のようです。宿泊客もほぼ、外国人らしく…久嶋さんもアメリカの方ですから、馴染《なじ》めるのでしょう」

半林の説明は納得出来るものではあったが、音喜多としては到底理解し難《がた》いものだった。ホテルと聞いたので、ロビイでもうろついて偶然を装って再会しようかと考えた自分は愚《おろ》かだったと、唇を嚙《か》む。どうしたものかと新たな計画を練《ね》り始めた時だ。「光希さん」と半林が呼んだ。

「あの方ではないですか？」

半林が指す方を見れば、反対方向へ向かって歩いて行く、大きなデイパックを背負った後ろ姿が見える。間違いないと確信し、音喜多は半林に帰るよう命じてから車を降りた。

久嶋の姿を遠くに捉《とら》えながら、一定の距離を保って音喜多は彼を尾行した。そうしながらも、どうやって声をかけようか悩む。どう接触するのが一番自然か。本当は久嶋の宿泊先付近をうろうろしていること自体、不自然なのだが、音喜多には考えが及ばなくなっていた。

先回りしてばったり…というのは、美術館の前で使った。後ろから声をかける…というのも、尾行していたのがありありでいけない。久嶋が店にでも入るのを待ち、その中で出会《でくわ》してみるか…。

自然な再会の方法を模索しながら歩いていた音喜多は、ふと、デジャビュに襲われた。久嶋に見つからないように気を遣っていたから、よく分かっていなかったけれど、同じところをぐるぐる回っている気がする。いや、これは気のせいじゃない。

美術館の時も同じで、結局、元いた場所に戻ってしまったのだ。もしかすると、久嶋は方向音痴《おんち》なのかもしれない。しかし、二十五歳で世界的一流大学の教授を務めるような人物が、地図を読めないはずがない。首を傾げつつ後を尾けていた音喜多は、久嶋が三度、同じ角を曲がった時点で、疑いを確信に変えた。

散歩に適しているとは言い難い、街中である。かれこれ小一時間近く、同じ場所をぐるぐると回っているのは、迷子になっているからだとしか考えられない。ここは自分が助け船を出すべきか。声をかけるきっかけにもなるし…と、音喜多が思いかけた時、久嶋はコンビニの前で立ち止まった。

自動ドアの向こうをしばし見つめた後、意を決したように店内へ入って行く。これは店内で出会すパターンを使うチャンスと見るか、それとも、出て来るのを待っているべきか。迷う音喜多の視界に、久嶋が店員と出て来る光景が映る。

久嶋は店員に道案内を頼んだらしく、離れた場所にいた音喜多にも、その声が聞こえて来た。

「ここを真っ直ぐ行って貰って…二本目を左に曲がって、すぐを右になります」

「二本目を左…で、右ですね」

ありがとうございます…と礼を言い、久嶋は深々と店員にお辞儀《じぎ》した。店内に戻って行く彼を見送ってから、言われた通りに歩き始めたのだが…。

「……え…」

店員は二本目を左と言い、久嶋もそれを繰り返していたにもかかわらず、曲がらずに真っ直ぐ行ってしまうのを見て、音喜多は眉を顰めた。さっき聞いたばかりの道順を忘れてしまったのか？　天才なのに？

まさか…人違いなのではあるまいな。自分が探していた「久嶋」は彼に他ならないが、半林が探し出した揚羽大学の客員教授だという「久嶋」は別人なのかもしれない。そんな疑いを抱きつつ、尾行を続けていた音喜多は、久嶋が四本目の筋を右に曲がるのを見て、天才説は一蹴《いっしゅう》せざるを得ないという結論に至った。

店員が説明した道順は決して難しいものではなかった。二本目を左、すぐを右。それくらいの指示さえ、遂行《すいこう》出来ないというのは…幼児か認知力が衰《おとろ》えた老人くらいのものだろう。訝しく思いながら、久嶋が曲がった角に差しかかった時だ。

「わ…っ！」

距離を保っているとばかり思っていた久嶋が目の前にいて、音喜多は思わず大きな声を上げる。しかも、久嶋は背を向けておらず、音喜多を待ち構えていたかのように、正面を向いて立っていた。

音喜多はどきどきしている胸を押さえて、偶然を装う台詞を吐こうとしたのだが…。

「さっきの店員がなんて言ってたのか、覚えてますか？」

「え……」

「聞いてたでしょう？」

確認する久嶋に、音喜多は答えようがなくて沈黙した。店員の話し声が聞こえていたのは確かだし、覚えてもいる。だが、それを話せば、久嶋の後を尾けていたのも認めることになる…。

と、思ってから、音喜多は天を仰《あお》ぐようにして上を向いた。とうにばれていたのだ。だから、久嶋はこうして自分を待ち構えていたに違いない。どう言い訳するべきか迷ったが、それよりも先に店員が話していた道順を伝えた。

「…二本目を左、すぐを右だ」

「そうですか…。ここは違うようなので…もっと先に行った方が…？」

「違う。戻らないといけないんだ」

動揺していたし、同時に呆れていたのもあって、音喜多は口調を気遣うことが出来なかった。久嶋はそれについては気にならないようで、「そうですか」と神妙に頷く。

「…方向音痴なのか…？」

「はい。道順に関する説明はどうしても頭に入らないんです」

「地図は？」

「読めますが、自分のいる場所を認識することが不得手《ふえて》です。地図上で何処に何があるかを把握することは出来ますし、どうやって行けばいいか、地図上で想像することは可能です。ですが、実際にその場に立つと、方角が分からなくなります」

「重症だな」

そう呟《つぶや》いてから、音喜多ははっとして「すまない」と呟く。音喜多が詫びた意味が久嶋には分からなかったようで、不思議そうに聞いた。

「何がすまないんですか？」

「つい、いつも通りの話し方を…」

「構いません。音喜多さんは僕よりもずっと年上ですし」

「ずっとってほどじゃない」

そこまで違わないと首を振り、音喜多は自分が案内すると申し出た。久嶋はそれを断らず、並んで歩き始める。彼が何処へ行こうとしているのかは分からなかったが、店員が話していた道順は覚えている。二つ筋を戻ると、この角を曲がるのだと教えた。

「それから、すぐを右って言ってたから…」

ここを折れるとあるはずだと音喜多が言うのと同時に、久嶋が「ありました」と声を上げる。そこには「もんじゃ焼き」と書かれた店の看板があり、音喜多は何とも言えない気分で立ち止まる。

「…もんじゃを食べようと思って？」

「はい。ガイドブックに名物だと書いてありました」

確かに名物ではあろうが…。音喜多は神妙な顔付きで、もんじゃ焼きがどういうものか知っているかと尋ねる。

「載っている写真を見た程度で、詳しくは知りません」

「…アメリカ育ちなんだよな？」

「ええ」

「余り…お勧めは出来ないが…」

もんじゃ焼きは東京を中心とした関東地方で食べられているローカルフードで、日本人でも違う地域の人間には敬遠される場合も多い。味はともかく、その見かけがよくない。音喜多は外国人には不向きだと思うと告げたのだが、久嶋はチャレンジしてみると言った。

「ようやく店にも辿《たど》り着けましたし。ありがとうございました」

礼を言い、店へ向かおうとする久嶋を、音喜多は慌てて止める。正直なところ、音喜多はもんじゃなどの鉄板で焼いて食べるような、庶民的な食べ物を好まないが、久嶋と同席出来るというなら話は別だった。

「俺も…一緒にいいか？」

「ええ。構いませんが」

久嶋が思いのほか、あっさり同意してくれたことに驚きつつ、音喜多は一緒に店へ足を向けた。民家を改装したらしい店は狭く、通路を挟《はさ》んで座敷が両側にある。靴《くつ》を脱いで上がらなくてはならないのに、内心で憂える音喜多を追い詰めるかのように、客席同士の間隔はないも同然だった。その上、ほぼ満席で、もんじゃを焼く熱気と匂いに満ちている。

「いらっしゃいませ。お二人ですか？」

「はい」

「こちらへどうぞ」

それでも初体験である久嶋が嬉しそうであるのを見て、音喜多は出来るだけ表情に出さないように心がけた。どうせ食事に行くなら、もっと自分好みの店に誘いたいところだが、尾行していたという後ろめたさもある。久嶋の向かい側に腰を下ろすと、音喜多はあぐらをかいて座り、メニュウを手にした。

久嶋は背負っていたデイパックを下ろし、行儀《ぎょうぎ》よく正座する。辺りをきょろきょろと見回す様子は興味深げだ。

「面白い店ですね」

「取り立てて珍しい店じゃない。…日本に来るのは初めてなのか？」

「イエスであり、ノーでもあります」

笑みを浮かべて、久嶋が曖昧な返事をすると、店員がおしぼりとお冷《ひ》やを運んで来た。自分が適当に頼んでもいいかと聞く音喜多に、久嶋はお願いしますと答える。音喜多は店のおすすめであるカレーもんじゃと、明太子《めんたいこ》チーズもんじゃを頼み、ついでに生ビールもつけ加えた。

「飲むか？」

「いえ。僕はアルコールは飲めません」

ならば…と代わりに、音喜多はウーロン茶を頼んだ。飲み物と一緒にもんじゃの材料も運ばれて来て、音喜多はスーツの上着を脱いで袖を捲《まく》り上げる。初めてもんじゃを食べるという久嶋に任せるわけにはいかない。

「自分たちで調理するんですか？」

「ああ。頼めば店員がやってくれるが、大した手間じゃない」

「音喜多さんは料理が得意なんですか？」

「得意ってほどじゃないな」

普通だと答え、音喜多は手際よくもんじゃを作っていく。土手を作り、真ん中に汁を流し入れる作業を、久嶋は興味津々《しんしん》な顔付きで見守っていた。

「これを焼いていくんですか…。野菜の入ったクレープみたいなものですか？」

「いや。ここから崩して…ぐちゃぐちゃにして食べる」

「ぐちゃぐちゃ？」

音喜多の言う意味が分からないらしく、繰り返す久嶋に、隣の席を見るように促《うなが》す。はがしと呼ばれる小さなへらで「ぐちゃぐちゃ」のものを食べている客を見て、久嶋はなるほどと頷いた。

「確かに…変わった食べ物ですね」

「だから、お勧め出来ないって言ったんだ」

苦笑して言い、音喜多は土手を崩して全体を混ぜ合わせる。お焦《こ》げが出来るよう、平らにならしてから、ビールを一口飲んだ。ふつふつと焼けていくもんじゃの様子を見つつ、久嶋に窺うような台詞を向ける。

「…いつから気付いてたんだ？」

久嶋が道に迷っていたせいもあり、一時間近く後を尾けていたことになるが、その間、彼が気付いている気配はなかった。ばつの悪い思いで聞く音喜多に、久嶋は笑顔で最初からだと答える。

「ホテルを出て…右の方に停《と》まっていた車に乗っていたでしょう。運転手は音喜多さんではありませんでしたが」

「……。目がいいんだな」

半林はホテルから離れた場所に車を停めていたのに、気付いていたという久嶋に驚かされる。感心して言う音喜多に久嶋は続けてどきりとするような問いを向けた。

「僕のことは何処まで調べたんですか？」

「……」

それもお見通しかと諦め、音喜多はビールを飲む。ジョッキを置いてから、正直に答えを返した。

「天才なんだってな。二十五歳の若さでスタンフォード大の教授であり、揚羽大学の客員教授として招聘されたって？」

「はい」

天才と言われ、謙遜《けんそん》も否定もしない久嶋を、音喜多は苦笑して見る。それから、からかい半分で「教授」と久嶋を呼んだ。

「もう食べられるぞ。そこにあるはがしで…こうやってすくって食べるんだ」

「はがし…というんですね」

小さな銀色のへらを珍しそうに見て、久嶋は音喜多の真似をしてもんじゃをすくう。それをそのまま口に入れたものだから、熱さに驚いて声を上げた。

「っ…あつっ…！」

「おいおい。熱いに決まってるだろ。気をつけないと」

「は…ふ…」

「教授のくせにそんなことも分からないのか」

音喜多が笑って言うと、久嶋は悔しそうに眉を顰めてウーロン茶を飲む。冷たい飲み物で火傷《やけど》した口内をごまかしてから、知識とこれは関係ないと反論した。

「音喜多さんが平気そうに食べるから、釣《つ》られてしまったんです。条件反射に近い行動です」

「俺はちゃんとふーふーしたぞ」

「ふーふー？」

「こうやって息を吹きかけて冷ますんだ。やらないか？」

「それほど熱いものを普段、食べませんから」

「ああ…確かに。教授の国じゃ、火傷するほど熱いものを提供したら訴えられるんだったな」

そうですね…と頷きながら、久嶋はもう一度挑戦する。音喜多がやってみせたようにはがしに載せたもんじゃを冷ましてから食べると、ぱっと顔を輝かせた。

「美味しいです」

「そうか」

「確かに見かけはよくないですが、味はとてもいいと思います。気に入りました」

喜んで笑い、もんじゃを食べる久嶋を見ているだけで、音喜多は十分満足だった。生きて動いて、話して食べている。目を疑ったほどそっくりなだけに、それが不思議で…不思議を通り越して、夢の中にいるような気分になって来る。とても心地よいしあわせなこの時間がずっと続けばいいと願いながら、音喜多はビールのジョッキを重ねていった。

もんじゃ焼きをお腹《なか》いっぱい食べて店を出た久嶋は、またしても支払いをさせて貰えなかったことに、不満げな顔で音喜多に文句を言った。

「困ります。ケーキもごちそうして貰ったんですから」

「教授より俺の方が金持ちだ。俺が支払う方が自然だ」

「それが事実だとしても、会ったばかりの音喜多さんに続けてごちそうして貰う理由だとは思えません」

「理由はある」

「どういった？」

「俺は教授の顔を見ているだけで幸福な気持ちになれるんだ。一緒にいさせてくれて有り難いと思ってる」

音喜多は酒には強いが、ビールで多少酔っていたせいもあって、大胆に本当の気持ちを口にした。久嶋にはその方が通じやすいと感じ始めていたからでもある。隠れて何をしても、久嶋には見透かされてしまうのだ。

音喜多の思惑通り、正直な気持ちを聞いた久嶋は、「なるほど」と頷いた。

「一緒にいることに対する対価ですか」

「そう思ってくれればいい」

だから、これからも時折、こうして会ってくれないか。勢いづいている今、ついでにそう申し入れたかったのだが、断られたらどうしようという思いが頭を過《よ》ぎった。久嶋は飲食代を支払って貰うことが得になると喜ぶタイプではない。自分と会うことが久嶋にとってメリットにはならないのを、音喜多は分かっていた。

どうしたら久嶋といつでも会えるような関係になれるか。必死で考えを巡らせている内に、いつしかホテルの前に着いてしまっていた。

「今日はありがとうございました」

「いや…」

失礼しますと言い、背を向ける久嶋の腕を、音喜多は思わず摑んでいた。不思議そうな顔で振り返る久嶋をじっと見つめ、縋《すが》るような思いで口にすることを迷っていた頼みを告げた。これを最後にしてしまうわけにはいかなくて。誰かに対して、これほど必死な思いで頼みごとをするのは初めてだなと頭の隅で思いながら、音喜多は掠《かす》れた声を発する。

「…また…会ってくれないか？」

「どうしてですか？」

「教授に…会いたいんだ。ほら…美味しいケーキの店を探すと約束しただろう。見つけて連絡したら…また会ってくれるか？」

「僕の顔を見ていたいから？」

苦笑している久嶋がどう思っているのかは分からなかったが、音喜多は神妙に頷いた。久嶋の顔を見ていたいというのは音喜多の本心で、紛《まぎ》れもない真実だ。真面目《まじめ》な顔で見つめる音喜多に、久嶋は苦笑を深めて、まず手を離してくれないかと言った。

「あ…」

久嶋の腕を握ったままだったのに気付いていなかった音喜多は慌てて放し、「すまない」と詫びた。久嶋は音喜多の申し訳なさそうな表情をじっと見ながら、淡々と分析する。

「音喜多さんは僕の顔が昔の知り合いに似てると言いましたが、恋人ではなかったと否定しました。しかし、相手に好意を寄せていたのではないですか？　ただの知り合いだったのなら、似ているという僕の顔を見ているだけで幸福な気持ちになれるというのは、少々大げさに感じられます。思いが叶えられなかった相手と重ねて見ているのだとしたら、もう一度会いたいというのも理解出来ます」

「……」

久嶋の言う通りではあったが、すぐには「そうだ」と認められなかった。久嶋は男で、同性同士の恋愛に関して、どういう考えを持っているか分からない。デリケートな問題だけに、返答を悩む音喜多に、久嶋はずばり問いかける。

「音喜多さんはゲイなんですか？」

「……。…特にそうじゃないが…」

「じゃ、バイセクシャル？」

「…だな」

「昔の知り合いというのは？」

男性なのか、女性なのか。質問する久嶋に、音喜多は溜め息交じりに「女性だ」と答えた。男性である久嶋に対して失礼な答えかもしれないという危惧《きぐ》を抱いていたものの、久嶋は気にしていない様子で頷いた。久嶋の顔は小さく、その造りはフェミニンなものだから、同じような指摘を受けた経験があるのかもしれない。そう考える音喜多に、久嶋は笑みを浮かべて確認した。

「音喜多さんはその女性を好きだったんですね？」

「……」

頷くより他にないと思い、音喜多は深く息を吐いて、項垂《うなだ》れるような姿勢で頭を垂れた。初恋の女性に似ているというだけで、初対面の男を追いかけ、こうしてまた会って欲しいと頼んでいる自分は…客観的に考えれば、相当情けない。しかも、これで断られてしまったら…。恐れる音喜多に対し、久嶋は「分かりました」と軽快に答える。

「考えておきます」

「……」

分かりました…と聞いた音喜多は希望を見い出し、はっとして顔を上げたのだが、すぐに続けられた台詞によって意気消沈する。考えておきますというのは、断る時に用いる常套句《じょうとうく》でもある。アプローチを間違ったかと後悔するが、アプローチもへったくれもない、猪突《ちょとつ》猛進だったじゃないかと、自分を批判した。玉砕《ぎょくさい》と言うのだ、これは。

呆然《ぼうぜん》としている音喜多に久嶋は小さく頭を下げ、背を向けた。大きなデイパックが古びたホテルの中へ消えてしまうと、音喜多は深く長い溜め息を吐き出して、両手で顔を覆った。


もんじゃ焼き店を出る時は、いい感じなのではないかと思っていた。久嶋は美味しそうにもんじゃ焼きを食べていたし、話もそれなりに弾《はず》んでいた。だから、本当は別れ際に余計なことを言うべきではなかったのだ。メールアドレスは聞いていたのだから、時間を置いて、ケーキが美味しそうないい店を見つけたから…とでも、さりげない誘いをかけていれば…。

こんな風に終わってしまうことはなかったはずだ。久嶋は自分がゲイかどうかは言わなかったが、初対面の男に身元を調べられて、後を尾けられて、いい気分になるわけがない。

「気持ち悪いよな…」

迎えに来た半林が運転する車の後部座席で深く落ち込んでいた音喜多は、思わず零れた独り言《ひとごと》が自分自身のものとは思えず、力無く首を振る。自爆して意気消沈している自分を気遣う半林が、いつも以上に無口でいるのも気になって、一人になりたいと思い、近くで車を停めるよう命じかけた時だ。

ポケットに入れてあったスマホに着信が入る。仕事関係の電話は余程の急用でない限り、先にメールが入ることになっているので、音喜多は訝しく思ってスマホを見た。すると、相手は公衆電話となっており、首を傾げた。

今時、公衆電話なんて…。間違い電話にしたってあり得ないと思いつつ、電話に出てみると。

「…はい？」

『音喜多さんですか？　久嶋です』

「!!」

久嶋とは二度と会えないかもしれないとぐるぐる後悔し続けていた音喜多は、崩れ落ちていた体勢から勢いよく起き上がる。まさか、久嶋から電話があるとは…しかも、別れてすぐに。音喜多は動揺し、どうしたのかとたどたどしい口調で尋ねた。

「何か…あったのか？」

『はい。大変申し訳ないんですが、僕の泊まっているホテルまで来て貰えませんか？』

「…どうして？」

思いがけない頼みを聞いて、音喜多は眉を顰める。ホテルに来て欲しいということは…何かトラブルでもあったのだろうか。やっぱりあんな安宿に泊まるのは反対だと、強く言うべきだったか。今からでも遅くないから、あそこを引き上げさせて、別のホテルを手配しよう。そこまで考えながら、久嶋の声に耳を澄ませていた音喜多は、想像もしなかった頼みを受けた。

『僕のアリバイを証明して欲しいんです』

「は…？」

『アリバイです』

アリバイ…の意味は分かっていても、どうして自分が久嶋のそれを証明しなくてはいけないのか、話が見えなくて音喜多は首を傾げた。そうしながらも、半林にホテルへ至急戻るよう、指示を出す。

「アリバイ？」と繰り返す音喜多に、久嶋は平然とした様子で「はい」と答えた。

『もんじゃ焼き店へ行く前、音喜多さんはずっと僕の後を尾けていたでしょう。それを証言して欲しいんです』

「ちょ…っと待て。どうしてアリバイなんて…」

『帰って来たら、僕と同室の宿泊客が殺されていたんです。ホテルの従業員が警察を呼びましたから、間もなく到着するはずで、僕はアリバイを証明しなくてはならなくなると思いますから』

お願いします…と久嶋は淡々と頼むけれど。音喜多にとっては青天の霹靂《へきれき》の出来事でもあり、更に急ぐよう、半林に命じる声は上擦ったものになっていた。

正確無比な半林のドライビングテクニックにより、可能な限りの最短時間で、音喜多は久嶋の宿泊先であるホテルへ戻ることが出来た。横付けされたベントレーから飛び降り、ホテルのロビイに駆け込む。殺人事件が起きたことが既に知れ渡っているのか、宿泊している若い外国人客が大勢、不安げな表情でたむろしていた。

彼らを掻《か》き分けるようにして、音喜多は久嶋の部屋番号を聞く為にフロントへ向かった。その途中、「音喜多さん」という久嶋の呼び声が聞こえ、はっとして姿を捜す。辺りを見回せば、壁際に久嶋が金髪碧眼《へきがん》の、ゲルマン系の顔立ちをした若い男と並んで立っていた。

「一体、何があったんだ？」

「迷惑をかけてすみません。彼は同じ部屋のカールです」

「こんばんは」

日本語で挨拶するカールという青年に「音喜多です」と名乗り、音喜多は説明を求めて久嶋を見る。久嶋は一緒に来て欲しいと言い、カールをその場に残して、ロビイの奥にある階段を使って三階まで上がった。その途中、音喜多と別れた後のことを話し始めた。

「ホテルの前で音喜多さんと別れた後、部屋に戻ったんです。僕の部屋は四人で使用するタイプのものので…」

「二段ベッドが二つ置いてあるんだろ？」

「よくご存じですね」

泊まったことが？　と聞いて来る久嶋に、音喜多は渋面《じゅうめん》で首を振る。赤の他人と同じ部屋で眠るなど、神経質な音喜多には考えられない話だった。旅行に出る際は、その地で一番と言われるホテルにしか宿泊しない音喜多には、久嶋が選んだホテルは永遠に足を踏み入れないタイプの宿である。

「そこまで調べたんですか。まめですね、音喜多さんは。ストーカーになれます」

「……」

久嶋のつけ加えた一言は喜べるものではなく、音喜多は神妙な顔付きになって沈黙する。三階に着くと、廊下に出て、ドアが開け放されている部屋へ向かう。その近くには若い男が三人ほど集まっていて、困ったような表情を浮かべていた。

「相部屋なので、基本的に鍵はかけません。貴重品は持ち歩くか、フロントで預けるようになっています」

「誰でも出入り自由ってことか」

「宿泊客以外は立ち入りを禁止していますが、ホテルのスタッフ数も少ないですし、そのような状態であることは間違いありませんね。宿泊客の良心に委《ゆだ》ねているのでしょう」

ここです…と言い、久嶋は部屋の中へ入る。何気なくその後に続いた音喜多は、驚くべきものを目にしてしまい、「うっ」と低い呻《うめ》き声を上げた。

一泊三千円以下という安宿の部屋は、想像していたほど狭くはなかったが、両脇に大型の二段ベッドが置かれているせいもあり、圧迫感が感じられる。入って正面の突き当たりには腰丈の窓があり、その下に小型の冷蔵庫が設えられている。簡素な部屋は学生寮といった趣《おもむ》きだ。

そして、簡素な部屋の右側にある二段ベッドの下部に、目を大きく見開いたまま死んでいる、外国人の遺体がある。久嶋から、同室の宿泊客が殺されていたという話は聞いたが、死体など初めて目にする音喜多は狼狽《ろうばい》して、上擦った声で久嶋に尋ねる。

「し、死んでるのか…⁉」

「ええ」

「こ、殺されたのか…⁉」

「だと思います」

顔を青くしている音喜多に、久嶋は平然と返し、遺体をよく見るように指示した。

「頸部《けいぶ》に扼痕《やくこん》が残っているでしょう。顔面が鬱血《うっけつ》していますし、眼球に溢血点《いっけつてん》も出ていますから、間違いないです」

「……」

首を絞められたのではないかと推測を口にするだけであれば、そうなのかと単純に返せた。しかし、久嶋の説明はやけに詳細なもので、音喜多は怪訝《けげん》に思って久嶋を見る。戸惑《とまど》いを含んだ音喜多の視線の意味をすぐに理解し、久嶋は「ああ」と声を上げた。

「話していませんでしたが、僕は…」

と、久嶋が話しかけたのを遮《さえぎ》るようにして、大きな声が響く。「何してるんだ⁉」と聞かれた音喜多と久嶋が振り返ると、警察官が二人、立っていた。久嶋と年齢が変わらないような、まだ若い制服姿の巡査で、一緒にいたホテルのスタッフが第一発見者なのだと紹介した。

「あちらが同室の方で…死んでいると連絡して来たんです」

「自分の部屋だとしても勝手に入られては困ります。すぐに出て下さい。外で話を聞きますから」

「分かりました。ですが、その前に説明だけさせて下さい。犯人は女性です。ホテルの宿泊客かどうかは分かりませんが、すぐに彼の交友関係を調べて下さい。同じ外国人であれば、捜査に手間取っている間に出国してしまう可能性もあります」

廊下に出るよう促された久嶋は、素直に頷いたものの、その後に続けた台詞はその場にいた全員の理解を超えるものだった。音喜多もどうして久嶋が殺人事件などに場慣れした様子であるのか、分かっておらず、巡査たちと一緒に怪訝な表情になる。

「何を…言ってるんですか?」

「ですから…」

意味が分からないと首を傾げる巡査に久嶋が説明を続けようとした時、「おい!」と乱暴に呼びかける濁声《だみごえ》が聞こえた。二人の巡査ははっとしたように後ろを振り返り、入って来たスーツの男に敬礼する。

「ご苦労様です」

二人よりもずっと年長の…五十前後に見える男は、所轄署《しょかつしょ》の刑事らしく、貫禄《かんろく》に満ちているというよりも、横柄《おうへい》な態度が目に余った。年若い巡査が状況を説明するのを適当に聞き、ふんと鼻先から息を吐き出す。

「よし、分かった。そこの第一発見者を署へ連行しろ」

第一発見者というのは久嶋のことで、彼を警察署へ連行するというのが解《げ》せず、音喜多は刑事に理由を聞こうとした。しかし、刑事は音喜多を無視し、ホテルのスタッフに他に同室の客はいるのかと聞く。

「あと一人…いますが…」

「そいつも捜して署へ連行しろ。間もなく鑑識が到着する。全員、部屋を出るんだ。話は署で聞く」

「何言ってるんだ。どうしてそんな…」

余りにも横暴過ぎると、音喜多は刑事に抗議しようとしたのだが、久嶋は自分が連行されようとしていることよりも、事件の方が気になるようだった。

「先ほど、オフィサーにも説明しましたが、殺害したのは女性ですから…」

「何言ってるんだ。男に決まってるだろう」

「どうして？」

「こんな大男を女が絞め殺せるはずがない」

「ですが、彼は泥酔していたようです。臭うでしょう？　血中アルコール濃度を測れば分かると思いますが…」

「勝手に話を作るなんて、益々怪しい奴だな。おい、さっさと署に連れて行け！」

「いや、だから。ちょっと待てよ！」

そんなやり方が許されるはずがないと、音喜多は刑事に詰め寄ろうとしたものの、他の捜査員や鑑識課員などが次々現れ、かなわなくなる。その間に久嶋は巡査によって、所轄署へと連行されてしまっていた。

音喜多は半林の運転する車で、久嶋を乗せたパトカーの後を追い、その地域を管轄《かんかつ》している所轄署へ向かった。その間、旧来の友人であり、音喜多の経営するワルツコーポレーションの顧問弁護士を務めている八十田《やそだ》に連絡を取ろうとしたのだが、海外へ出張中とのことで、かなわなかった。

「相変わらず、肝心な時に使えない奴だな…！」

「光希さん。警察が絡んでいるのであれば、汐月《しおつき》さんに連絡を取られては如何《いかが》でしょう？　汐月さんであれば、立場上、色々と伝《つて》がおありになるのでは」

「……」

運転席から半林が提案して来るのに、音喜多は無言を返す。警察が絡んで来た時点で、音喜多もそれをちらりと考えたのだが、弊害《へいがい》が大き過ぎると判断して、真っ先に消去した選択肢《し》だった。汐月が役に立つのは事実だろう…、だが。迷っている内に車は警察署に着いており、音喜多は半林に近くで待機しているよう命じてから、車を降りた。

署内へ入ると、久嶋が連れて行かれた取調室を探し、急いで駆けつける。乱暴にドアを開けた先では、久嶋が簡素なパイプ椅子《いす》にちょこんと座っていた。警察に連行されるという事態に、怖い思いをしているのではないかと心配したが、その顔は落ち着き払ったもので、音喜多を見ると、にっこり笑みを浮かべる。

「教授…！」

「音喜多さん。ここまで来てくれたんですか。ありがとうございます」

「困ります。部外者は…」

部屋に久嶋と共にいた監視役の制服警官が、突然乱入してきた音喜多を、顰《しか》めっ面《つら》で制しようとする。しかし、音喜多は小さな嘘を織り交ぜて巡査に対して捲し立てた。

「俺は弁護士だ。第一発見者というだけで、証拠もなく、連行するなんてあり得ない。正当な理由を説明出来ないのであれば、すぐにでも帰らせて貰う。担当者を呼んでくれ」

堂々とした態度で命じる音喜多はその身なりもあって、はったりをかましているようにはとても見えなかった。巡査は音喜多が弁護士だというのを信じたようで、青い顔になって「ちょっと待ってて下さい」と言い、慌てて部屋を出て行く。その様子を見ていた久嶋は、音喜多と二人になると、少し呆れた表情で「いいんですか？」と聞いた。

「嘘なんか吐いて。音喜多さんは弁護士ではないんでしょう？」

「ああでも言わないと、追い出されるじゃないか。それより、どうして拒否しなかったんだ？」

「どうしようかと思ったんですが、ホテルに来た刑事が担当するのであれば捜査が難航しそうだなと思いまして。話の分かる人に説明出来ればと思ったんです」

「…教授。さっき言いかけていたのは…」

久嶋はどうして殺人事件の捜査に詳しいのか。その理由を話そうとしていたのではないかと、改めて問う音喜多に久嶋はにっこり笑って頷く。

「ああ、そうでしたね。音喜多さんに話してなかったと思いまして…。僕は犯罪心理学の研究を行っていまして、ＦＢＩの特別犯罪捜査チームにアドバイザーとして参加していたんです」

「えふ…びー…あい…」

「ご存じありませんか？　アメリカの連邦捜査局です。向こうでは州ごとに法律が違ったりして、管轄をまたいだ犯罪が起きると、現地の警察では対処出来ない場合も多いんです。ＦＢＩは州の管轄権に関わらずに捜査が出来ますから…」

「…いや、大まかには分かっているつもりだ」

長々と説明しようとする久嶋を手で遮り、音喜多はゆっくりと首を横に振った。自分が思わず繰り返してしまったのは、ＦＢＩが何か知りたかったわけではなく、久嶋との繋《つな》がりが全く読めなかったからだ。

つまり、久嶋は天才で、二十五歳にして博士号を幾つも持つ大学の教授で、ＦＢＩでの捜査経験まであるのか…？　余りにも荒唐無稽《こうとうむけい》過ぎると思い、うっすらと抱いた疑惑が、音喜多の顔に出てしまっており。

「…信じてないんですか？」

「いや」

全く信じていないわけではない。殺害された遺体を前にしても動じていなかった様子や、犯人は女性だと自信満々に言い切ってみせた態度には、久嶋が主張する経歴を裏付ける片鱗《へんりん》が確かに見られた。だが、それでも信じられないというのが本音で、音喜多は大きく溜め息を吐く。そこへ部屋のドアがノックなしに突然開けられた。姿を現したのは、先ほどの巡査と、四十前後のスーツ姿の男だった。眉間《みけん》に皺《しわ》を刻んだ厳しい顔付きで入って来た男は、つかつかと音喜多たちの前に歩み寄り、どちらが第一発見者なのかと無愛想な口調で聞いた。

「僕です」

「刑事課の渡辺《わたなべ》です。弁護士さんの仰《おっしゃ》る通り、第一発見者というだけで拘束出来る権利はありません。お望みであれば帰って頂いて結構ですが、その前に、事件の早期解決の為にも、状況をお話し願えませんか」

丁寧というより、慇懃《いんぎん》な雰囲気のする物言いであったが、ホテルに乗り込んで来た横暴な刑事よりはずっと話が通じそうだった。久嶋もそう感じたのか、にっこり笑い、「はい」と返事する。

「では、遠慮なく。現場でも僕の意見をお話ししたんですが、聞いて貰えていないようだったので、助かります。…まず、僕はあのホテルにチェックインしたのは午後四時頃で、ドイツ人のカールとスウェーデン人のラルフと同室の四人部屋に泊まることになりました。その名前は本人から聞いたもので、フルネームや、それが本名なのかどうかは分かりません。部屋には二段ベッドが二つあり、二人はそれぞれベッドの下段を使っていたので、僕はカールの上を使わせて貰うことにしました。しばらく三人で話した後、ラルフが先に約束があると言って出かけて行きました。五時前だったと思います。その後、カールも出て行き、僕は六時過ぎに食事をする為に、部屋を出ました。ホテルに戻ったのは十時になる頃です。部屋の電気は点《つ》いておらず、誰も帰って来てないのかと思いましたが、アルコールの匂いがしました。ですから、カールかラルフのどちらかが酔っ払って帰って来て、寝ているのだろうと思い、電気を点けました。すると、右側のベッド…ラルフが使っているベッドの掛け布団《ぶとん》が盛り上がっているのが見えたので、彼がいるのだと分かりました。でも、どうも様子がおかしい。掛け布団は腹部から頭の上までを覆うような形でかかっており、腰から下の下肢《かし》は丸出しの状態だったんです。酔っていてそのような状態になったのかとも思ったのですが、もう一つ、疑問を抱きました。出かける前に話していた時、カールが冗談交じりにラルフのいびきはすごいからと言っていたんです。酔っ払って寝込んでいるようなのに、寝息すら聞こえません。これはおかしいと思い、布団を捲ってみました。すると、ラルフは死んでいて、殺されたのだと分かりました」

「どうしてですか？」

「頸部に扼殺《やくさつ》されたと思われる形跡があり、顔にもその特徴が出ていました。眼球には溢血点が浮かび、顔面が鬱血していました。扼痕は右側に強く表れていましたから、犯人は左利きでしょう。下顎《したあご》に硬直が出始めていましたし、眼球の乾燥も顕著《けんちょ》になっているようでしたから、死後二時間は経過していたと思います。ですから、死亡推定時刻は八時頃かと。それと、これは現場でもお伝えしましたが…」

「ちょっと待って下さい」

久嶋の説明が余りにも素人《しろうと》離れしたものなことに驚き、渡辺と名乗った刑事は慌てて話を止める。困惑した表情を浮かべている渡辺に、久嶋は的外れな問いを投げかけた。

「言葉の使い方が間違っていますか？　日本の捜査資料を取り寄せた時に一通り、勉強はしたのですが…。英語なら正しい用語で説明出来ます」

「違います。そういうことではなくて…」

どうしてそんなに詳しいのかと尋ねる渡辺に、久嶋は音喜多に説明したのと同じ内容を繰り返す。ＦＢＩと聞いた渡辺は不審げに眉間の皺を深くし、「ちょっと待ってて下さい」と言い残して部屋を出て行った。彼が信用していないのを久嶋も感じたのだろう。困ったように首を傾げる。

「嘘じゃないんですが…」

「……」

哀《かな》しそうにも見える久嶋の顔を見て、音喜多は内心で溜め息を吐いた。自分で思いつきながらも却《きゃっ》下《か》し、半林に提案されても尚、気が進まずにいたのだが。やはり、汐月に電話せざるを得まいと、音喜多は苦渋の決断をする。自分自身、久嶋の話が事実であるのかどうか、確かめたいという気持ちもあった。

　渋面の音喜多は久嶋をその場に残して部屋を出た。廊下の壁に凭《もた》れかかってスマホを取り出した音喜多は、汐月の番号を呼び出して電話をかける。既に時刻は午後十一時を過ぎているが、まだ仕事中である可能性は高い。留守電ならばメッセージを残しておこう…という考えは不要であった。

『はいっ、汐月です！　何か御用ですか!?』

「……」

　嬉々《きき》とした表情まで見えて来そうな明るい声が聞こえ、音喜多は逆に暗澹《あんたん》たる気分になった。汐月は学生時代の後輩で、長年、音喜多に憧《あこが》れを抱き敬意を払っている男だ。周囲の誰もが認める音喜多の「ファン」である汐月が、いつ何時でも自分からの連絡には応えられるよう待機しているのは知っていたが、こうまで速い反応をされると引くというのが本音だ。

　しかし、汐月の熱量に負けている場合ではない。音喜多は溜め息を呑み込み、頼みがあると告げた。

『何なりとお申し付け下さい！　この汐月弥彦《やひこ》、音喜多先輩の為なら火の中水の中…いえ、嵐の中でもご依頼を完遂すべく…』

「ちょっと調べて欲しいことがあるんだ。…アメリカのＦＢＩで特別捜査チームにアドバイザーとして参加していた、『久嶋藍』という人物がいるかどうか、至急、調べてくれ」

『…えふびーあい…って、あのＦＢＩですよね？　どうして先輩が…そんな…』

「急いでるんだ。裏付けが取れたら、電話をくれ」

　さすがに訝しげな調子で聞き返して来る汐月に、頼んだぞと一方的に言い、通話を切る。汐月は電話をかけ直して来ることはなく、すぐに動き出したのだろうと思われた。良くも悪くも、汐月にとって自分の命は絶対だ。それに、汐月にとっては容易な頼みごとであろうから、早急に結果を出して電話をかけて来るに違いない。あとは…何らかの「報酬《ほうしゅう》」を得ようとする汐月を、どのようにごまかすかが問題だなと思いつつ、音喜多はスマホを手に久嶋のいる部屋へ戻った。

汐月は早々に電話を折り返して来るかと思っていたが、スマホに着信は入らなかった。汐月が多忙な立場にあるのは理解していたので、仕方ないかと諦めていたものの、事実確認に向かった刑事の方も戻って来ない。久嶋と待ちぼうけを食らわされた音喜多は、「参ったな」と呟いて頬杖《ほおづえ》を突いた。

「拘束出来る権限はないと認めていたし、帰っても差し支えはないと思うんだが…」

「僕は先ほどの方が戻って来るまでいますから。音喜多さんは帰ってもいいですよ」

つまらなそうに呟く音喜多に、久嶋は苦笑して返す。

久嶋は事件を解決に導きたいという思いで、警察署までつき合って来ている。帰ろうという誘いに応じないのは当然で、音喜多は肩を竦《すく》めて机の上に置いたスマホに視線を向けた。

そんな音喜多を見て、久嶋は誰からの電話を待っているのかと聞いた。

「さっき廊下で電話していた相手ですか?」

「……」

図星をさされ、音喜多はばつの悪い思いで久嶋を見る。汐月からの電話を待ってはいたが、久嶋に悟られないよう、気をつけていたつもりだった。久嶋にはちょっとしたことでも見破られてしまうようだと諦め、音喜多はスマホをポケットに仕舞って、肩を竦める。

「警察に知り合いがいるんだ。それで話を通して貰おうかと」

「そうなんですか。じゃ…」

音喜多の知り合いに警察関係者がいるというのは、久嶋にとっては朗報だったのだろう。ぱっと顔を輝かせ、話を始めようとした時だ。取調室のドアが予告なく、乱暴に開けられる。先ほどの刑事かと思い、音喜多と久嶋は揃ってドアの方を見たが、そこには息せき切って立っている大柄な男がいた。

「せ、先輩！」

「……」

荒い呼吸を繰り返し、うっすら額に汗を浮かべている様子から相当な勢いで駆けて来たのだと窺い取れる。逞《たくま》しい身体に濃紺のスーツを着た男は、全身から剛胆《ごうたん》な雰囲気を醸《かも》し出し、凛々《りり》しい顔立ちには警察官僚という重責ある職務に就く者独特の厳しさが漂っていた。

その厳《いか》つい顔に満面の笑みを浮かべて音喜多を「先輩」と呼ぶ汐月は、警察庁へキャリア入庁したエリートで、血筋も実力も申し分ない彼は順調に出世を果たし、あちこちに顔が利かせられる立場にある。汐月ならば久嶋のことも調べられるだろうし、色々と使えて便利だろうと思ったのだが…。

問題は自分に対するこの「熱意」だ。電話で済む話なのに、深夜まで残業しなくてはならない多忙な身であるにもかかわらず、わざわざ自分の居場所を捜し直接やって来るとは。久しぶりに出会す暑苦しさに音喜多は初《しょ》っ端《ぱな》からうんざりモードだったが、汐月の方は違った。

「ご無沙汰しております！　お元気そうで何よりです！」

「声がでかい」

「はっ、そうですね。申し訳ありません…」

気をつけの姿勢で詫びた汐月は、そこでようやく、音喜多と向かい合わせに座っていた久嶋の存在に気がついた。すると、音喜多に向けていた笑みを即座に消し去り、強面《こわもて》の顔立ちに似合う隙《すき》のない表情に切り替える。久嶋を値踏みするようにじっと睨《ね》めつける汐月に、音喜多は「おい」と声をかけた。

「ちょっと外で話そう」

汐月の表情や態度からも、久嶋に関する確認が取れたことが分かり、音喜多は汐月を促して部屋の外へ出た。久嶋が窺うような目で見ているのに気付いてはいたが、彼の前で話せる内容ではない。音喜多の後から部屋を出た汐月は、ドアを閉めた後、早速調査結果を報告する。

「久嶋藍という人物について調べましたところ、ＦＢＩの特別捜査チームにアドバイザーとして関わっていることが確認出来ました。職務内容については特殊なもののようで、現段階で詳細までは分かっていないのですが…」

「本当なのかどうか確認したかっただけなんだ。何をしていたか知りたかったわけじゃない」

「今の男…ですよね？」

久嶋について調べた汐月は顔写真などを見ているのだろう。部屋の中にいる久嶋がそうであると分かっているようで、確かめて来る汐月に音喜多は頷く。

「先輩は彼とどういう知り合いなんですか？」

「……」

汐月の質問には慎重な調子が含まれており、それには何らかの理由があるのではないかと考えられた。音喜多にとって汐月は色々と問題を抱えた男だが、世間一般からすると、有能な切れ者でもある。音喜多もそれを否定するつもりはなく、だからこそ、含みのある汐月の物言いにひっかかりを感じたのだ。

汐月をじっと見て、「どうしてだ?」と聞く音喜多に、彼は声を潜《ひそ》めて久嶋に関する情報を伝える。

「自分が久嶋藍なる人物について調べ始めてすぐ、こんな時間帯にもかかわらず、上から指示が下りました。久嶋藍が何らかの事件に関わったのであれば、その詳細を全て報告するようにというものです。理由は一切明らかにされませんでしたが、久嶋藍は単なるアドバイザーであり、FBIの正式な捜査官ではないようなので、一民間人に関する報告を求められるというのは、異例であることは間違いありません。直近《ちょっきん》の幹部に確認しましたところ、恐らく…何らかの重要人物なのではないかと」

「ふん…」

「詳細は調査中ですが、先輩が何かご存じであればお教え頂けると有り難いです」

久嶋が本当にFBIの関係者であったことを考えると、今後も汐月の協力を必要とする時が来るかもしれない。そう考え、音喜多は自分が調べた久嶋に関する情報を、汐月に伝えた。

「俺が調べさせたところ…天才だってのは分かった」

音喜多が「天才」と言うのを聞き、汐月は微かに眉を顰める。不思議そうに見る汐月に、音喜多は軽く肩を竦めて、半林から報告を受けた久嶋に関する情報を続けた。

「二十五歳の若さで博士号を三つ取得していて、揚羽大学に客員教授として招聘されたそうだ」

「博士号を三つって……二十五歳でそれは無理じゃないですか?」

訝しげに汐月が否定しかけた時だ。「本当です」と言う久嶋の声が唐突に聞こえる。音喜多と汐月が驚いて振り返ると、久嶋が取調室のドアを開け、顔を覗かせていた。二人の前へ歩み出た久嶋は、信じられないのであれば、何処へなりと問い合わせてくれと汐月に言った。

「僕の母校はスタンフォードなので、そちらでもいいですし、ＦＢＩでも構いません。…ええと、音喜多さんが話していた警察の…？」

汐月を紹介して貰っていない久嶋が、躊躇いがちに確認するのに、音喜多は頷いて改めて紹介する。

「汐月だ。高校の後輩で…今は警察庁の…」

「警備局におります」

「そうですか。久嶋です。よろしくお願いします」

久嶋はにっこり笑い、汐月に向かって名乗った後、「それで…」と事件に関する話を切り出そうとした。しかし、そこへバタバタとした足音が響き、長らく席を外していた刑事の渡辺が姿を現す。渡辺は取調室前の廊下に立っていた三人を見て、その中の汐月に向かって一礼した。

「警察庁の汐月さんですか？」

「ええ。そちらは？」

「刑事課の渡辺といいます。うちの課長が挨拶したいそうで…こちらへお願い出来ますか？　…それと、帰って頂いて構いませんから」

渡辺は恐縮した様子で汐月に同行を頼んだ後、音喜多と久嶋に向かって、ひどくばつが悪そうに小声で帰るように促した。横柄な態度だった現場の刑事とは違うタイプであったが、渡辺も決して腰が低くはなかった。

それが態度を一変させたのは、組織は違えども、警察庁という影響力の大きな官庁で、様々な伝を持つ汐月の存在が関わっていることは間違いなかった。汐月は所轄署の上層部に何らかの連絡を入れたに違いなく、刑事課長が挨拶したいと言っているのも、その辺りが関係しているのだろう。

仲間意識が強い組織ほど、長いものには巻かれようという体質が顕著に表れるものだ。音喜多は半ば呆れながらも頷き、久嶋に帰ろうと声をかける。しかし、目的を果たせていない久嶋は、渡辺に先ほどの続きを説明し始めた。

「では、これだけは聞いて下さい。現場でも話したのですが、聞いて貰えていないようだったので、話の通じる人がいないかと思ってここまでつき合って来たんです。…犯人は女性である可能性が高いです。被害者が大柄な男性であること、扼殺していることを理由にして、女性を犯人から除外すべきではありません。犯人が被害者と同じ旅行者で、外国人である場合、出国してしまう可能性があり、そうなると逮捕が難しくなるでしょうから」

久嶋が真剣に説明する内容は、音喜多が現場で聞いたのと同じだった。そして、現場で出会った横柄な刑事ほどではないものの、渡辺も怪訝そうな表情で久嶋を疑わしげに見る。

「どうしてそんなことが分かるんですか？」

「第一に遺体の扼痕には指先の圧迫による皮下出血よりも、爪痕が顕著に表れていました。特に喉の中心部分…喉笛辺りのものは顕著で、爪が食い込んだと思われ、出血も見られましたから、恐らく、加害者の爪がある程度の長さがあったと思われます。爪を伸ばしている割合は女性の方が圧倒的に高いです。第二に僕が発見した時、遺体の頭部は布団で覆われていました。加害者の、遺体に対する罪悪感を示す行動です。殺害した相手に対し罪悪感を覚え、遺体を丁寧に扱っていることからも、女性であるかと」

「しかし…男であっても隠そうとしたのかもしれませんよ」

「遺体を隠そうという意識があるのなら、もっと違った方法を取るはずです。証拠を多く残していることからも衝動的な色合いの濃いものだと判断出来ますので、隠そうとして布団で遺体を覆ったのだとは考えにくいです」

にっこり笑って論理的な反論を返す久嶋に、渡辺はそれ以上、何も言えなくなった。そんな二人の掛け合いを聞いていた汐月は物言いたげな目線を音喜多に向ける。音喜多が小さく頷くと、汐月は自分がそのように刑事課長に伝えると久嶋に請け合った。

「女性を中心に被害者の交友関係を当たるように助言します。外国人である可能性も視野に入れますので」

「そうですか。よろしくお願いします」

汐月の方に向き直った久嶋は、安堵《あんど》したような表情を浮かべて頷く。汐月は渡辺に自分が課長に直接伝えると言い、捜査に戻るよう勧める。渡辺は戸惑った様子ながらも「了解です」と返事して立ち去った。

渡辺がいなくなると、久嶋は音喜多に「帰りましょうか」と声をかける。音喜多は汐月に「悪かったな」と世話をかけたことを詫び、久嶋と一緒に立ち去ろうとしたのだが。

「先輩」

数歩進んだところで汐月に呼び止められる。音喜多は久嶋に、玄関で待っていてくれるよう頼んでから、汐月の元へ引き返した。

汐月が説明不足だと思っているのは分かっていた。どういう知り合いなのかと聞かれた時もはっきりは答えていない。曰《いわ》くありげなＦＢＩ関係者と自分の間に、汐月が接点を見つけられないのは当然だろう。直接やって来たのは汐月の勝手でも、久嶋を調べさせたことで、何らかの影響を被《こうむ》るに違いないことは予想出来る。音喜多はある程度正直に話そうと決め、偶然出会ったのだと伝えた。

「青山にある美術館で…偶々知り合ったんだ。今日、日本に着いたばかりで、ホテルも取っていないって言うから心配になって、あれこれ世話してたら…」

「今日知り合ったばかりなのに、もう身元を調べたんですか？」

「……」

少なからず驚いた様子の汐月に指摘され、音喜多は言い返す言葉がなくて口を閉じる。確かに…自分でも客観的に考えると、まずい行動だったかと思うのだが…。

神妙な表情で沈黙する音喜多を、汐月は微かに目を眇《すが》めて見る。その顔には呆れたような表情が混じっていた。

「確かに、先輩のタイプですからね」

「…そんなことは…」

「あります。自分では意識してないかもしれませんが、俺は先輩の元カノ元カレを全員把握してますから。男女問わず、いつもあんな感じの顔と雰囲気だって、分かってませんか？　ＦＢＩがどうのと聞いたので不審に思いましたが、調べてみて彼の写真を見た時、すぐにピンと来ましたよ。ナンパした相手だって」

フンと鼻息付きで言う汐月に音喜多はぐうの音《ね》も返せなかった。不幸中の幸いは、汐月がオリジナルが初恋の相手だとは知らないことだろうか。困惑しつつも、音喜多はナンパしたわけではないと否定し、「とにかく」と話を切り上げようとした。

「迷惑をかけたのは詫びる。また何か分かったら…」

「もちろん知らせますが…深入りはしない方がよさそうな気がします」

「……」

汐月が単なる嫉妬心《しっとしん》から言っているだけでもないような気がして、音喜多はじっと彼を見る。汐月は真面目な顔で、手に負えない相手なのではないかと疑問を呈した。

「見た目は俺と違って可憐《かれん》な感じの人ですが、中身は違うと思いますよ」

それは音喜多も感じていたので、否定も反論も出来なかった。そういうつもりはないのだと…久嶋の顔を見ているだけでしあわせで、彼と特別に親しくなりたいという欲望は抱いていないのだと、弁明することは出来ただろうが、それもしなかった。自分が本当はどうしたいのか。様々な意味で本音を露《あら》わにしてはいけないような気がしていた。

音喜多がようよう口を開き、「分かってる」と返そうとした時だ。待ちくたびれたのか、刑事課長が直々《じきじき》に汐月を捜しに来た。大仰《おおぎょう》な挨拶合戦が始まった隙を突いてその場から逃げ出した音喜多は、久嶋を待たせている正面玄関へ足早に向かう。

「……」

廊下を歩いて行くと、ガラス戸の脇に久嶋がぽつんと立っている姿が見えた。近づく音喜多の気配に気付き、振り返る。自分を見るその顔は、やっぱりそっくりで、音喜多は駄目な自分に苦笑する。汐月の忠告を頭の片隅にでも置いておかなくてはいけないと思っているのに。

「待たせて悪かった」

「僕の話を？」

「どういう知り合いなのか聞かれてたんだ」

美術館で偶々知り合ったのだと答えたと聞き、久嶋は「そうですか」と相槌を打つ。警察署を出ると、音喜多は久嶋に「どうする？」と聞いた。

ホテルまで送ったとしても、殺人現場となってしまった久嶋の部屋は、使えないだろう。違う部屋を手配して貰えるかどうかは聞いてみないと分からないが、音喜多としては殺人事件の起こったホテルなどに戻って欲しくはなかった。

それをどう伝えるべきか迷う音喜多に、久嶋はホテルには戻れないと残念そうに告げる。

「ほぼ満室だって言われてたんです。ベッドが空いていたのはあの部屋だけだったので」

「じゃ、違うホテルを探すか」

ほっとした気分で、音喜多は宿探しを手伝うと申し出る。一度は断った久嶋だが、今度は小さく頷き、音喜多と共に警察署の敷地を出た。歩道をしばらく進んだ車道の端に半林が車を停めて、音喜多が出て来るのを待っていた。

音喜多と久嶋の姿を確認した半林は運転席から降りて、後部座席へ回り、二人の為にドアを開ける。それに乗るよう促された久嶋は、躊躇いがちに乗り込む。音喜多も乗り込んだのを確認して、車を発進させた半林にホテルへ向かうよう指示を出すと、久嶋がそれを制した。

「荷物があるんじゃないのか？」

「これだけです」

隣に置いたデイパックを指して言う久嶋に、音喜多はそれだけなのかと驚く。久嶋は住まいを決めたら残りの荷物を送って貰うようにしてあるとは言うけれど、それにしたってデイパック一つというのは…。

「着替えとか…全部、それに入ってるっていうのか?」

「はい」

確かに普段使いにしては大きなデイパックではあるものの、まさか、着替えも全て入っていたとは。二、三日の旅行でもスーツケースを持参する音喜多には到底信じられなかった。ホテルを予約せずに外国を訪ねるのと同じことである。

「先払いで清算はしてありますし、戻る必要はないと思います。本当は泊まらなかったので、返金して欲しいところですが、事情が事情ですので、やめておきます」

「そうだな…」

近くで別のホテルが空いてないか当たってみようと言い、音喜多は取り敢えず、車を出すよう半林に命じて、スマホを取り出す。久嶋が宿泊していた近辺で、他にホテルはないか、探していたのだが。

「……」

ふと、気配が消えた気がして隣を見ると、久嶋がドアに凭れかかり、眠っていた。ついさっきまで起きていたのに、電池が切れるみたいに寝てしまったのを驚く。声をかけようとしたところ、半林が控《ひか》えめな口調で制した。

「お疲れなのではないですか?」

「そうだな…」

確かにその通りかもしれないと頷き、音喜多は声をかけるのをやめた。久嶋は昼前に成田に着いたと言っていた。アメリカの何処からやって来たのかは分からないが、西海岸だとしても十時間以上のフライトだ。その上、時差もある。

「半林。目白《めじろ》へやってくれ」

「畏《かしこ》まりました」

今からホテルを探して、あれこれ手続きさせるというのも可哀想《かわいそう》だ。ならば…と思い、音喜多はそこから一番近いと思われる、目白の自宅へ向かうよう半林に指示を出した。


目白の家は音喜多が所持する複数の不動産の中でも、特別な位置付けにある本宅だ。音喜多自らが建てたわけではなく、広い庭のある古い洋館は親類から相続した。都心の由緒《ゆいしょ》正しき高級住宅地という立地条件も合わせて、不動産価値はかなりのものである。音喜多がそこに泊まることは年に数回程度しかないものの、思い出の残る場所でもある目白の家には、半林が住み込んでいる。庭や屋敷に定期的な管理を必要とするので、半林は音喜多の送り迎え以外の時間を、そのメンテナンスに費やしている。

目白に到着すると、車の中で寝入ってしまった久嶋を客間へ運び、寝かせた後、音喜多も自室で就寝した。翌朝、半林が用意した朝食をテラスで食べている最中、久嶋が起き出して来た。

「音喜多さん…！」

「…起きたのか」

久嶋の声を聞いて振り返った音喜多は、テラスに続くガラス窓の近くに久嶋が立っているのを見つけ、手にしていた新聞を置く。久嶋の髪には盛大な寝癖がついており、その表情には動揺が表れていた。何か問題でもあったのかと心配になり、微かに眉を顰めた音喜多の傍へ歩み寄った久嶋は昨夜《ゆうべ》のことについて尋ねた。

「あの…音喜多さんの車に乗ってから……、僕はどうしたんでしょう？」

「どうしたって…ホテルを探そうって話をしてたんだが、教授は寝てしまったから、うちへ連れて来たんだ」

「僕が…眠った？」

「ああ。覚えてないのか？」

力無く首を振る久嶋は、音喜多の話が信じられない様子だ。そんな彼に、控えていた半林が席に着くよう勧める。音喜多の向かい側の椅子を引いた半林に小さく会釈《えしゃく》し、背負っていたデイパックを下ろして座った久嶋は、まだ半信半疑の顔付きだった。

「僕は…車の中で眠るような真似はしないのですが…。まさか…薬などで眠らせたとか…」

「おいおい」

何を言っているのかと、今度は音喜多の方が訝しげな表情になった。久嶋が犯罪捜査のエキスパートであるらしいのは昨夜よく分かったが、だからといって、自分まで犯罪者扱いされるのは甚《はなは》だ心外だ。音喜多は真面目な顔で、自分は何もしていないし、そのような発言は失礼だと指摘する。

「教授を眠らせて、俺に何のメリットがある？　起こしてホテルを探す手もあったが、深く寝入っていたし、可哀想に思って起こさなかったんだ。幾ら何でもその言いぐさはないんじゃないか」

「……。確かにそうです。すみませんでした」

「疲れてたんだと思うぞ。アメリカから来て、時差もあるのに、あんな騒ぎに巻き込まれたんだ。神経だって使っただろうし、無理もない」

音喜多は久嶋を気使い、半林にコーヒーを入れて来るよう命ずる。久嶋は自分の発言が礼を欠いたものだったのを次第に実感し始めたらしく、再度すみませんと詫びた。

「安全が確認出来る場所でしか眠らないように、行動に気をつけているので…自分が意識なく眠り込んでしまったのが信じられなかったんです。申し訳ありませんでした」

「…もういいよ」

安全が確認出来る場所でしか…と久嶋が言うのには深い理由がありそうで、音喜多は複雑な気分で首を横に振った。普通の人間にはない考えが、汐月から言われたことを頭の中で蘇《よみがえ》らせる。

久嶋の外見は犯罪捜査に関わっているとはとても思えないものだ。背は高いけれど痩《や》せていて、顔立ちは少女のようである。実際の年齢も十分に若いが、そのせいで年齢以上に幼く見える。

こんな久嶋が犯罪心理学のような学問を研究するようになった理由を考えていると、控えめな口調で尋ねられた。

「音喜多さんが…車から運んでくれたんですか？」

「ああ。気にするな。軽かった」

思いがけずに重くなってしまった空気を変えようと、音喜多がわざと笑ってからかうと、久嶋も小さく笑みを浮かべる。そこへ半林がコーヒーを運んで来て、久嶋に朝食を勧めた。

「ご希望を仰って下されればお作り致します」

「…じゃ…パンケーキを」

畏まりましたと請け合い、下がって行く半林の姿を見ながら、久嶋は昨夜の運転手が家のこともしているのかと尋ねる。

「ああ。半林は何でも出来るんだ」

「音喜多さんが雇《やと》ってるんですか？」

「雇ってる…。まあ、そうだな」

自ら雇ったわけではないが、現在、半林に賃金を払っているのは音喜多である。小さな頃から傍にいる世話係であるという説明は省き、これからどうするのか、久嶋の意向を確認した。

「ホテルの方がいいなら、探して案内するが…。ここでも不自由はないだろうから、しばらく滞在したらどうだ？　揚羽大学からもさほど遠くないし、半林が送り迎えをするから大丈夫だ」

「昨日、音喜多さんはマンションを幾つか持ってると言ってましたが…ここも音喜多さんの家なんですか？」

「ああ」

ふうんと頷き、久嶋はテラスから見える庭を眺める。半林によって手入れされた庭は、まだ夏の終わりということもあって、緑が美しい。これからは秋咲きの薔薇も楽しめる。都内とは思えない贅沢《ぜいたく》な環境は、久嶋が泊まろうとしていた四人部屋の安宿より、遥《はる》かにいいものだとは思うが、彼が気に入るかどうかは分からなかった。庭を眺める久嶋の横顔をじっと見つめていた音喜多は、その唇が斜めに動くのに気付いて、はっとする。

無意識に見惚《みほ》れていた自分を反省する音喜多に、久嶋は苦笑を浮かべて聞いた。

「僕の顔が好きだった女性に似ていると音喜多さんは言ってましたが…片思いだったんですよね？」

「……」

片思い…であったのに間違いはないので、音喜多は神妙に頷く。自分の前にいる久嶋は、格好や髪型は違っても、本人なのではないかと錯覚してしまいそうになるほど似ている。ただ、もう二十年以上も前のことだから、自分は顔立ちよりも雰囲気からそっくりだと判断しているのかもしれないとも思う。

汐月の言う通り、思い返せば、自分がつき合って来た相手は、皆、似た感じの顔で同じような雰囲気を持っていた。それほどに…忘れられない、相手なのだ。今も。

「告白もしなかったんですか？」

「まだ…子供で、年上の人だったから、自分には資格がないって思ってたんだ」

だから、いつか相応しい人間になろうと思っていた。年齢も経済力も地位も手に入れて、絶対に彼女を手に入れようと思っていたのに。

「大人になったら思いを告げようって決めてたけど……亡くなってしまったんだ」

だから、告白も出来なかった。音喜多の告白を聞いた久嶋は、浮かべていた苦笑をすっと消し、真面目な顔になって「すみませんでした」と詫びた。音喜多はすぐに首を横に振って、久嶋が悪いわけではないと否定する。

本当は久嶋に話すつもりはなかったのに、どうして言ってしまったのかと不思議に思いながら、音喜多はコーヒーに口をつける。重い話をすれば警戒心を抱かせてしまって、久嶋に会うことも叶わなくなるかもしれないと恐れていたのに。

どうにかしてフォローしたいと思いながらも、妙案が浮かばずに悩んでいると、半林が甘い匂いのするパンケーキを運んで来た。半林が作ったものはいわゆるホットケーキで、久嶋が考えていたパンケーキとは違っていたらしい。見事にふっくら焼き上がったホットケーキを前に、久嶋は目を見張る。

「すごい。僕が思ってたのとは違うけど、すごく美味しそうですね」

「メープルシロップをかけて食べるとうまい」

音喜多の勧めに従い、久嶋は白い陶器に入った琥珀色《こはくいろ》のシロップを、溶けかけてる四角いバターの上から滴《したた》らせる。くるくると円を描いて楽しそうに、全てのシロップをかけてしまった久嶋に、音喜多は戸惑いを覚えて、かけ過ぎではないかと聞いた。

「大丈夫です。頂きます」

ナイフとフォークを手にし、切り分けたホットケーキを口に運んだ久嶋は、心から嬉しそうに笑った。美味しいです！　と感想を口にし、後ろに控えている半林を振り返る。

「半林さん、これ、本当に美味しいです」

「恐縮です」

「ありがとうございます。こんなに美味しいものが食べられてしあわせです」

礼を言い、久嶋はぱくぱくとメープルシロップがたっぷりかかったホットケーキを頬張る。しあわせそうな久嶋からは、自分が思いがけずに告白してしまった話を気にかけている様子は窺えなかった。大したことじゃないと忘れてくれればいいと願いながら、音喜多は美味しそうにホットケーキを食べる久嶋を眺めていた。

ホットケーキを食べ終えた久嶋は、時間を確認し、十時に揚羽大学で人と会う約束があるのだと言った。時刻はちょうど九時を過ぎたところで、時間に余裕はあったが、初めて訪問する先だから早めに出かけたいという久嶋の意向に沿って、音喜多も一緒に目白を後にした。

「音喜多さんは仕事に行かなくていいんですか？」

「大丈夫だ」

久嶋と親しくなる為の時間を作る目的で休暇を取ったとは言えず、自分の仕事はフレックスなのだと説明した。そうですかと相槌を打った久嶋は、それ以上深く聞いて来ることはなかった。揚羽大学の正門前に停められた車の中で、音喜多は迎えは何時がいいかと尋ねる。

「分からないんです。それに今日はホテルに泊まりますから…」

「何か気に入らないことでも？」

「そういうわけじゃないんですが」

ならいいじゃないかと返す音喜多に、久嶋は苦笑する。用事が終わったら迎えに来るので電話をくれと言う音喜多に、久嶋は返事をせずに車を降りた。大きなデイパックを背負って歩いて行く後ろ姿を車の中から眺めていた音喜多は、神妙な調子で半林に聞いた。

「…迷惑がられていると思うか？」

「私の口からは申し上げかねます」

「……」

直接の否定よりも、遠回しな肯定の方が傷つく場合もある。音喜多は渋面で半林に目白へ戻っているように告げ、車を降りた。大学へ向かう学生に交じり、構内へ入ると、案内板を見つけてその前で立ち止まる。

都心にある大学なので敷地面積は限られているが、それなりの広さはあり、何棟《なんとう》もの校舎があってそれぞれの位置が記されている。学部ごとに分かれているらしい校舎の何処に久嶋はいるのだろう。大学で何を教えるのかも聞いておらず、どの学部であるのかも見当がつかなかった。仕方なく、音喜多は近くのカフェへ入り、しばらく時間を潰すことにした。

コーヒーを買い、木陰になるテラス席に座ってすぐだ。スマホに着信が入り、見てみると、汐月の名前が表示されている。どさくさに紛れるようにして警察で別れた後、汐月から連絡は入っていなかった。「礼」を要求されることもなかったので、ほっとしていたのだが、そうは問屋が卸《おろ》さないのかと諦め、画面に触れる。

『おはようございます。汐月です。今、いいですか？』

「ああ。昨夜は悪かったな」

取り敢えず、礼を言う音喜多に汐月は『とんでもありませんっ！』と大仰な調子で返してから、事件の続報が入って来たのだと告げた。

『昨夜の旅行者殺害事件、被疑者が確保されました』

「本当か？」

『はい。それが…あの久嶋という男が言った通り、被疑者は女で、アメリカからの旅行者でした。久嶋某《ぼう》の助言を聞き入れ、被害者の交友関係を女性中心に当たっていたところ、被疑者が浮上し、成田から出国しようとしていた被疑者の身柄を押さえることが出来たようです』

「……」

汐月の口調が苦々しげなものであるのは、久嶋の見立てが正確で、完全に警察の上を行っていたことを認めざるを得ないからだろう。それにつけ加え、久嶋に対する嫉妬心も絡《から》んでいるに違いない。

『被疑者は日本に観光目的で入国した後に被害者と知り合い、しらばく行動を共にしていたと供述しています。金銭の貸し借りが動機のようですが、恋愛関係のトラブルも含まれているのではないかとのことです』

汐月が続ける説明を聞きながら、音喜多は被害者の遺体を前にしても、平然とした顔付きでいた久嶋を思い出していた。久嶋はまだ若く、あんなに可憐で虫も殺さないような顔をしているのに。どうして犯罪捜査などという、物騒《ぶっそう》な仕事に関わるようになったのだろう。

久嶋の過去について思いを馳《は》せていると、汐月が『それで』と切り出した。

『先輩。今夜の予定は？』

「……」

食事でも如何ですかと続けようとする汐月に、音喜多は「すまん」と先に詫びた。今夜は先約があると返す音喜多に、汐月はひるまず「では」と切り返す。

『明日は？』

「明日もだ。お前も忙しいだろう。また改めて連絡する」

『せんぱ…』

汐月に世話をかけたという意識はあるが、食事につき合うまでのことではない。隙を見せたら執拗《しつよう》に迫られるのを分かっている音喜多は、早々に話を切り上げて、自ら通話を切った。汐月がかけ直して来るかもしれないと、しばらくスマホを睨《にら》むように見ていたが、着信は入らず、音喜多は微かに眉を顰める。

純粋に忙しくてかけ直す暇がないのか。それとも、別の手立てを考えているのか。久嶋に関する情報は汐月の方が手に入れやすく、今回の一件でラインが出来たことから、有利な立場になるであろうと予想がついた。それをカードに使おうとしているのかもしれないなと、従順な態度を装いながら、虎視眈々《こしたんたん》と自分を落とす機会を窺っている汐月の食えない性格を考えながら、音喜多はコーヒーを飲んだ。

久嶋を家に泊め、大学に送って来て、その帰りを待っていると知ったら、余計に嫉妬心を燃やすに違いない。そんなことを考えると共に、自分自身の状況を顧《かえり》みる。

「…何してるんだ…、俺は」

久嶋が何処にいるのかも、帰りがいつになるのかも分からないというのに、ここで何をしているのか。客観的に考えるとバカらしいと思うのに、動けないでいる自分は…。

当てもなく誰かを待つなんて、初めてだ。自分には似合わないと思いながらも、その場から動けないまま、時間だけが刻々と過ぎて行った。


久嶋から連絡が入るかどうかは不明で、やんわりと迎えを断られたことも分かっていたが、音喜多はもしもの可能性を捨て切れず、大学構内に留まったままでいた。カフェを出たり入ったりしつつ、構内をうろつくこと数時間。昼を過ぎ、夕方になっても音喜多のスマホに着信は入らなかった。

「……」

もしかすると、久嶋はもう用を終えて大学を出ているのかもしれない。電話をくれと言った自分に久嶋は返事をしなかった。久嶋の立場になってみれば、自分の行動は訝しく思われても仕方がないものだというのは分かっている。

美術館で出会い、声をかけ、後を尾け…身元を調べて、…寝入ったところを自宅へ連れ帰った。端的に事実を並べてみた音喜多は、項垂れて深い溜め息を吐く。これじゃ、ほとんど犯罪だ。ストーカーと変わらないと力無く首を振った時だ。

デイパックを背負ったひょろりと背の高い人影が視界を過ぎった。はっとして立ち上がった音喜多は、陣取ったままでいたカフェのテラス席から走り出て、その姿を捜す。久嶋に違いないと思った人影は何処かへ消えていた。

「……」

しまった。カフェの外で見張っているのだったと後悔しても遅く、音喜多は朝、別れた門の方へ向かう。もしかすると、久嶋はそこが待ち合わせ場所だと考え、直接向かったのかもしれない。携帯を持っていないから、電話をかけられなかった可能性もある。

自分にいいように考え、音喜多は門へ急いだ。しかし、小走りで向かった先に久嶋の姿はなく、辺りを見回しながら彼が現れるのを待った。五分、十分。時間だけが過ぎ、こんなにかかるわけがないと嘆息《たんそく》し、音喜多は久嶋らしき人影を見かけたカフェへ戻ろうと決めた。

時刻は五時近くなっており、学生たちの姿も疎《まば》らになって来ている。一体、何時間こうしてうろついているのかと、自分自身に呆れながら何気なく左の方を見た時だ。

「…！」

先ほどと同じ人影が遠くを歩いているのが見える。音喜多は駆け出し、それが久嶋だと確認すると、「教授！」と声をかけた。

はっとした顔で振り返った久嶋は、音喜多を見ると困ったような表情になった。それを見て、久嶋が自分に会うつもりはなかったのを知り、音喜多はひどく困惑すると同時に愕然とした心持ちになった。

自分は久嶋らしき人影を見つけただけで嬉しくて、捜し回っていたというのに。久嶋の方はそうではなかったのだ。当たり前だ。自分は久嶋に歓迎されているわけじゃない。電話してくれと言われて、曖昧な笑みで返事をしなかった久嶋は、その態度で察して欲しいと思っていたのだろう。

お互いの気持ちに温度差がある事実に呆然として、音喜多は立ち尽くす。それまで恵まれた人生を送って来ていた音喜多には想像もつかない虚しさだった。これを絶望と言うのか。そこまで考え込んでいた音喜多に、久嶋はゆっくりと近づいて来た。

「音喜多さん。迎えに来てくれたんですか？」

「…いや」

「…？」

「待ってたんだ」

あれから、ずっと。更に引かれるのは分かっていたが、口をついて出てしまっていた。久嶋が驚いたように目を見張るのを見て、音喜多ははあと大きな溜め息を吐いて顔を俯《うつむ》かせる。

なんてみっともないんだ。迷惑がっている相手にこうまでしつこく縋るだなんて。頭の中から理性が呼びかけて来る。お前はこんな真似を必要とするような奴じゃない。なびかない相手を追いかけるほど、困っちゃいないはずだ。

いや、なびかせたいわけじゃないのだと、感情が答える。久嶋を振り向かせたいわけじゃない。ただ…。

ただ…?

「音喜多さん」

静かな久嶋の声が聞こえ、音喜多はどきりとして顔を上げる。久嶋の顔には笑みが浮かんでいたが、ホットケーキを食べていた時のような、心からの笑みではなかった。久嶋は音喜多を真っ直ぐに見つめ、口を開く。

「僕は人の気持ちが分からないんです」

「……」

久嶋が突然告白した内容にどきりとして、音喜多は小さく息を吸う。久嶋はどういうつもりで言ってるのだろう。怪訝そうに見る音喜多に、久嶋は淡々と説明した。

「人が考えている内容を想像することは出来ます。けれど、それは気持ちを理解することとは違うようなんです。恐らく、何らかの障害があってそれが影響しているのだと思うのですが、気持ちを察するとか、相手のことを思いやるとか、そういう類《たぐ》いの行動は苦手で、はっきり言って、出来ません」

そうきっぱり断った上で、久嶋は更に続けた。

「ですから、僕には誰かと恋愛関係というものを築くことは不可能に近いんです。ですから、誤解によって生じる面倒を避ける為にも、出来るだけそういう関係を避けたいと考えています」

「……」

つまり、迷惑だと言いたいのか。音喜多は自分でもよく分かっていると思い、空を見上げた。夏の盛りの頃に比べると、随分、日が落ちるのが早くなった。既に夜の気配を漂わせ始めている空の色を見ながら、そのまま、「すまない」と言って詫びる。

「ただ…俺は…」

久嶋の顔を見ているだけでしあわせで、その時間を長く味わいたいと欲張ってしまった。二度と手の届かない場所へ行ってしまった相手とは違い、久嶋はここにいる。目の前で笑ってくれる。それが嬉しかったのだ。

迷惑に思われていることは分かっていたのに、淡い期待を抱いて縋ろうとしてしまった。自ら行動を律するべき大人だったのに、感情が暴走するのを止められなかった。こんな風に、当てもなく誰かを一日待っているなんて…初めてだった。普段の自分であれば、あり得ない真似であるのに。

音喜多は大きく息を吐き、顔を戻して久嶋を見つめた。

「……」

もう一度、すまなかったと謝って、この場を立ち去ろう。また会って欲しいと頼んで、考えておきますと遠回しな拒絶を受けた昨日、とうに諦めるべきだったのだ。そう自分に言い聞かせて口を開こうとするのに、どうしても声が出て来なかった。

そんな音喜多をじっと見返していた久嶋は、思いがけない台詞を投げかける。

「僕は音喜多さんの気持ちは理解出来ませんが、セックスしてもいいとは思っています」

「……」

これ以上、久嶋に迷惑をかけるべきではないと思い、諦めようと考えていた音喜多は、久嶋が言った意味がすぐには理解出来なかった。今の状況からは余りにもかけ離れた内容に思え、頭の中がひどく混乱している。瞬きもせずに固まったままでいる音喜多に、久嶋は首を傾げて「厭ですか？」と尋ねる。

厭とか、厭じゃないとか。それ以前の問題で言葉を失っていた音喜多は返事をすることが出来ず、反応出来ないままでいた。そんな音喜多を見て、久嶋は残念そうに「そうですか」と頷く。

「では…」

失礼します…と言いかけた久嶋の肩を音喜多は咄嗟《とっさ》に摑んだ。ふるふると首を横に振り、声を出せない分だけ、眼力に頼って血走った目で久嶋を見据える。全く考えてもいなかった展開に、声も出せないほど驚いていただけなのだと説明したくても、出来なくて。首を振り続ける音喜多を、久嶋は不思議そうに見つめていた。

恋愛は無理だが、セックスはＯＫだという久嶋の心理は、音喜多にはさっぱり理解出来なかった。一夜限りの関係を持ったことは幾度となくあるけれど、そういう出会いとはほど遠い。また、久嶋が性欲を持て余していて、夜の相手を求めているとも思えなかった。

数々の疑問はあれど、音喜多にとって断る理由のない選択肢であったのは間違いない。顔を見ているだけでしあわせになれる相手に、セックスしてもいいと言われたのだから、舞い上がるほどの幸福でもある。しかも直前まで、諦めなくてはいけないと自分の思いを必死で断ち切ろうとしていたのだ。

必死で声を絞り出した音喜多が「俺もだ」と告げると、久嶋はにっこりと笑みを浮かべた。

「そうですか。よかったです」

「ああ…」

「ところで、音喜多さん」

「なんだ?」

「どうやったら門へ行けるか、知ってますか?」

「……」

もしかして、構内で迷っていたのかと音喜多が呆れ顔で尋ねると、久嶋は頷く。かれこれ、一時間近く歩いているのに門に辿り着けず、外に出られないのだと聞き、いつまで経っても久嶋が現れなかったわけだと溜め息を吐いた。

「本物の方向音痴だな。教授は」

「ホテルを探したら、携帯の手続きをして来ます。スマホがあれば位置情報が確認出来るので。あれは便利です」

「確かに必需品だ」

頷きながらも、久嶋がホテルと口にしたのを、音喜多は気にしていた。やはり久嶋は自分に連絡を取るつもりはなかったのだろう。一緒に行こうと久嶋を促し、並んで歩きながら、確認する。

「…うちに泊まる気はなかったのか?」

「はい」

「じゃ、さっきのは何だ?」

泊まる気はないのに、セックスしてもいいなんて。もしかして、久嶋は自分をからかっているのだろうか。そんな疑いも湧《わ》いて、訝しげに尋ねる音喜多に、久嶋は不思議そうに問い返した。

「さっきの？」

「セックスしてもいいって言ったよな？」

「ええ」

「でも、泊まる気はないんだろう？」

「それは…音喜多さんの気持ちには添えないと思ったからです。僕は音喜多さんのように思うことは出来ないので、頼ることは避けるべきだと判断しました」

思うこととセックスすることは別だと、久嶋は言いたいのだろうか。やはり見かけによらず、性欲が強くて、身体だけの関係を求めているのかと考え、音喜多は複雑な気分になった。

それでもいいと今は思うべきか。迷っている間にいつしか門に着いており、久嶋は「ありがとうございました」と礼を言う。

「もう一つ、教えて貰いたいんですが、駅はどっちですか？」

「…教授。頼みがある」

「何でしょう？」

「うちに泊まりたくないなら、それでいい。だが、携帯の手続きと、ホテル探しだけは手伝わせてくれ」

そうでないと、自分が安心出来ない。そう頼む音喜多に、久嶋は真面目な顔で頷いた。久嶋自身、己の方向音痴振りを理解していて、不安もあったのだろう。音喜多が呼んだ半林の運転する車に乗り、携帯ショップへと向かった。

久嶋がスマホの購入手続きを済ませている間に、音喜多は独断で大学近くのホテルを手配した。久嶋に任せていたら、また安宿に決めて、トラブルに巻き込まれないとも限らない。携帯ショップを出て、ホテルへ向かう車内で、音喜多は久嶋に説明した。

「昨夜のようなことがないとも限らないから、普通のビジネスホテルにしたぞ。大学にも近いし、値段は多少張るが、納得してくれ」

「分かりました」

「そう言えば…昨夜の犯人が捕まったと汐月から連絡があったんだった」

もっと早くに伝えるべきだったが、思いがけない方向に話が行き、すっかり忘れていた。申し訳なさそうに告げる音喜多に、久嶋は既に聞いていると答える。まさか、汐月が報告したのだろうかと驚いて尋ねると、久嶋は首を横に振った。

「いいえ。汐月さんの報告が転送されて来ました。よかったです。出国してしまったら逮捕が難しくなると思っていたので」

「教授の言った通りだったな。あの刑事も驚いてるだろう」

横柄な物言いだった刑事を思い出したのか、久嶋は苦笑して頷く。大学を中心に携帯ショップもホテルも選んでいたので、すぐに予約した宿泊先に到着した。半林に礼を言って車を降りた久嶋を、音喜多は食事に誘う。

「チェックインしたら飯《めし》でもどうだ？　腹減ってないか？」

携帯ショップでの手続きが思いのほか時間を要し、時刻は七時近くになっていた。音喜多は頷く久嶋と共にホテルのロビイに入り、チェックインを済ませるのを待つ。昨日のホテルはロビイと言っても玄関の延長上のような広さしかなかったし、事件が起きたせいで宿泊客が大勢たむろしていた。それに比べるとずっとロビイらしい空間ではあるものの、チェックインする客が集中する時間帯であるせいもあって、待合用に設けられた椅子やソファは一つも空いていなかった。

音喜多が壁際に立ち、手持ち無沙汰な気分で待っていると、久嶋の声が聞こえる。

「音喜多さん。荷物を置いて来ますので待ってて下さい」

「分かった」

そう返事し、エレヴェーターへ向かう後ろ姿を見送ったものの、十分経っても二十分経っても、久嶋は戻って来なかった。風呂にでも入っているのだろうかと思いつつ待っていたが、一時間が経った頃、痺《しび》れを切らした。

昨夜の一件もある。何かあったのかもしれないと考え、先ほど、登録したばかりの番号に電話をかける。しばらく呼び出し音が鳴った後、久嶋の声が聞こえた。

『すみません。ちょっと…急ぎの用が…』

「何かあったのか?」

『もう少しで終わると思うので…部屋に来て下さい』

心配げな声音が伝わったのか、久嶋は音喜多に部屋まで来るよう勧めた。部屋番号を聞き、エレヴェーターで七階へ上がる。案内表示に従って廊下を進み、番号を確認してチャイムを鳴らすと、久嶋がドアを開ける。

「……」

どうしたのか聞こうとした音喜多は、彼がスマホを耳につけて会話をしているのに気付き、言うのをやめた。会話は英語で、久嶋の表情は真剣なものだ。無言で室内へ入った音喜多は、ベッドの上に散乱している書類を見て絶句する。

「……」

凄惨《せいさん》な殺害現場の写真が何枚も散らばっていた。どれも普通の殺され方をしておらず、人間であるのかどうか判別がつかないようなものまであった。壁際の机にはノートパソコンが開かれていて、そこにも同じような画像が映し出されている。どれも音喜多には耐えかねる内容で、眉を顰めて目を背《そむ》け、電話している久嶋を見た。

久嶋はその状況が全く気にならないらしく、平然とした様子でやりとりをしている。恐らく、電話の相手はＦＢＩの関係者なのだろう。音喜多は内心で溜め息を吐き、机の前に置かれていた椅子を引いて腰掛けた。

何処を見ても悪い夢を見そうな写真ばかりで、気が滅入《めい》るというのが本音だった。こういうものに囲まれて平気な久嶋が信じられなくも思う。確かに、これらに比べたら昨夜の殺害遺体など可愛《かわい》いものだろう。久嶋がじっくり観察出来ていた意味も納得出来る。

複雑な心境で久嶋を見ると、懐かしく、愛おしい顔がそこにある。こんなにそっくりなのに、中身は全く違っている。彼女なら叫び声を上げて逃げ出しているところだ。自分は相当、この顔が好きなのか。好きだと思い込んでいる気持ちが強過ぎるせいで、久嶋と離れ難く思うのだろうか。

ぼんやり考え込んでいると、「音喜多さん」と呼ぶ声がした。はっと身体を震わせて久嶋を見れば、いつの間にか電話を終えており、ベッドに散らした写真を片付けていた。

「すみません。お待たせして」

「……」

いや…と返事した声は音になっておらず、首を振ってみせる。音喜多の様子がおかしいのに気付いたらしく、久嶋はまとめた写真をデイパックに仕舞ってから、彼の傍に近づいた。

「どうかしましたか？」

「…教授は怖くないのか？」

「怖い？」

「あんなひどい写真ばかり見てて…」

「写真は怖くありません。写真ですから」

そういう意味じゃないと言いたかったが、久嶋には通じない気がした。だから、代わりに音喜多は久嶋の手を取り、その指先に口付ける。細く長い指は女のようだと思った時、その手首に傷痕を見つけてどきりとした。

久嶋は長袖のシャツを着ているから、今まで袖口に隠されていて分からなかったが、両手首の同じ場所に真っ直ぐ、細い痕が残っていた。これは…。

「……」

音喜多が眉を顰めて見ているのに気付いた久嶋は、小さく息を吐いて手を引っ込める。ゆっくり自分を見上げる音喜多と目が合うと、口元に優しげな笑みを浮かべた。

「何も聞かないでくれますか？」

「……」

「質問はしないと約束してくれるなら…音喜多さんの望みを何でも叶えます」

無理なこともありますけど。小さく首を傾げる仕草は彼女に似ていて、切《せつ》ない気持ちが湧き上がる。好きだという思いさえ、伝えられなかった。密かに抱いた欲望は、遠い夢の一部で、儚《はかな》く消えた。消えても尚、心の奥に残っていた願いは、想像よりも遥かに強く、陰から自分を支配していたのだと思い知らされている。

分かった、と返事をする代わりに、音喜多は立ち上がり、久嶋の唇を奪っていた。何も聞かない。簡単なようで難解な要求が、いつか自分を苦しめるという想像がその時の音喜多には出来なかった。


唇が触れた瞬間、久嶋は身体を硬くしたが、抵抗はしなかった。けれど、積極的に応じようともしない。閉じられたままの唇をもどかしく思い、音喜多は「教授」と低い声で呼びかける。

「…厭なのか？」

「……」

首を横に振る久嶋は視線を俯かせていて、緊張しているようにも見えた。それが意外で、音喜多は微かに眉を顰める。

セックスしてもいい…などと発言した久嶋の真意を測りかね、身体だけの関係を求めているのかと考えた。淡泊《たんぱく》そうに見えて、実は性欲が強いのかもしれない。そういう疑いを抱いていたから、久嶋が積極的な態度であっても不思議には思わなかった。

だが、逆に躊躇っているように感じられるのが疑問に思え、顎を手で持ち、再度口付ける。

「……」

厭ではないという意志は確認した。だから、唇と舌を使って久嶋の口を開けさせ、深く口付けていく。それでも久嶋は乗って来なくて、それどころか、戸惑っている様子すら感じられて、音喜多は違う意味での疑いを抱く。

もしかして…久嶋は経験がないのでは？　しかし、ならば何故あんなことを言ったのか。

「…教授」

唇を離して呼びかけると、久嶋がほっとしたように息を吐くのが見えた。やっぱり…と思いつつ、音喜多は問いかける。

「もしかして……初めてなのか？」

奔放《ほんぽう》な発言を考えるととてもそうは思えないけれど、久嶋の感覚が普通でないのを、もう十分に見て来ている。あり得ない話じゃないと思い、音喜多が小声で聞くと、久嶋はキスしたばかりの唇に指先を当て、笑みを浮かべた。

「質問はしないと…約束してくれたんじゃないんですか？」

これも質問の内に入るのかと、音喜多は渋い気持ちになる。答えを望めないのであれば、自分で確かめるしかないと考え、笑みを描いている久嶋の唇を再び奪った。

「…っ……」

いきなり深いところまで探られ、久嶋が息を呑む気配が伝わる。戸惑いを消してしまえば。溺《おぼ》れさせてしまえば。自分のものに出来ると、音喜多は脆《もろ》い錯覚を自分に与えて、丁寧に快楽を紡《つむ》いでいくような、甘いキスを続けた。

激しい口付けで翻弄《ほんろう》してから、優しさを与える。久嶋の薄い唇を食《は》み、舌を絡ませる。抵抗しているのではなく、やり方を知らないと思われる舌を誘い出し、淫《みだ》らに絡ませる。

何も分からずに従っているだけのように見えても、若い身体は素直で、音喜多が作り出す快楽を余すことなく呑み込もうとする。自分の袖を久嶋が握っているのに気付いた音喜多は、その手首を優しく摑んで、久嶋の目に入るよう、持ち上げた。

袖口から見える傷痕に口付けると、久嶋が微かに目を眇める。何故と聞けない代わりに、傷痕に舌先を這《は》わせると、久嶋は目を閉じて吐息《といき》を零した。

「……」

音にさえならないそれは、静かに音喜多の心に染みていく。久嶋の発言を自分は誤解していた。「セックスしてもいい」という言葉を額面通りに受け取って、久嶋は性欲が処理出来る相手を求めているだけなのかもしれないと、一瞬でも考えたことを後悔する。

違う。久嶋は恐らく…自分には想像もつかないような理由を抱えていて、あの台詞を口にしたに違いない。漠然とした確信を抱きながら、音喜多は口付けていた手首を下ろし、久嶋の細い身体を引き寄せた。

愛おしげに唇を重ねて、腰に手を回し、細い身体をしっかり抱き締める。自分のものを誇示するように腰を動かすと、久嶋が喉の奥で小さく声を上げる。

「っ…ん」

苦しいのかと思い、音喜多が唇を離すと、久嶋は深く息を吐き出した。それから「音喜多さん」と小さな声で名前を呼んだ。

「なんだ？」

「…お願いがあります」

久嶋が慣れていないのは明らかで、音喜多はここでお預けじゃないだろうなと内心で苦笑しつつ、久嶋の声に耳を澄ませる。やめて欲しいと言われれば、引き下がる用意はあった。元々、顔を見られるだけでよくて、ここまでのことは望んでいなかった。キス出来ただけでも幸運だと思おうと考え始めていた音喜多は、久嶋の発言に再び驚かされる。

「後ろから…して欲しいんです」

「え？」

「後ろからって……分かりませんか？」

意味が通じていないのかと、困ったような顔で繰り返す久嶋を、音喜多は瞬きもせずに見つめる。意味は分かる。ただ、久嶋がそう求める意味がさっぱり読めなかった。

まさか…ここまでぎこちないのに、後ろからの方が感じるからという、即物的な理由で求めているとは思えなかった。どうして…と聞きかけた音喜多は、質問禁止の約束を思い出して、小さく息を吐く。

「…分かった」

自分は了承するしかないのだと諦め、久嶋の肩に顔を埋める。首筋から耳元に唇を這わせ、シャツのボタンを外しながら、一応、確認した。

初めてなのかもしれないという疑いは抱いているが、聞くことは出来ない。その代わりに。

「いいんだな？」

耳に直接言葉を吹き込むようにして確認すると、久嶋は小さく頭を動かした。それでも久嶋が自ら触れて来ることはなく、動きや反応もぎこちないままだった。無理をしてるんじゃないかという考えも浮かんだが、やめることを望んでいない気もして、音喜多はボタンを外したシャツの裾から、そっと手を差し入れる。

素肌に触れると、久嶋はびくりと身体を震わせ息を呑んだ。

「っ…」

俯いた久嶋の表情は耐えているようにも見えるもので、音喜多は迷いを抱きながらも、脇腹から背中へ手を回す。滑《なめ》らかな肌を確かめるように触っていた音喜多は、指先が覚えた違和感に眉を顰めた。左側の背中…腰に近い場所の一部が盛り上がっている。恐らく…傷痕があるのだと見なくても分かり、音喜多は息を吐く。望みを何でも叶えるなんて、甘美な誘惑に負けた自分は愚かだったのかもしれない。

どうして。久嶋の身体を知るほどに、疑問で頭がいっぱいになっていく。本当は触られたくないんじゃないのか？　無理をしてるんじゃないのか？　口に出せない問いかけを視線に込めて久嶋を見ると、ゆっくり顔を上げた彼と目が合う。

躊躇いが浮かんだ音喜多の顔を見た久嶋は、微かな笑みを浮かべ、彼の肩に顔を埋めた。凭れかかるようにして身体を預け、「音喜多さん」と名前を呼ぶ。

「厭なのは…音喜多さんの方じゃないんですか？」

「……」

久嶋を気遣う気持ちの裏に、迷いがあるのを読まれた気がして、音喜多はすぐに否定出来なかった。顔が似ているというきっかけで久嶋に惹《ひ》かれ、一緒にいられるだけでしあわせだと思えた。こんな風に抱けるとは思っていなかったから…、戸惑っているのではない。では、自分には縁のない世界に棲《す》む久嶋と、違い過ぎることを心配しているのか？

いや、違う。自分は…怖いのだ。ここから先に足を踏み入れてしまったら、きっと久嶋から離れられなくなる。そんな予感がして、怖いのだ。

「……」

音喜多は無言のまま首を横に振り、久嶋のカーディガンを脱がせ、シャツのボタンを外してはぎ取るようにして奪った。乱暴に唇を重ね、久嶋をベッドに押し倒す。裸の胸に顔を埋め、唇を這わせながら、ベルトを外した。

「…っ……ふ…」

下衣を脱がせると、反応しかけている久嶋自身が露わになる。まだ柔らかさの残るそれを優しく握り、深く口付けながら愛撫《あいぶ》を施す。口付けにすら十分に応えられない久嶋は、他人の手で扱《しご》かれることにも戸惑いを覚えるらしく、ぎこちなく音喜多の腕を摑む。

その指先が震えているのを感じ、音喜多は更にキスを深くした。欲望を煽《あお》るように口付け、呼吸を奪って、思考を停止させる。自分が与える快楽しか見えなくなればいいと願いながら、久嶋の口内をくまなく蹂躙《じゅうりん》していく。

「ふ…っ……」

音喜多の巧みな愛撫によって久嶋自身が形を変えていくのと同じくして、身体の強張《こわば》りも取れていった。久嶋の様子を窺いながら、しっとりと汗ばんでいる脚に手を這わせ、その付け根へ指先を忍ばせる。

敏感な部分に触れると、久嶋の身体がビクンと震えた。息を呑んだ気配も伝わり、音喜多は久嶋の顔を覗き込んで、伏せられている瞼に口付ける。

「…大丈夫だから」

低い声で安心させるように言い、頬や鼻にも優しく唇で触れ、潤滑剤《じゅんかつざい》で濡らした指を奥へ這わせた。まだ硬い入り口近くに潤滑剤を塗り込めながら、音喜多は久嶋の顔から快楽の気配が消えていくのを見ていた。

久嶋は行為を望んでいるようにはとても見えなかった。それどころか、恐れているように感じられ、やめようかと言いかけたのだが、反対するだろうとも思って、口にはしなかった。久嶋は自分に抱かれたいのではなく、何らかの理由で、行為そのものをしたがっている。そう考えた音喜多は、彼の望みを叶えることに集中しようと決め、指を奥まで含ませる。

「…っ……」

息さえも堪《こら》えている久嶋の口から嬌声《きょうせい》は零れない。感じているのかどうか、判断がつかないまま、音喜多は濡らした孔《あな》から指を抜く。

「…教授」

首筋の薄い皮膚を唇で吸い上げて、甘えた声音で呼びかける。はあと久嶋が息を吐く音を聞き、音喜多は組み敷いている薄い身体を俯《うつぶ》せにさせた。

細い脚を摑んで開かせると、震えているのが分かった。無理を強《し》いているような状況は音喜多にとっては不本意なもので、全く彼の趣味ではなかったのだが、使命を課されたような思いで行為を続けると決めた。

久嶋の細い腰を引き寄せ、濡らした孔に宛《あ》てがった自分を押し進めて行く。久嶋の内部は狭く、繋がるのに慎重さを要したが、初めてだとは思えなかった。

「…ん…っ…」

キスにすら慣れておらず、過度なまでに緊張していた様子から、もしかすると経験がないのかもしれないという疑いを抱いてもいた。しかし、久嶋の身体は音喜多のものを望んでいるのではないかと思えるような反応を示している。相反する事実に違和感を覚えつつ、最奥《さいおう》まで自分を収めた音喜多は、はあと息を吐き、何気なく久嶋の背中を見下ろしてすぐに眉を顰めた。

久嶋の背中に直接触れた時、違和感を覚えた。滑らかな皮膚の一部分が盛り上がっていて、そこに傷痕があるのが分かった。実際目にした傷痕は手首に残るそれより大きく、醜《みにく》いものだった。引きつった傷痕は部分的に皮膚が白くなっている。

どういう種類の傷なのかは分からなかったものの、場所が場所だけに、命に関わるような怪我の痕だと推測出来る。それだけでも音喜多には十分ショックであったが、もう一つ、彼を戸惑わせたものがあった。

尻へと繋がる腰の中央…背骨に沿った部分に、入れ墨《ずみ》が入れられている。三本、縦線が入っているだけのシンプルなものだったが、久嶋に入れ墨というのは似合わないように感じられて、不思議に思った。

しかも、こんな場所に…。どういうつもりで入れたのだろうと訝しく思い、音喜多は指先でそれをなぞるようにして触れた。

　その瞬間。

「あっ……！」

　それまでほとんど声を上げていなかった久嶋が、短く叫んだのに驚き、音喜多は指を引っ込める。同時に、自分自身を含んでいる久嶋の内部にぎゅっと締め付けられ、堪《たま》らない快感を覚えた。

「……っ……」

　ねっとりと絡みつく内壁《ないへき》に食いちぎられそうな錯覚がして、久嶋の腰を押さえる。入れているだけで達してしまいそうな恐れが生まれ、音喜多は大きく息を吐くと、久嶋の中へ欲望を突き立て始める。

「っ…く…っ…」

　久嶋は一度声を上げた切りで、その後は息遣いすら漏らさなかった。必死で耐えているように感じられたが、身体の反応は真逆のものだった。背中を向けている久嶋の表情は見えず、彼が何を思っているのか、音喜多には分からなかった。心配になりながらも、打ち込まれる楔《くさび》を悦《よろこ》んで受け入れる貪欲な身体に翻弄される。味わった覚えのない快楽に溺れ、傷痕の残る骨が浮き出た華奢な背中を愛おしく思って抱き締めた。


　熱く熟れた内部に欲望を放ち、音喜多が身体を離すと同時に、久嶋は彼の下から抜け出してベッドを離れた。自分を見ることなく、真っ直ぐバスルームへ向かう背中を、音喜多は戸惑いを滲《にじ》ませた顔で見送る。

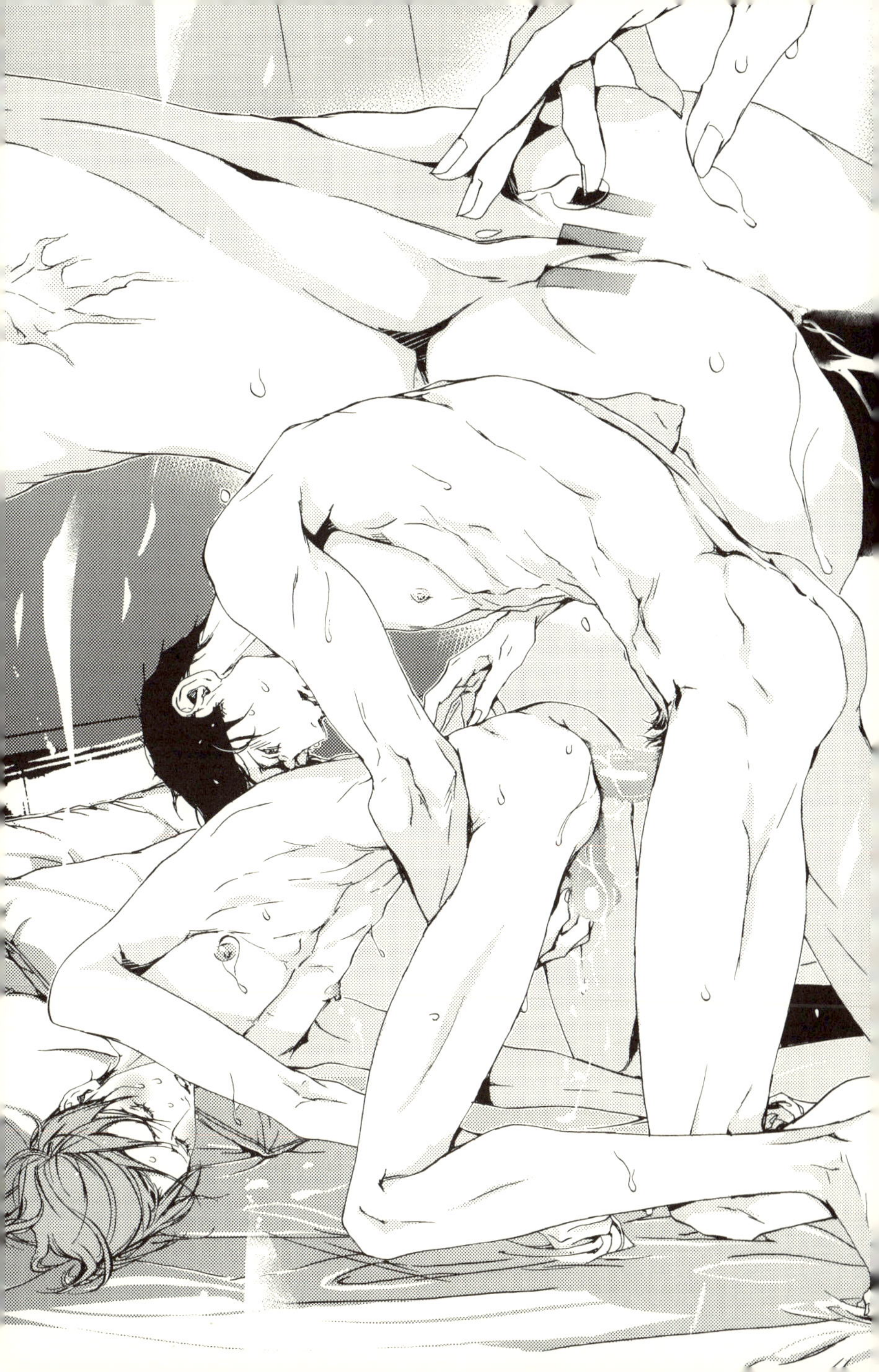

「……」

たとえ一夜限りの関係だとお互いが分かっていても、抱き合った後すぐにベッドを出ることなど、音喜多にはあり得なかった。多くの場合、相手が音喜多に夢中になって、傍を離れようとしないせいもある。もう一度とねだられ、要求に応えたことは幾度となくあっても、すぐにバスルームに行かれたのは初めての経験で、音喜多は眉を顰めて考え込んだ。

自分の顔も見たくないほど…よくなかったのだろうか。しかし、久嶋の身体は十分感じているようだったし、彼自身、達していた。ただ、久嶋の心が身体と別のところにあるようなのは、音喜多も分かっていた。

久嶋は何を考えて、自分に抱かれたのか。さっぱり想像がつかず、寝転がったまま考え込んでいると、バスルームのドアが開く音が聞こえた。

「……」

間もなくして現れた久嶋は素っ裸で、タオルを腰に巻くことさえしていなかった。まだ水滴の残る身体を晒《さら》して裸足で近づいて来た久嶋は、ベッド回りに落ちている服を集める。

「……教授」

「はい？」

「……」

よくなかったのか？　と聞くことは、音喜多のプライドが許さなくて、何も言えなかった。そんな音喜多を久嶋は小さく首を傾げながら見て、拾い上げた下着を身につける。シャツに袖を通してベッドの端に腰掛けると、黙っている音喜多に聞いた。

「どうかしましたか？」

「……。いや」

久嶋は普通の顔で…だから、これが彼のスタンダードなのだと、音喜多は思うことにした。久嶋が「変わっている」のは、様々な側面から見て来ている。恐らく、よくなかったわけでも、したくなかったわけでもないのだろう。だから、自分も久嶋に合わせた「普通」の態度を取ろうと思うのだけど…。

やっぱり無理だと思い、音喜多は久嶋の腕を摑んで引き寄せる。不意を突かれた久嶋がバランスを崩して倒れ込むと、その身体を腕に抱え、上から覆い被さるようにしてキスをした。

「……」

一頻《ひとしき》り口付け、唇を離すと、久嶋が不思議そうな顔で見ていた。睦《むつ》み合うことは久嶋の言う「セックス」には入っていないのだろう。どう言えば、その違いが伝わるか。久嶋の小さな顔を見つめて考えていた音喜多は、それまで見えていなかったものに気がついて、すっと表情を引き締めた。

シャワーを浴びた久嶋の髪はまだ濡れていて、普段は隠れている額が露わになっていた。賢そうな額の左…こめかみよりも少し上の部分に傷痕がある。いつもは長い前髪に覆われているから分からなかった。

一体、久嶋の身体には幾つの傷痕があるのかと、途方に暮れた気分になる。そして、これも「何故」と聞けないのだ。音喜多は落胆し、深く息を吐き出してから、額の傷痕にキスをした。

長い間、唇を押し当てて顔を上げると、久嶋が困った顔で見ていた。微かに浮かんでいる笑みは、仕方のない子供に対して向ける種類のものだ。音喜多は小さく息を吐き、「教授」と久嶋を呼んだ。

「…何ですか？」

のに。

「俺は厭なことが嫌いなんだ。いつだってハッピーでいたいと思ってる」

「なるほど。理想ですね」

久嶋は真面目な顔で同意するけれど、何処まで伝わっているのかは分からなかった。久嶋の生き方はハッピーからはほど遠い。自分とは全く種類の違う人間だから、近づかない方が身の為だとも思うのに。

音喜多は恐れていた通り、自分が久嶋から離れ難くなっている事実を見せつけられた気分で、溜め息を零して本音を告げる。

「俺は人を殺したり傷つけたりするような奴の気持ちなんて、一生かかっても理解出来ないし、理解したくもない。哀しいことも辛いことも、腹が立つことも切ないことも嫌いだ。出来るだけ、楽しくて嬉しくて、しあわせな毎日を送りたいんだよ。あとどれくらい生きられるかも分からないのに、厭なことに時間を費やすなんて無駄だろう？」

「無駄と言い切るのはいささか乱暴に思えますが」

「無駄だよ。死にそうになった時、分かる」

「……」

分かると言った音喜多をじっと見つめ、久嶋は口元に張り付かせていた笑みを消す。そういう経験があるのかと、目だけで問いかけて来る久嶋に答えず、音喜多は寂しげな笑みを浮かべた。

久嶋の唇を優しく奪い、極上の快楽を生み出す為に、特別に甘い口付けを与える。それを素直に甘受出来る悦びが、久嶋にとっての「セックス」になればいいと願って。

「……教授。キスしたこと、なかったんだろう？」

「……こういうキスは」

「じゃ、誰とも愛じ合ったことがなかったのと同じだ」

「……」

俺が教えてやるよ。そう言って、音喜多は長い口付けを始める。初めて味わう快楽に夢中になった頃のように、自分が昂揚《こうよう》しているのを新鮮に思いながら、久嶋が自分の問いかけに対し、無意識に答えていたことに喜びを感じていた。


久嶋と関係を結んだ音喜多は、少なからず、彼との距離が縮まったように感じていた。久嶋が変わっているのは分かっていたが、セックスというのは誰にとっても、重要な意味合いを持つ行為である。一夜限りという関係もあるけれど、久嶋と自分には当てはまらないだろうから、これで久嶋と自分は「特別な関係」になったのだと音喜多は考えていた。

様々な事情を抱えていそうな久嶋に踏み込むのには勇気と覚悟がいった。それでも、懐かしく愛おしい面影を持つその顔だけでなく、久嶋自身に惹かれてるのを否定出来なくなっていた。だから、音喜多は翌日も久嶋に会いたいと望み、ホテルを訪れたのだが。

「チェックアウト…した？」

前の晩、音喜多が久嶋と別れたのは十二時過ぎで、翌日の予定をそれとなく聞き出した。大学で人と会う約束があり、三時過ぎまでかかるとの話だったから、夕方になるのを待ってホテルの部屋を訪ねた。しかし、チャイムを鳴らして別人が出て来たのに驚き、フロントを訪ねたところ…。

久嶋がチェックアウトしたと聞き、音喜多は慌ててスマホを取り出す。先に電話するべきだったと後悔しつつ、久嶋の番号にかけてみたものの、繋がらなかった。呼び出し音は鳴らず、アナウンスしか聞こえないスマホを仕舞い、音喜多は急いでホテルを出る。

「揚羽大学へやってくれ」

近くで待機していた半林を呼び、車に乗り込むと同時に行き先を告げた。久嶋の居場所は他に見当がつかず、大学にいてくれることを願って、音喜多は昨日と同じ門の前で車を降りる。

既に夕刻となり、人気が少なくなっている大学の構内を駆けながら、久嶋に再度電話をかけてみたが、相変わらず繋がらなかった。久嶋がまだ大学にいる可能性は低いだろうが、せめて行き先が分かるかもしれないと思い、音喜多は大学の事務管理を行っている管理棟《とう》を訪れた。

しかし、業務終了寸前だった事務課で久嶋について尋ねた音喜多に、望むような答えは与えられなかった。

「客員教授の…久嶋先生ですか…。確かに、来月から講義を担当される予定ですが、まだこちらにはいらっしゃってないと思いますよ」

「いや。昨日も今日も、大学に来てるはずなんだ。何処にいるか、分からないか？」

「さあ…。こちらでは分かりかねますので、一度、文学部で聞いてみてください」

迷惑げな表情の事務員に久嶋が所属する予定である文学部へ行けと指示され、音喜多は急ぎ、別の場所にある建物へ向かった。しかし、そこでも久嶋を知る人間はいないと返され、音喜多は落胆して建物を出た。

どうしたらいいのかと途方に暮れ、昨夜の出来事は幻だったのではないかとさえ考えていた音喜多は、スマホが鳴っているのに気付いてはっとする。もしかして…と久嶋の顔を思い浮かべて取り出したスマホには、残念ながら登録したばかりの久嶋の名は表示されていなかった。

電話をかけて来たのは汐月で、こんな時にと思いながらも、画面に触れる。「なんだ？」と不機嫌な声で応対した音喜多に、汐月は恐縮したように話してもよいかと許可を取る。

「忙しいんだ。用件はなんだ？」

『久嶋某から伝言を頼まれまして』

「…‼」

また食事の誘いでも向けて来るのかと思っていた汐月が久嶋の名を口にしたのに驚き、音喜多は「どうして？」とひっくり返った声で尋ねる。久嶋が何故、汐月に伝言を託したのか、さっぱり分からないと思ったものの。

『先日の一件をＦＢＩの方へ報告しましたところ、向こうからコンタクトを取って来たんです』

「な…んて？」

『久嶋某は急用で一時、アメリカへ戻ったそうです。それを先輩に伝えて欲しいと』

「…本人から電話があったのか？」

確認する音喜多に汐月は「いいえ」と否定し、ＦＢＩの関係者だと答える。それに少しだけほっとしたような気分を抱き、音喜多は深く息を吐いた。久嶋がどうして直接電話をくれなかったのか、気になるところではあるけれど、汐月を通してでも連絡をくれたのを嬉しく思うべきだ。そう考えることにして、音喜多は掠れた声で「そうか」と返す。

「いつ頃、こっちへ戻って来るかとかは…」

『それは分かりません。それより、先輩…』

今夜の予定は…と続けようとした汐月を「ありがとう」という礼で遮り、さっさと通話を切る。久嶋がホテルを引き払い、スマホが繋がらないのも、アメリカに帰国したせいだったのか。

恐らく、自分に連絡が出来ないほど、急だったのだろう。それでも、自分のことを思い出して、伝言を託してくれたのだ。前向きに考えるべきだ。そう思うのに…。

「……」

本当は自分と直接話をしたくなかったからなのではないかと、穿《うが》った考えを抱いてしまいそうになる。久嶋は昨夜のことを後悔しているのではないか。行為が終わった後の久嶋は良くも悪くも全く変わっていなくて、そんな風には見えなかったけれど。

そうなのだ。悩んでしまうのは、久嶋と関係を持ったのに、彼の本心がどうしても見えて来ないからである。昨夜、別れてからもずっと気になっていて、今夜は久嶋の気持ちを確かめようと思っていたのに。

久嶋に会いたい。会って話がしたい。質問は出来ないから、話をして、彼のことをたくさん知りたい。彼が自分と同じ願いを抱いてくれなかったとしても構わないから。

「健気《けなげ》だな…」

三十も半ばを過ぎ、恋愛自体がもう遠くなってしまったと思っていた。それなのに、こんなにも早く会いたいと願う相手が出来るとは。久嶋はいつ帰って来るのだろうと切ない思いを抱き、音喜多は夕暮れ色に染まる空を見上げて溜め息を吐いた。

十月には講義が始まるという話を大学で聞いていたので、それまでには戻って来るだろうと考え、音喜多は定期的に久嶋のスマホに電話を入れた。久嶋から聞いていたメールアドレスには敢えて連絡しなかった。メールを送ってしまえば、返信を待ってしまうし、情けない文面になる可能性も高い。久嶋に叙情的な表現が通じるとは思えなかった。会いたいなどと書けば、何か用事があるのかと聞いて来るに違いない。

毎日同じアナウンスを聞き続け、日付だけが進んでいった。そうこうしている内にとうとう十月になり、久嶋の初講義が行われる日を迎えてしまった。その頃には音喜多は疑心暗鬼になっていて、久嶋は既に日本に戻っているものの、自分と話がしたくなくて、スマホの電源を入れていないのかもしれないとさえ、思い始めていた。

それでも、諦め切れず、音喜多は揚羽大学へ足を運んだ。一目だけでも久嶋の姿を見たかったし、会って話をすれば、この状況を打開するきっかけになるかもしれないと考えたのだ。

講義が行われる教室を調べ、その傍で久嶋が現れるのを待っていたが、開始時間になっても彼はやって来なかった。十五分を過ぎた辺りに足音が聞こえてはっとしたものの、現れたのは事務職員で、講義が休講になったと学生たちに伝えて行った。

それを聞いた音喜多は、久嶋がまだ日本に戻って来ていないのだと思い、ほっとした。不安はとかく醜い感情を生みがちだ。これも全て久嶋に会えたら解消するのだろうかと憂いながら、教室のある校舎を出た。

久嶋と特別な関係を結んだとはいっても、一度切りで、一緒にいた時間は短い。全部合わせても二日余りの間に多くの出来事があったせいで、もっと長いように感じているが、久嶋の方はどうなのだろう。相当変わっているのは確かだから、自分のことをすっかり忘れていてもおかしくない。だとしたら、もう一度最初から始めるのも悪くない。そんな自虐的《じぎゃくてき》な考えを浮かべつつ、大学を出る為に構内を門へ向かって歩いていた音喜多は、ふいにデジャビュに襲われた。

「…!?」

今、遠くを横切った人影は…。背が高くて、細くて、大きなデイパックを背負ったあれは。久嶋以外には考えられなくて、音喜多は駆け出す。既に人影は視界から消えてしまっていたが、歩いて行った方角は分かるので、先回りをする為に間にある建物の裏から回り込んだ。

するとと。

「…っ…教授!」

校舎の脇に延びる舗道《ほどう》をきょろきょろしながら歩いて来るのは、紛れもない久嶋だった。音喜多の声を聞いた久嶋は一瞬、立ち止まる。それから、音喜多を確認してはっとした表情を浮かべ、小走りで駆け寄って来た。

「音喜多さん！　どうしたんですか？」

「どうしたって…」

そう聞きたいのは自分の方だと続けたかったが、音喜多は声が出せなかった。久嶋の顔には笑みが浮かんでいて、それを見ただけで、彼が消えてからずっと抱いていたもやもやとした気持ちが霧散《むさん》していく。そして、改めて自分が久嶋に惹かれているのを実感しながら、息を吐き出した。

「……教授こそ。こんなところで何してるんだ？　休講になったって事務員が連絡に来てたぞ」

「えっ⁉　そんな……ああ、もうこんな時間になってる…」

腕時計を見て哀しげな表情になる久嶋は、一時間以上前に大学に着いていたのだが、今まで迷っていたのだと沈痛な面持ちで告白する。

「初回の講義を休んでしまうことになるなんて……。やはり今日だけでも教授に道案内を頼むべきでした…」

「教授？」

誰のことかと尋ねる音喜多に、久嶋はあっさりとした物言いで自分の大家だと説明した。久嶋は聞かれたから答えただけだという様子だったが、音喜多にとっては耳を疑うような内容であり、眉を顰めてどういう意味なのか確認する。

「大家って…ちょっと、待ってくれ。それは…部屋を貸す側の『大家』って意味か？」

「ええ。違ってますか？」

「いや、合ってるが…それはつまり…、教授はその大家の部屋を借りて住んでるってことか…？」

音喜多にとっては愕然とする事実でもあり、尋ねる声は次第に小さくなっていった。ということは、久嶋はとうに日本に戻って来ていたのか？　毎日、電話していたのに、スマホはずっと繋がらないままだった。だから、まだ日本に戻って来ていないのだろうと思っていたのに。久嶋は自分に会いたくなくて、だから、スマホを繋がらないようにしていたのだろうか。

薄々抱いていた疑惑が確信に変わってしまいそうで、絶望的な気分を抱く音喜多に、久嶋はにっこり笑って「はい」と答え、経緯の説明を続ける。

「僕を心配した友達が、揚羽大学の教授に部屋を貸してくれるよう、頼んでくれたんです。教授は一人暮らしで部屋が余っていたので、快く僕を迎えて下さって…」

「教授は…いつ日本に？」

「ええと…一昨日ですね」

「……」

そうか…と頷き、音喜多は沈黙する。自分と久嶋の間に温度差があったのは分かっていたし、かなり変わっている久嶋が自分をすっかり忘れていたら、一から始めてもいいなんて、思ったりもしたけれど。

避けられていたのが分かると、やはり傷つくものだ。何とも言えない気分で肩を落とす音喜多の心情に久嶋が気付いている様子はなかったが、彼がつけ加えた台詞は音喜多を救った。

「音喜多さんが会いに来てくれてよかったです」

「……」

「この前のスマホを向こうでなくしてしまって。どうしようかと思ってたんです」

会いに来てくれてよかったという言葉が久嶋の口から出ただけで音喜多はほっとし、続いてスマホをなくしたと聞いて、脱力した。そんなことだったのか。厄介《やっかい》な恋心のせいで悪い方向ばかりに考えてしまっていた。はあと大きな息を吐き、その場にしゃがみ込む音喜多を、久嶋は心配そうに見る。

「音喜多さん？　どうかしたんですか？　気分でも…」

悪いんじゃないかと気遣う久嶋に、手だけを振って違うのだと伝えた。そうじゃない。気分が悪いわけじゃなくて……反対だ。心に巣くっていた疑心が消え、考え過ぎだったと分かって、安堵しているのだ。

そう説明したかったけれど、言葉には出来ず、音喜多は取り敢えず立ち上がる。不思議そうな久嶋の顔を見つめ、今からもう一度スマホを買いに行こうと誘った。

「それは…僕にとっても有り難い話なんですが…いいんですか？」

「何が？」

「音喜多さん、何か用があって来たんじゃないんですか？」

その用を先に片付けた方がいいのではないかと提案する久嶋に、音喜多は笑って用はもう済んだと答える。

「教授に会いに来たんだ」

「…じゃ、僕に用が？」

首を傾げて更に尋ねる久嶋に、音喜多は苦笑いを返す。やっぱりメールは送らずにいて正解だった。会いたいなどと書けば、その理由を問われていたに違いない。

ただ、会いたかっただけなのだ。顔を見て、声を聞いて、話がしたかった。

「教授に会いたかったんだ」

用がなくても、理由がなくても、ただ会いたかった。そんなシンプルな本心を口にして、音喜多は久嶋を促す。微かに首を傾げて隣を歩く久嶋の横顔を見ながら、密かに自分の心情が変化しているのを感じていた。最初はあれほど思い出の人に似ていると驚いたというのに、今は彼女の面影が余り感じられない。それよりも、久嶋自身の表情の方が強く感じられるのは、どうしてなのか。自分の気持ちに見極めをつけて、かなり難しそうな久嶋との関係を育てていかなくてはいけないと思い、小さく笑みを零した。

二話　スクランブルメソッド

池之端《いけのはた》。上野東照宮《うえのとうしょうぐう》にほど近い、住宅密集地の中に、古い一軒家がある。ビルとマンションに挟《はさ》まれた八十坪《つぼ》ほどの土地に建つ二階建ての家は、昭和の佇《たたず》まいをふんだんに残した、レトロ感漂うものだ。ただ、古くとも手入れはされており、荒ら屋という風情《ふぜい》ではない。緑色の瓦《かわら》屋根に、白い板塀《いたべい》。フランス窓や小洒落《こじゃれ》た出窓などを見ても、建てられた当時はかなりモダンな家だったのだろうと想像出来る。

ブロックを積み上げた塀が敷地をぐるりと囲んでおり、庭には多くの木々が植えられている。花をつける木蓮《もくれん》やナツツバキ、木槿《むくげ》などが塀越しに顔を覗《のぞ》かせ、通りかかる人々の目を季節ごとに楽しませてもいる。三月の今は、小木ではあるが、一本だけ植わっている桜が、ちらほらと花を咲かせ始めていた。

「徳澄《とくずみ》」という表札の掲げられたその家には、初老の男性が飼い猫たちと共に一人で暮らしていた。そこへ少々変わり者の若い男が住人として加わったのは、半年ほど前のことだ。

「大豆《だいず》、小豆《あずき》、空豆《そらまめ》、枝豆《えだまめ》、レンズ、ひよこ。ご飯だよ」

家の主である徳澄が順番に名前を呼ぶと、どこからともなく、次々猫が現れる。現在は六匹いる猫たちは、全て徳澄が拾ったり保護したりしたものだ。三毛にサバ、茶虎に黒猫…。バラエティ豊かな模様の猫たちには全て豆にちなんだ名前がつけられている。

揚羽《あげは》大学文学部で教授の職に就いている徳澄は、毎朝六時に起床し、上野公園まで小一時間ほどの散歩に出かけて、戻って来ると猫たちに餌《えさ》をやる。庭に面したサンルームを兼ねた広縁《ひろえん》に、餌の入った器《うつわ》を六つ並べ、名前を呼ぶと猫たちは待ってましたとばかりに姿を見せる。横一列にずらりと整列した猫たちが行儀《ぎょうぎ》よく餌を食べるのを見て、徳澄は自身の朝食を拵《こしら》える為に台所へ向かった。

朝はコーヒーとパンに決めている徳澄は、コーヒーメーカーに水と粉を入れてセットする。それから、パンを焼く為にトースターを温めようとした時だ。自宅の電話が鳴り始めたので、スウィッチを切って、居間へ向かった。

「はいはい。こんな朝早く…」

誰だろう…と呟きながら、徳澄はコードレスの子機を持ち上げる。どちら様ですか…と尋ねる間もなく、焦《あせ》った声が聞こえて来た。

『おはようございます。八十田《やそだ》ですが…久嶋《くしま》さんに代わって頂けませんか？』

「ああ、八十田さん。おはようございます。久嶋くん…ですか」

『久嶋さんのスマホに電話したのですが、出て貰えないので…』

「昨夜も遅くまで何かしらしていたみたいですから、熟睡しているのでしょう。しばらく待って下さい」

ありがとうございますと礼を言う八十田とは、二階の部屋を貸している店子《たなこ》の久嶋を通じて知り合った。徳澄がアメリカ人の知人から住まわせてやって欲しいと頼まれた久嶋は、若くして揚羽大学の客員教授を務める天才であるが、色々と問題も抱えている。そんな久嶋を通じて知り合った八十田は弁護士で、模範的な紳士だと知っているだけに、早朝から焦った様子で電話をかけて来たのには何らかの理由があるはずだった。徳澄は何事なのかと憂《うれ》いつつ、子機を手にして二階に住まう久嶋の元へ向かった。

軋《きし》んだ音を立てる階段をゆっくり上がり、右側の部屋のドアをノックする。久嶋くん。声を大きくして呼びかけても返事はなく、徳澄は「入りますよ」と声をかけながらドアを開けた。

「くし……」

部屋の中に再度呼びかけようとしたものの、徳澄は余りの惨状に絶句して、目を瞬《またた》かせる。久嶋の部屋は八畳の洋間であるのだが、家具はほとんどなく、ベッドと机があるだけだ。しかし、窓辺に置かれている机と、その横にあるはずのベッドは、徳澄が立つ場所からは見えなかった。堆《うずたか》く積まれた書類と本の山が床一面を埋め尽くしているせいで、徳澄は呆《あき》れた思いで溜め息を吐《つ》いた。

床が抜ける前に一階へ部屋を移させた方がいいだろうか。だが、以前に注意した時、久嶋は二階であることを考慮し、加重を計算して調整しているというような話をしていた。一階に移動したらたがが外れて更にひどい状況になるやもしれない…。

そんなことを考えていた徳澄は、子機から聞こえて来た声にはっとさせられる。

『教授？　教授？　久嶋さんはいましたか？』

「…あ…ああ、ちょっと待って下さい」

急いでいる様子の八十田を気遣《きづか》い、徳澄は意を決して久嶋の部屋に足を踏み入れる。物だらけとは言っても、足の踏み場もないほど、乱雑に散らかっているわけではない。内開きのドアが稼働できるスペースと、ベッドまでの道は確保されている。何故か、微妙にカーブしている道を通り、ベッドがあるはずの場所を覗き込むと、布団《ふとん》ではなく、本来はクローゼットに収まっているべき衣類にくるまった久嶋が、子供のように丸まって寝入っていた。

「久嶋くん」

「……」

「久嶋くん。電話です。八十田さんからですよ」

反応しない久嶋に困った表情を浮かべ、徳澄は肩に手を伸ばして揺すろうとした。しかし、触れるか触れないかのところで久嶋はぱちりと目を覚ます。

「…教授？」

不思議そうに見る久嶋に苦笑し、徳澄は子機を差し出す。八十田から電話だと聞くと、久嶋は礼を言って受け取った。

「ありがとうございます…。…八十田さん？　どうしたんですか？」

久嶋も早朝から八十田が電話をかけて来る心当たりはなかったらしく、不思議そうに送話口に呼びかける。慌《あわ》てた口調で八十田が伝えて来る一報に、久嶋は驚きつつも、「分かりました」と返した。

「すぐに行きます。…ええと…何処《どこ》に行けば……、あ…そうして貰えると助かります。家の前で待っていますから」

八十田との通話を終えた久嶋は、子機を徳澄へ返しながら、出かけて来ますと告げる。

「何かあったのですか？」

久嶋のスマホが繋がらないからと、自宅にまで電話して来た八十田からは切羽《せっぱ》詰まった様子が感じられたし、久嶋の表情にも緊張が混じっているように見える。微《かす》かに眉を顰《ひそ》めて尋ねる徳澄に、久嶋は衣類が山と積み上げられているベッドの中を漁《あさ》って、スマホを探しながら答えた。

「音喜多《おときた》さんが捕まったそうです」

「捕まった？」

音喜多も八十田と同じく、久嶋の知人で、若くして不動産会社を経営しているという美男である。大変見目がよいだけでなく、潤沢《じゅんたく》な財力も併《あわ》せ持つ彼は、いつも運転手付きの高級車で久嶋を迎えに来るので、徳澄もよく知っていた。八十田以上にジェントルマンでもある音喜多が「捕まった」というのが徳澄には解《げ》せず、表情を曇らせるのを見て、久嶋は大したことではないかのように、心配する必要はないと告げた。

「何かの間違いでしょうから、それを証明して……あ、あった！　いつの間にかマナーモードにしてしまっていたようです。八十田さんが何度も電話して来ている……。すみません、教授。助かりました」

「電話を取り次ぐくらい、大したことじゃありません。それより、音喜多さんが捕まったというのは…警察に逮捕されたということですか？」

「逮捕はまだされてないみたいです。重要参考人として任意同行されたようですね」

「どういう疑いで？」

「それはまだ。でも、あのそつのない音喜多さんが連行されたというんですから、何か特別な事情があるのだと思います」

淡々とした物言いで分析し、久嶋はスマホを手にベッドを下りる。それから、いつも持ち歩いているデイパックを摑んで、部屋を出たいと徳澄に告げた。ベッドまでの「通路」は人一人が通れるくらいの幅しかなく、徳澄が先に出て行かなければ久嶋は身動きが取れない。Uターンした徳澄と共に部屋を出て一階に下りた久嶋は、デイパックを背負って「出かけて来ます」と告げた。

久嶋はいつもと変わらない顔付きでいるが、警察に連行されたという話は、徳澄にとっては非日常の物騒《ぶっそう》なものだ。怪訝《けげん》そうに「大丈夫なんですか？」と久嶋に確認すると、彼はにっこり笑って「はい」と答えた。

「…ただ、午後から講義があるので、それまでに何とか出来るかどうか…。詳細を聞いていないので、ちょっと読めないのが難です」

「…そうですか」

自分が心配しているのは違う点だと返そうとしたものの、久嶋の観点が一般と違っていて、意思を完全に疎通させることは不可能だと既に悟っている徳澄は、何とも言えない表情で頷《うなず》く。徳澄が納得していない様子であるのに久嶋は気付かず、下駄箱から取り出したスニーカーを履《は》く。そこへ朝食を終えた猫が現れ、「ニャア」と久嶋に挨拶《あいさつ》した。

「小豆さん、行って来ます」

にっこり笑う久嶋をじっと見つめた後、小豆はだっこをせがんで徳澄の身体《からだ》によじ登った。徳澄の腕に抱かれた小豆は満足げに「ニャア」ともう一度鳴いて、玄関から出て行く久嶋を見送る。引き戸が閉まると、徳澄は「あ」と声を上げた。

「せめて…顔くらいは洗わせるべきだったか…」

起き抜けで出かけて行った久嶋は、歯を磨《みが》くどころか、顔も洗っていない。そもそも、普段着のまま眠る癖《くせ》があるから、着替えてもいないのだ。あれはいつから着ている服なのだろうと考えても、同居している徳澄でさえ、思い出せない。

不幸中の幸いであるのは、久嶋の顔立ちは非常に整っており、美少女のようでもあるから、どれほど無精《ぶしょう》にしていても、全くそうは見えないことだ。

「まあ…迷惑にはならないだろう」

そう思わなくては胃が痛くなる。徳澄は考えないように意識しながら、腕に抱いた小豆と共に、朝食の支度《したく》に戻るべく、台所へ足を向けた。


久嶋が家を出る十分ほど前。千代田区《ちよだ》で八十田法律事務所を開業している八十田研三《けんぞう》は、日課でもあるジョギングから戻り、ジャクジーで身体を休めていた。八十田の自宅は広尾《ひろお》の閑静な高級住宅街に建つマンションの最上階にある。独身の彼には十分過ぎるほどの広さの部屋で、優雅な暮らしを送る八十田は、企業法務を専門とするやり手の弁護士だ。

タブレットでその日のスケジュールを確認しながら、スムージーを飲んでいた彼は、スマホに着信が入るのに気付き、微かに眉を顰める。電話をかけて来たのは八十田のアシスタントで、訝《いぶか》しく思いつつ、電話に出た。職業柄《がら》、顧客のトラブル発生時には二十四時間対応しなくてはならない為、アシスタントには常時連絡を受け付けさせている。それでも八十田本人にまで電話がかかって来ることは珍しく、それほどの重大案件なのかと不安を覚えた。

その不安は、ある意味、的中した。

『おはようございます。早朝から申し訳ありません。西恵比寿署《にしえびすしょ》の刑事課より先生に連絡を取りたいという電話が入っているのですが、如何《いかが》致しましょう』

「西恵比寿署…？」

訝しげに繰り返し、八十田は「用件は？」と尋ね返す。アシスタントは冷静な口調で、刑事事件の重要参考人として西恵比寿署へ任意同行された男が、八十田を弁護士として指名しているそうだと答えた。

八十田の専門は企業法務であり、原則、刑事事件は扱っていない。何かの間違いじゃないのかと言う八十田に、アシスタントは警察から聞いた内容を元にした推測を伝える。

『男は氏名を名乗らず、先生を呼べと要求しているようなのですが、…恐らく、音喜多様ではないかと』

「音喜多が？　まさか…」

『身長百八十五以上の長身で、高級なスーツに高級腕時計を身につけており、かなりのイケメンで、態度は非常に横柄《おうへい》だそうです。警察へ連行されても氏名さえ口にしないような大胆不敵さから考えても、他に思いつかないのですが』

「!!」

確かにアシスタントの言う通りであり、八十田は慌ててジャクジーから立ち上がった。すぐに警察へ行くと返答するようアシスタントに指示し、身体を拭《ふ》くのもそこそこでクロゼットへ向かい、着替えを済ませる。上着とネクタイを摑《つか》んでクロゼットを出ると、一階のフロントに常駐しているコンシエルジュに、タクシーを呼んでくれるよう連絡を入れた。

リビングに置いてあった鞄《かばん》を引っ摑み、取るものも取り敢《あ》えず部屋を出ようとした八十田は、そこではっと気がついた。警察に連行されたのが音喜多だとすれば…実際、アシスタントの言う通り、音喜多以外には思いつかないのだが…、疑問が浮かぶ。警察や検察といった司法機関に対して恨みを持つ音喜多が、素直に連行されたりするとは思えない。疑いをかけられ、その現場に自分を呼びつけるならまだしも、既に警察署へ連行されているというのは…。

かなり複雑な事情が絡《から》んでいる気がして、八十田は不安を覚えた。敏腕弁護士と名高き八十田であるが、刑事事件は正直、素人《しろうと》同然だ。どういった事件の重要参考人として任意同行されたのかは分からないが、あの音喜多が窮地《きゅうち》に陥《おちい》るような状況で…しかも刑事事件で…自分が十分に役立てるかどうか。もしも役に立たなかった場合、音喜多からくそみそに貶《けな》される場面を想像した八十田は動きを止めて考え込んだ。

弁護士として駆け出しの頃。大手法律事務所に所属はしていたものの、アシスタントとしてこき使われるばかりで展望の開けなかった八十田に、チャンスを与えたのが音喜多だった。同じ年齢でありながら、音喜多は既に投資顧問《こもん》会社を経営しており、莫大な資産も築き上げていた。

音喜多の援助がなければ、八十田の成功はなかったと言っていい。だからこそ、八十田は今でも音喜多に頭が上がらない。どうしたものかと思案している途中、はっと閃《ひらめ》いた。そうだ…と思い、スマホを取り出して、電話をかける。彼ならば…と思い、八十田が頼ろうと考えたのは、ある事件を通じて知り合った久嶋だった。

久嶋であれば警察や刑事事件が絡むような事態には慣れているだろうし、何より、音喜多に対する盾になってくれる。特殊な関係にある久嶋に…つまり、べた惚《ぼ》れしている久嶋に、音喜多は何も言えないのだ。

妙案を思いついたと喜び、電話をかけたものの、呼び出し音が鳴るばかりで久嶋の声はちっとも聞かれなかった。そこで、八十田は仕方なく、久嶋の大家であり、一階で暮らす徳澄教授の自宅へ電話をかけ直した。早朝から教授に世話をかけるのは忍びなかったが、緊急事態でもある。万が一の時の為にと、教授宅の電話番号を聞いておいてよかったと思いつつ、コール音を聞いていると、間もなくして徳澄が電話に出る。

久嶋に代わって欲しいと頼むと、徳澄はすぐに二階の部屋へ向かってくれた。通話状態のスマホを耳につけたまま、八十田は自宅を出て、エレヴェーターで一階へ下りる。頼んでおいたタクシーが車寄せで待っているのを見つけ、大仰《おおぎょう》な姿勢で見送ってくれるコンシェルジュに軽く頭を下げて、車に乗り込んだ。行き先を告げ、車が走り始めると、ようやく久嶋の声が聞こえて来る。

『どうしたんですか？』

「おはようございます。こんな朝早くからすみません。実は…今、音喜多が警察に連行されたという連絡が入りまして…。詳細はまだ分かりませんが、某《なにがし》かの容疑で任意同行されたらしいんです。今から俺も警察へ向かうのですが、出来たら久嶋さんにも来て頂けたらと…」

八十田の話を聞いた久嶋は『え』と驚いた声を上げながらも、分かりましたと返事をした。それにほっとし、八十田は音喜多の世話係である半林《なかばやし》に迎えに行って貰うと続ける。久嶋が重度の方向音痴《おんち》であるのは八十田も承知していた。

「半林さんは目白《めじろ》にいると思いますから、すぐに行ってくれると思いますので」

『助かります』

家の前で待っていると言う久嶋にお願いしますと繰り返し、八十田は通話を切る。そのまま、半林の携帯に電話をかけると、コール音を聞くか聞かないかの素早さで、低い声が『はい』と答えた。

「おはようございます。八十田です。半林さん、至急、久嶋さんを池之端へ迎えに行って、西恵比寿署へ連れて来て貰えませんか？」

『警察…ですか？』

「音喜多が任意同行されたようなんです。何も聞いてませんか？」

『いえ』

任意同行されたと聞いた半林が小さく息を呑《の》む気配がする。『いえ』と答える声には苦渋《くじゅう》が混じっているように感じられ、半林が何も知らなかったことが分かった。もし、半林が事態を把握していたのであれば、電話をかけて来たのは彼だったに違いないのだからと考えつつ、八十田は半林が承知していることだけでも確認させて欲しいと頼んだ。

「どういう状況なのか、俺もさっぱり分かってなくて、今、西恵比寿署に向かっている途中です。半林さんがあいつを最後に見たのはいつですか？」

『昨夜《ゆうべ》の十一時頃、赤坂《あかさか》の鮨《すし》店までお送りしました。そこで帰れと命じられましたので、戻って参りましたが…』

半林の口調には、最後まで同行しなかった無念が滲《にじ》んでいる。八十田は半林のせいではないと慰《なぐさ》めてから、何かの誤解が生じているに違いないと断言した。音喜多は色々と問題のある男だが、犯罪と疑われるような行動を取るとは思えない。ましてや、音喜多自身が誰かを傷つけたりするなど、天地がひっくり返ってもないだろう。

「恐らく、刑事事件の案件だと思われるので、久嶋さんに来て貰うことにしたんです」

『確かに。久嶋さんはお詳しいですね』

「なので、連れて来て頂きたいんです。ほら。彼は…」

久嶋の方向音痴振りは半林も承知しており、『分かっております』と八十田に返す。すぐに迎えに行き、西恵比寿署までお連れしますと言う半林に、よろしく頼むと伝え、八十田は通話を切ったスマホを膝の上に置いた。

「全く……あいつは…」

一体、何に巻き込まれたのかと憂いながら、深い溜め息を吐く。これが知的犯罪に関する容疑をかけられたというのであれば、幾らでも対処法のスキームが組み立てられた。音喜多にはいつその手のトラブルが持ち上がってもおかしくないと考え、普段から用意もしている。

だが、刑事事件というのは…。音喜多自身にとっても青天の霹靂《へきれき》というべき事態であるに違いなく、さぞ苛々《いらいら》しているだろうと思うと、またしても溜め息が漏れた。


八十田からの電話を受け取った時、半林は目白の本宅にいた。半林は毎朝五時に起床し、庭の掃き掃除から、家の中の掃除まで、自らの手で一通り行う。それが一段落するのが七時で、それから朝食を取り、音喜多のスケジュールを確認する。夜の間に知らされる迎えの時間と場所に合わせ、出かける時刻を決めるのが常であるが、今日は連絡が入っていなかった。

そういう場合、電話を入れて確認することになっているが、音喜多の睡眠を邪魔しない為に、八時以降にすると半林は決めている。まだ八時まで時間があるのを確認して、気になっていたドアの不具合を直してしまおうと、工具箱を取りにストックルームへ向かった。

その扉を開けようとした時だ。常に応対出来るよう、胸ポケットに入れている携帯に着信が入る。瞬時にそれを取り出し、「はい」と返事した半林の耳に聞こえたのは、音喜多ではなく、八十田の声だった。

音喜多の顧問弁護士であると同時に、知己《ちき》の間柄でもある八十田が困惑した様子で告げて来たのは、半林を動揺させるような内容だった。音喜多が刑事事件の容疑をかけられ、警察署へ連行されたというのが、半林には全く信じられなかった。

昨夜、最後に確認した音喜多の姿を思い出しながら、自分の失態だと悔やんでいた半林に、八十田は久嶋を迎えに行き、西恵比寿署まで連れて来るように頼んだ。半林はすぐにと返事し、急ぎ、家の戸締まりをして車庫に向かう。久嶋が住んでいるのは池之端で、目白からはさほど遠くはない。それに半林の運転技術はプロドライバーでも舌を巻くほどで、可能な限りの最短時間で、久嶋が居候《いそうろう》をしている徳澄教授宅に着いていた。

優雅なアーチを描く鉄製の門扉《もんぴ》の前で、久嶋はぽつんと立っていた。いつものデイパックを背負い、両手で持ち手を摑んで立っている様子は、小学校に通い始めたばかりの子供に似ている。ただ、久嶋は百八十を越える長身でもあるから、アンバランスな感じは否《いな》めない。

それに彼は細い。頭が小さくて手足も長いので、初めて会った時、半林は密かにまるでアメンボのようだと思った。しかし、そんな感想は彼の顔をよく見たら、すぐに失われた。音喜多が久嶋に固執《こしつ》する理由を納得し、同時に意外にも感じたものだ。

久嶋の前に車を滑り込ませると、彼は自ら後部座席のドアを開けた。

「おはようございます、半林さん。わざわざすみません」

「とんでもありません。迷惑をおかけするのはこちらの方です。急いでお送りします」

久嶋がドアを閉めると同時に、半林は車を発進させる。久嶋は急いでシートベルトを締め、運転席の半林に昨夜はいつまで音喜多と一緒だったのかと聞いた。

「十一時頃に赤坂の鮨店へお送りして、そこで帰るように言われましたので、目白に戻ったのです」

「それ以降、音喜多さんと電話で話したりしましたか？」

「いえ。今朝は定時連絡が入っておりませんで、八時を過ぎたらこちらから連絡しようと思っていたところ、八十田さんから電話を頂いた次第です」

緊張の混じった硬い声音《こわね》で半林が答えるのを聞き、久嶋は窓から外を眺《なが》めながら「そうですか」と相槌《あいづち》を打つ。半林はその様子をバックミラーで確認しながら、自分が最後まで送り届けなかったせいだと、後悔を口にした。

「申し訳ありません」

「半林さんが悪く思う必要はありません。音喜多さんだって半林さんのせいだとは全く思っていないはずです。音喜多さんは時折自分本位なところもありますが、人のせいにはしないタイプです」

「……」

八十田にも同じように慰められたが、半林の後悔は薄まらなかった。半林には音喜多の世話役として、万が一の時には自分が盾になろうとも彼を守らなくてはいけないという義務感が備わっている。

苦渋の満ちた横顔で呟《つぶや》かれる後悔は、沈痛な響きを含んでいた。

「光希《みつき》さんに何かあったら…。自分は厚恩ある奥さまにどうお詫《わ》びすればよいのか、想像もつきません」

「大丈夫ですよ」

久嶋は苦笑して言い、何があったのかさえまだ分からないのだから、悲観的になる必要はないと伝える。どういう容疑がかかっていたとしても、音喜多には刑事事件を起こすような要素はない。無実を証明すればいいだけだ。にっこり笑う久嶋は自信に満ちていて、半林は普段の彼とは違う一面を見たような気になって、小さな戸惑いを覚えた。

そして、騒動の張本人となっている音喜多の身に一体何があったのかというと…。時は遡《さかのぼ》り、午前七時過ぎ。春の空がようやく白み始めた頃のことだ。

瞼《まぶた》の向こうに光を感じ、目を開けた音喜多は、自分がどこにいるのか分からなかった。頭がひどく重く、目を開けても視界がはっきりと捉《とら》えられなかった。何処かに背中を預けた体勢でいた為、上半身を起こして立ち上がる為に、手を突こうとした時だ。

「……」

何かが手に触れた。正確には落ちていた物の上に手を突いてしまった。だから、音喜多は何気なくそれを握り、何であるかを確かめた。

「……」

ナイフだ。刃渡りが十センチほどの片刃のもので、刃先には黒い染みがついていた。部分的に赤くも見えるこれは血ではないだろうか。ぼんやりした頭でそんなことを思った音喜多の耳に、突如《とつじょ》、「動くな！」と命じる声が聞こえた。

えっと驚き顔を上げると、緊張した顔つきの制服警官が二人、身構えながら立っていた。自分を見る目は険しいもので、瞬時に味方ではないことを知る。元々、音喜多と警察を含めた司法機関は敵対的関係にあり、味方であった例《ため》しは一度もない。しかし、どう考えても、今の状況下で敵には回したくなかった。

血痕のついたナイフを握っている、この状況では。

「…ち…がうんだ。俺は……」

音喜多はナイフを落とし、状況を説明しようとしたのだが、うまく声にならなかった。それに説明出来るだけの材料もなかった。音喜多は自分がいる場所も、どうしてそこにいるのかも、全く分かっていなかったのだ。

遠巻きに見ている警察官の前で、音喜多は重い頭を押さえて考えた。自分は何処にいたところまで覚えているだろう？　確か…昨夜は寿司を食べ、その後、バーに足を運んだ。そこでスコッチを飲み、店を出て…。

「そいつか？」

ようようそこまで思い出したところで、新たな声が聞こえた。俯《うつむ》かせていた顔を上げると、制服警官の向こうからスーツ姿の男たちが近づいて来る。先頭に立ってやって来た三十半《なか》ばほどの浅黒い顔の男は、音喜多のすぐ横にしゃがむと、手袋をした手で地面に落ちているナイフを摘《つ》まんで拾い上げた。

「フン。これが凶器か」

「…凶器…？」

「城内《しろうち》！　鑑識に回せ。…一緒に来て貰おうか」

腕時計で時刻を確認してから、男は音喜多の腕を摑んで無理矢理立たせた。巡査に指示を出し、逃げられないように両側から挟んで、連行する。本来の音喜多は諾々《だくだく》と警察に従うような、素直で単純な男ではない。たとえ、殺人容疑をかけられていたとしても、逮捕状のない状況下で、警官に自分の自由を奪わせるような真似《まね》を決して許しはしないはずだった。

しかし、その時の音喜多の身体は、何らかの理由によって彼の言うことを聞かなくなっていた。立ち上がらされた瞬間、ひどい目眩《めまい》に襲われ、視界が歪《ゆが》み、頭痛がして、言葉も出て来なかった。両脇を抱えられるようにしてパトカーに乗せられる間も、音喜多は現状を把握することすら出来ず、されるがままの状態だったのだ。

一体、自分は何をして、どうしてこんなことになっているのか。必死で思い出そうとしても何も出て来ない頭には、久嶋の顔だけがぼんやりと浮かんでいた。


警視庁捜査一課において、殺人などの凶悪犯罪の捜査に従事する東館《ひがしだて》の元に、事件の報《しら》せが入ったのは早朝六時過ぎのことだった。自身が率いる部下たちと共に当直として在庁していた東館は、要請を受けてすぐに現場へ赴《おもむ》いた。

他殺と思われる遺体を発見したと連絡をして来たのは、恵比寿二丁目交番で勤務に当たっていた巡査だった。その三十分ほど前に近隣住民から110番通報が入り、現状を確認しに現場に赴いていた。交番から徒歩で五分ほどの距離にあるマンションの住民からの通報で、同じ階の部屋に異変が見られるとのことだった。仕事に出かける為に部屋を出たところ、玄関のドアが少しだけ開いている部屋を見つけた。不思議に思い、覗き見れば、玄関ドアと壁の間に靴《くつ》が挟まっている。部屋の住人が慌てて出かけたのかとも思ったが、おかしいような気もするので、一緒に確認して欲しいという。

巡査が到着すると、スーツ姿の男性が困り顔で待っていた。出張の予定があり、空港に行かなくてはならないので急いでいるという男性を宥《なだ》めつつ、巡査は部屋のチャイムを押した。返事はなく、玄関先から見える室内は暗かった。巡査はやはり急いで出かけて行ったのだろうかと首を捻《ひね》る男性に同意しながらも、一応、室内を確認することにした。

そして、腹部から血を流して倒れている女性を発見したのだった。

「ガイシャはこの部屋の住人の…山野久実《やまのくみ》さんのようですね。財布《さいふ》に入っていた免許証の顔写真と一致しています」

「現金は？」

残っていると答える部下の城内に、東館は浅黒い顔を難しげに顰《しか》める。玄関ドアが半開きになっていたことからも、犯人は慌てて出て行ったと考えられる。だとすれば、物盗りが帰って来た住人に出《で》会《くわ》して凶行に及び、逃走したというケースもあり得るから、貴重品の類《たぐ》いが残されているから物盗りではないという、単純な見方は出来まい。

まずは被害者の身辺調査、目撃者の聞き込み、遺留品の捜索…。腹部を刺されて死亡していることからも、殺人事件であるのは間違いない。鑑識課員が遺体周辺で作業しているのを見ながら今後の段取りを考えていると、「東館主任」と呼ぶ声がした。

声の調子だけで何か発見があったのだと分かり、城内と共に「どうした？」と問い返す。小走りで近づいて来た巡査は、近くで不審者が見つかったのだと報告した。

「周辺の捜索に当たっていた警官から、ビルの駐車場脇で不審者を発見したという連絡がありました。男の傍《そば》にはナイフがあるそうです」

「…！」

行くぞと城内に声をかけ、東館は報告しに来た巡査の後について現場を出る。物盗りの犯行だとすれば、被疑者を特定するのに時間を要する…最悪、目星すらつけられないまま、お蔵入りになる可能性もあると悲観的な考えも頭の隅に置いていたが、これは意外と簡単に片がつくヤマなのかもしれない。そんな希望的観測を抱いて、東館は足を速めた。

巡査が東館を案内したのは殺害現場となったマンションと細い路地を二本挟んだ、通り沿いの駐車場横に設けられたゴミ置き場だった。人が擦れ違うのがやっとのような狭い隙間《すきま》の、奥まった場所に制服姿の巡査が二人、出入りを塞《ふさ》ぐようにして立っている。

その向こうに黒っぽいスーツ姿の男が座り込んでいるのが見えた。三十代半ばほど。俯いているので顔立ちはよく分からなかった。報告通り、男の横にはナイフが落ちている。刃渡り十センチ程度のそれは、遺体の刺し傷とも一致するだろうと推測出来た。

「そいつか？」

巡査たちが振り返り、道を開ける。東館の声を聞き、反射的に顔を上げた男は、目を見張ってしまうほどの美男だった。座り込んでいるから正確には分からないけれど、手足の長さからすると、背もかなり高い。左腕には高価そうな時計。スーツも高級だ。

男の身なりを確認しつつ、東館はしゃがんでナイフを拾い、後ろにいた城内に渡して鑑識に回すよう指示をした。それから座り込んでいる男の腕を摑んで立ち上がらせる。

「一緒に来て貰おうか」

本音を言えば、その場で逮捕してしまいたかったが、まだ証拠が揃っていない。取り敢えず、所轄《しょかつ》署へ連行し、事情を聞くのがベストだと考えた。すぐに自供するかもしれないし、明らかな血痕がついていたナイフの鑑定結果が出たら、否応《いやおう》なく逮捕も出来る。

そんな目論見《もくろみ》を抱き、東館は早朝から大仰なサイレンを鳴らすパトカーで、男を所轄署へ連行した。


自力で歩くのも覚束《おぼつか》ない状態で警察署に連行された音喜多は、自分が取調室へ入れられたことも当初はよく分かっていなかった。だが、一方的に身体検査をされ始めたところで、ようやく声を上げた。

「待てよ。……あのな、俺は今、最悪に調子が悪い。これは何らかの薬物の影響としか…」

「キメてたのか？」

「…違う。そうじゃなくて…」

自ら薬物の使用を告白するのかと、にやついた笑いで確認して来る刑事に、音喜多は眉を顰める。その間にも、制服の巡査たちによって身体検査は進められており、机の上には音喜多の持ち物が並べれていた。

マネークリップで束《たば》ねた、十枚ほどの一万円札。スマホ。腕時計。音喜多の持ち物が少なく、身分証の類いがないのを気に入らなく思ったのか、刑事が「フン」と鼻を鳴らす。

「名前は？」

「どうして名乗らなきゃいけない？」

そもそも警察署へ連行されるのだって、同意した覚えはない。頭と身体の自由が利いていたら、こんな扱いに甘んじることもなかった。頭痛に耐えながら、音喜多は刑事に言い返して、パイプ椅子《いす》を引いて腰掛ける。体調の悪さも影響して、音喜多の顔はひどい顰めっ面《つら》になっており、それを興味深げに見ながら、刑事は向かい側に座った。

「自分の置かれている立場が分かってるのか？」

「どういう意味だ？」

「お前は殺人事件の重要参考人なんだぞ」

刑事の口から漏れた「殺人事件」という言葉を聞いた音喜多は、更に険相を深くした。どうしてそんなことになっているのか。意味が分からないと訝しむ音喜多に、刑事は状況を伝える。

「お前がいたあの場所からほど近いマンションで、他殺体が見つかった。で、周辺を捜索していたら、血痕のついたナイフを所持したお前が見つかった…」

「違う」

「何が？」

「あのナイフは俺のじゃない。傍に落ちてたから…」

それを握ってしまっただけだと言おうとして、音喜多は口を閉じた。あの時、自分はナイフをしっかり握っていた。つまり…ナイフの柄には自分の指紋が残っている…。

普段よりは遥《はる》かにぼんやりとしたままの思考であっても、自分が相当の窮地に陥っていることはよく分かった。音喜多は大きく息を吐き、「弁護士を呼べ」と低い声で求める。

「八十田研三。千代田区の八十田法律事務所だ。弁護士が到着するまで黙秘する」

「……」

弁護士の名前を口にして呼ぶように命じた後、音喜多は腕組みをし目を閉じた。何を言われても応答しないという硬い意志が全身から溢《あふ》れ出しており、刑事は眉間《みけん》に皺《しわ》を浮かべて鼻息を吐く。渋々、控《ひか》えていた巡査に八十田弁護士に連絡を取るよう指示し、どうやって用件を伝えればいいのかと聞いた。

「名前も分からないんじゃ、向こうだって困るだろう」

「……」

刑事がかまをかけるのも無視し、音喜多は目を閉じたまま微動だにしなかった。名前など分からずとも、話を聞けば八十田は自分だと分かって、すぐに飛んで来ると音喜多は分かっていた。企業法務専門の八十田を警察署に呼びつけるような真似をするのは、自分しかいない。

全ては八十田が来てからだ。そう思いながらも、必死で昨夜のことを思い出そうとしていたが、頭痛が邪魔してどうにもならないのがもどかしかった。


警察から連絡を受けた八十田があれこれと手筈を整えた後、西恵比寿署に現れたのは、それから三十分ほど後のことだった。連絡を受けた東館が取調室を出て迎えに行くと、長身で眼鏡《めがね》をかけた、音喜多とは違ったタイプの美男が立っていた。神経質そうではあるが、すっきり整った顔立ちは、俳優であってもおかしくない見栄えのするものだ。

仕立てのよいスーツや、一分の隙もなく整えられた身なりは、刑事事件を専門とする弁護士とはかけ離れて見える。東館が普段接している弁護士は、皆、自分と似たり寄ったりのくたびれたスーツを着て、書類を詰め込んだ大きな鞄を提《さ》げているが、八十田は違った。全く泥臭さのない八十田を、東館は訝しげな思いで見て、挨拶する。

「八十田先生ですか？　自分は警視庁捜査一課の東館といいます」

「八十田法律事務所の八十田です」

軽く頭を下げ、八十田は懐《ふところ》から名刺入れを取り出す。高級な革製のそれからシンプルな名刺を一枚抜き取ると、東館に優雅な手付きで差し出した。東館はそれを受け取り、一瞥《いちべつ》してからポケットに仕舞うと「早速ですが」と切り出す。

「こちらへ連行した男が、先生を呼べと言っておりまして。身分証の類いを持っておらず、名前を聞いても答えないので、その辺りはご連絡出来なかったんです。人相の類いはお伝えしたかと思うんですが、こちらまで来て頂けたということは、誰だか分かっているんですか？」

「恐らく」

東館に聞かれた八十田は鷹揚《おうよう》に頷き、「何処にいますか？」と案内を求める。東館は頷きながらも、

「その前に」と切り出した。

「あの男の名前を教えて貰えませんか」

「本人を確認し、話をしてからにします」

「ですが…」

「逮捕はされましたか？」

にっこり笑みを浮かべた八十田に聞かれた東館は、一瞬顔を顰めた後、「いいえ」と重々しい口調で答えた。八十田が何を言わんとしているのかは十分分かる。弁護士が特有の高圧的な態度に出るのは、自分に有利であると確証を抱いている時だけだ。自分の分が悪いのを承知し、何も言わずにいる東館に、八十田は笑みを浮かべたまま続ける。

「では、こちらへ任意同行されたということですよね？　しかし、私の知る限り、彼が警察署への任意同行に同意するとは思えません。ということは、彼が拒否出来ないような特殊な状況下にあったと考えられます。本人の同意なく、強引に連行したのは問題だと思われますが」

「しかし…」

「現時点で逮捕していないということは、それだけの材料が揃ってないのでしょう。であれば、すぐに引き取らせて頂きます」

「それは困ります。今、証拠品を鑑定中で…」

「容疑は？」

畳みかけるように聞かれ、東館は溜め息と共に「殺人です」と声を低くして答えた。八十田はすっと笑みを消し、眉間に深い皺を刻んで肩を竦《すく》める。

「あり得ないと思いますが…」

「あの男が寝ていた場所からすぐのマンションで殺人があったんです。不審者として発見されたあの男は血痕のついたナイフを所持していたんですよ。重要参考人として連行しても当然でしょう？」

「寝ていた…というと、外で…ですか？」

「ええ。頭が痛いとか言ってますから、ヤクでもキメてて…」

「あり得ません」

　語調を強め、きっぱりと否定した八十田は、すぐに本人と会わせてくれるように求めた。八十田の言うように明確な同意を得ないまま、任意同行している東館に拒否する権利はなく、無言で頷いて八十田を取調室へ案内する。

　二人を会話させれば、自ずと個人情報が漏れ伝わって来るかもしれないと考えながらドアを開けた東館は、瞑想《めいそう》している男に声をかけた。

「おい。弁護士の先生が…」

　来たぞ…と最後まで言う前に、男は「遅い！」とよく通る声で八十田を叱責《しっせき》した。基本、士業の人種というのは相手に謙《へりくだ》るような態度を余り見せない。八十田も十分に不遜《ふそん》であったから、いきなり怒鳴りつけた男にもむっとした表情を見せるかと思われたのだが…。

「悪い、悪い。これでも急いで来たんだぞ」

「どうせ朝から風呂にでも入ってたんだろう」

「…それはさておき、どうしてこんなことに？」

「知るか！」

　明らかに不機嫌な男を八十田は困ったように見て肩を竦める。その顔付きや態度からは、先ほどの敏腕弁護士然とした雰囲気が抜けていて、東館は二人の関係を怪しんだ。どう見ても、男の方が立場が上であるのは間違いないようなのだが…。一体、どういう素性であるのか、訝しむ東館の前で、八十田は「まあまあ」と男を宥めてから改めて事情を聞いた。

「何がどうして警察に連行されるような羽目《はめ》に陥ったのか、説明してくれなきゃ始まらないだろう」

「俺にも何が何だか分からないんだ。…恐らく、何処かで何らかの薬物を盛られたのは間違いないが、さっぱり覚えていない」

「薬物って…。大丈夫なのか？　お前が警察の任意同行に素直に従うなんて、おかしいと思ったんだが…」

「とにかく、ここを出る」

きっぱりと言い切る男に、八十田が「分かった」と返事をする。それを聞いていた東館は困惑して、

「ちょっと待って下さい」と遮《さえぎ》った。

「さっきも言ったように…重要参考人として容疑がかかってるんです。鑑定が終わるまで、ここにいて…」

「ですが、そちらに拘束する権限はないでしょう。今すぐ逮捕すると言うなら別ですが」

「…銃刀法違反という手もあります」

苦し紛《まぎ》れに別件逮捕という手法があると東館が口にするのを聞き、八十田は男を見た。

「ナイフを持って歩くような真似はしてないよな？」

「するわけないだろう。目が覚めたら傍に落ちてたんだ。…ただ、拾った時に指紋はついたかもしれない」

「…触ったのか？」

神妙に頷く男を見て、八十田は舌打ちでもしそうな顔付きで眉を顰める。ナイフから男以外の指紋が出なければ、男の所持品だと…そして、血痕が被害者の血液と一致すれば、凶器として認められる可能性は高い。警察もそれを見越しているから、強引な任意同行をしているのだろうと思われた。苦

い表情で自分を見る八十田に、男は険相で自分の言い分を並び立てる。

「仕方ないだろ。どうして自分があんなところで寝てたのかも分からないんだ。身体を起こそうとして…手の辺りに何かあるなと思って確認しようしたらナイフだっただけだ。わざと触ったわけじゃない」

「だが…」

これは不利だと、八十田が苦り切った顔付きで言おうとした時だ。

取調室のドアがノックもなしに開けられた。


ドアの傍に立ち、男と八十田の話を聞いていた東館は驚いて、突然部屋に入って来た相手を見た。部下であれば注意しようとした東館は、想定外の闖入者《ちんにゅうしゃ》に目を丸くする。

男の二人連れだった。二人ともが一度見たらすぐに覚えてしまうような、とても目立つ容貌《ようぼう》だった。一人は頭を綺麗《きれい》に剃《そ》り上げた、大柄でがっしりとしたレスラー並みの体格を持つ男だった。歳は五十から六十。黒いスーツを着ており、目は小さいが、眼光が殊《こと》のほか鋭い。笑ったところが想像出来ない、厳しい顔付きだ。

もう一人は…逆にとても細かった。背が高く、そのせいで更に華奢《きゃしゃ》に見える。頭が小さく、手足が長いモデル体型で、顔立ちは少女のように可憐《かれん》である。顔だけ見ればティーンエイジャーのようだが、年齢は二十代半ばほどだろう。

白いシャツにアーガイル模様の入ったニットのカーディガンを着ており、焦《こ》げ茶色のズボンを穿《は》いている。背中には大きなデイパックを背負い、取調室の中を物珍しげに見回していた。

突如現れた珍妙な二人組に驚きつつも、部屋を間違えているのではないかと指摘しようとした東館は、男が椅子をひっくり返していきなり立ち上がったのに驚いた。振り返れば、男が八十田の襟元を摑み、険しい顔付きで凄《すご》んでいた。

「なんで報せた…⁉」

「だ、だって…。お前が警察に連行されるなんて、相当なことだろうからと思って…」

呼んだ方がいいかと思ったのだと弁明する八十田に、男は尚も突っかかろうとする。今にも殴りかかりそうな勢いであったので、東館は仲裁に入ろうとしたのだが…。

「音喜多さん。乱暴はよくないです」

「……」

細い男がかけた一言で、男はぴたりと動きを止めた。決して名乗ろうとせず、八十田も口にしようとしなかった男の名前が「音喜多」であるのを知った東館は、興味深げに四人の男を見回した。恐らく、新たに現れた男二人も、捕まえた男…音喜多の知り合いで、八十田が呼んだのだろう。つまり、四人は知り合いということになるが…、関係性は全く読めない。

訝りながら考え込んでいた東館は、視線を感じて左側を見た。すると、細い男が自分を見ており、目が合うとにっこり笑って近づいて来る。

「初めまして、久嶋です。お名前は？」

久嶋と名乗った細い男は、右手を差し出し、東館に握手を求めた。東館は反射的に動かしてしまいそうになった手を止め、「東館です」と低い声で返した。名前しか口にしなかった東館の情報を、八十田がすかさず補足する。

「警視庁捜査一課の刑事だそうです」

「警視庁の方…ですか。なるほど。お話を聞かせて貰えますか？」

「…あの？」

「音喜多さんは勝手な真似をすることがたまにありますが、乱暴を働くような人ではありません。日頃の行動にも常に気を配っていますから、警察から取り調べを受けるような理由が、僕にはさっぱり読めないんです。警察は一体どうして、音喜多さんを連行したんですか？」

「殺人容疑だそうです」

東館に理由を尋ねた久嶋に、八十田が更につけ加える。殺人と聞いた久嶋は目を丸くして、きっぱりと首を横に振った。

「あり得ません」

「……」

同じ台詞《せりふ》をついさっき、八十田からも聞いていた東館は、眉間に皺を浮かべて鼻先から息を吐く。任意同行した音喜多と知り合いであるらしい二人が否定したい気持ちは分かるが、殺人現場近くで血痕のついたナイフと共に発見されたのは事実である。それを説明するべきかどうか迷う東館を相手に、久嶋の方が先に持論《じろん》を述べ始めた。

「音喜多さんは殺害されることはあっても、殺害するような人間ではありません。地味な顔貌《がんぼう》ではないので誤解されやすいのですが、争いよりも平和を好む人なんです。何か見当違いをされているのではないですか？」

「しかし…」

凶器らしきナイフが見つかっているのだと続けようとした東館は、慌てて口を閉じた。弁護士である八十田はともかく、久嶋はその正体も分かっていない。東館は大きな溜め息を吐き、久嶋から八十田に視線を移した。

「誰なんです？」

話を聞いている限り、音喜多本人は知らせたくなかった相手だとは分かったが、正体はさっぱり読めなかった。八十田と同じ弁護士…にしては若いが、もしかするとという可能性も捨て切れず、「弁護士さんですか？」と八十田に確認する東館に、久嶋はにっこり笑って、自ら「いいえ」と否定した。

「僕は弁護士ではありません。八十田さんが僕に来て欲しいと頼んだのは、僕が殺人事件の捜査に関する知識を多く持っているからだと思います」

「…どういうことですか？」

「僕はアメリカでＦＢＩの特別捜査チームにアドバイザーとして参加していたんです。現在は揚羽大学で客員教授として犯罪心理学を教えています。事件について教えて頂ければアドバイスさせて頂きますから、まずは音喜多さんを解放して貰えませんか」

「……」

捜査に関する知識を多く持っているというのはどういうことかと聞いた東館は、久嶋から返された答えに啞然《あぜん》とし、目を丸くした。ＦＢＩなどという話が出て来るとは想像だにしていなかったし、どう見たって二十代半ばの久嶋が、大学教授だというのも信じ難《がた》い。これは…何らかの妄想の類いなのだろうかと疑いを抱いた東館の心を読んだように、久嶋は苦笑して続ける。

「僕の話が信用出来ないというのであれば、警察庁の汐月《しおつき》さんに問い合わせてみて下さい」

「教授…！」

久嶋が汐月という名を出した途端《とたん》、慌てたように音喜多が声を上げた。渋い表情の音喜多を見た久嶋は、首を傾《かし》げて「いけませんか？」と確認する。

「…それは…ちょっと…」

渋面《じゅうめん》のまま、まずいと言って首を横に振るのを見た久嶋は、「でしたら」と代案を提示した。背負っていたデイパックを下ろして中からノートを取り出す。それを一枚破き、ボールペンで数字とアルファベットを書き連ねた。ＦＢＩに直接問い合わせてみて欲しいと言われ、連絡先の書かれた紙を受け取った東館は、眉を顰めてそれを一瞥してから席を立った。

「ちょっと待ってて下さい」

取調室を出ると、東館は深い溜め息を吐いた。一体、あの四人は何者なのか。断片的な情報しか分からず、関係性はさっぱり読めない。重要参考人である男の名は音喜多。音喜多が呼びつけたのが弁護士の八十田。その八十田が呼んだのが、殺人事件の捜査に詳しく、揚羽大学の教授だという久嶋。もう一人は名前さえ分かっていない、レスラー体型の男。

しかも…。

「ＦＢＩだと…？」

全く珍妙な話が出て来たものだと、東館は苦虫を噛《か》み潰したような顔で廊下を歩いて行く。久嶋が渡して来たＦＢＩの問い合わせ先に確かめるつもりはなかった。それよりも…久嶋が口にした「警察庁の汐月」に話を聞いた方が早そうだ。前方からやって来た部下の城内に、警察庁に汐月という人間がいるかどうか確認するよう命じると共に、自らは揚羽大学に事実を確かめるべく、その電話番号を調べ始めた。

東館が出て行くと同時に、久嶋が「それで」と音喜多に聞いた。

「どうしてこんなことに？」

不思議そうな表情を浮かべ、小首を傾げる久嶋を見て、音喜多は仏頂面《ぶっちょうづら》で溜め息を吐く。久嶋がここへ来てしまうことになった原因である八十田を恐ろしい目付きで一睨《ひとにら》みしてから、迷惑をかけるつもりはなかったのだと詫びた。

「まさかこのバカが教授に連絡するとは思ってなくて…」

「でも、久嶋さんを呼んで正解だった。ナイフの件だってあるし、お前に圧倒的に不利な状況なんだから、俺だけじゃ心許《こころもと》ない…」

「ナイフ？」

すっと表情を引き締める久嶋を見て、音喜多は頰杖《ほおづえ》を突き、最初から説明すると言った。連行される際は、抵抗出来ないほどだった頭痛や目眩は少しずつ治まって来ており、自分の頭に残っている最後の記憶についてもぼんやりと思い出して来ていた。

「…昨夜、鮨を食いに行ったんだ」

「半林さんから十一時に赤坂の鮨店まで送って別れたと聞きましたが、そこですか？」

確認する久嶋に、音喜多は神妙に頷く。続けて、「一人でですか？」と聞かれ、「ああ」と答えた。

「連れはいなかった。店に入ったのは十一時過ぎだ。赤坂の…『杉本《すぎもと》』って店で…一時間…くらいいたと思う。軽く鮨を摘まんでから、恵比寿のバーに移動した。『スモークウッド』っていう店だ」

「そこも一人で？」

「ああ。スコッチを飲んで…店を出たのは…正確には覚えてないが、二時を回ってたような気がする。それから…記憶が曖昧《あいまい》なんだ。半地下に店があるんだが、階段を上がり始めた頃に目眩がし出して、それほど飲んだ覚えもないのにおかしいなと思って……」

「どれくらい飲んだかは覚えてますか？」

「…ダブルで二杯くらいだと思う」

「お前にしては大した量じゃないね」

軽く肩を竦めて言う八十田に頷き、音喜多は指先でこめかみを押さえる。階段を上がり…タクシーを捕まえようと思って、歩き始めた……ところまでしか、どうしても思い出せない。顰めっ面でそれを久嶋に告げると、彼は次に思い出せるのはどの辺りからかと聞いた。

「……明るかったんだ。不思議に思って瞼を開けたが、自分が何処にいるのかは分からなかった。確かめようと思い、起き上がろうとしたら…手の下に何かあって…持ち上げてみたら…」

「ナイフだったんですね？」

確認する久嶋は呆れているようにも見えて、音喜多は暗澹《あんたん》たる思いで頷いた。連行される際、まだぼんやりしていた頭に久嶋の顔を思い浮かべていた。こんな風に呆れられるのが分かっていたから、決して知らせたくないと思っていたのに。それも全て、安易に久嶋を呼んだ八十田のせいだと、八つ当たりのように彼を睨む音喜多に、久嶋は「それで」と尋ねる。

「頭痛や吐き気、目眩などは？」

「…ある。吐き気はさほどひどくないが、頭が痛くてぼんやりしてて…だから、あいつらの言いなりになるしかなかったんだ。酒に酔ったにしてはおかしいから、たぶん、何処かで…薬物を盛られたんだろう」

「僕もそう思います。八十田さん。警察に音喜多さんの薬物検査をするように指示して下さい。歩けていることからも身体の自由を奪うようなものではなく、睡眠系の薬物だと思います。何らかの成分を検出出来るかもしれませんから」

「分かりました」

「取り敢えず、僕はその『スモークウッド』というバーに行ってみます。ところで、音喜多さんに心当たりはあるんですか？」

「心当たり？」

「誰かに嵌《は》められるような真似をした覚えがあるかどうか、ということです」

「……」

優しげな笑みを浮かべ丁寧に言う久嶋を、音喜多は神妙な表情で見つめただけで、何も言わなかった。その態度を見て、久嶋は笑《え》みを深める。

「あるんですね？　けど、心当たりが多過ぎて、どれなのか目星はつけられない」

「教授…」

「音喜多さんにも色々あるというのは理解していますから、弁明は要りません。それに音喜多さんが決して人を殺したりしないのも、分かっています。…僕がそれを証明してみせます」

音喜多を真っ直ぐに見つめてそう言うと、久嶋は床に置いていたデイパックを持ち上げて背負った。ポケットから取り出したスマホでバーの場所を検索し始める久嶋を見て、音喜多はそれまでずっと黙って立っていた半林に声をかけた。

「半林。教授を頼む」

「承知しました」

恭《うやうや》しく頭を下げて答える半林が同行してくれると知り、久嶋は助かったと言ってスマホを仕舞う。久嶋が半林と共に取調室を出て行くと、音喜多は八十田に自分はいいから久嶋の行動を見張っていてくれと命じた。

「何がどうなってるのか、さっぱり分からないが、人を殺すような奴が関わって来てるんだ。教授を危ない目には遭《あ》わせたくない。無茶しないように注意してくれ」

「分かった。だが、殺人に関して久嶋さんはプロだろう。俺たちなんかより、よっぽど分かってるんじゃないのか」

「だからこそ、だ」

不安があると憂い顔で言う音喜多に頷き、八十田は取り敢えず、おとなしく薬物検査を受けておいてくれと頼んだ。薬物検査が久嶋の指示であるのは承知していたので、音喜多は不承不承《ふしょうぶしょう》頷き、早く二人を追いかけろと促《うなが》す。八十田は頷きながらも、揉《も》め事は起こすなと音喜多に忠告した。

「ナイフの件がある。他に被疑者が浮かばず、証拠がそれしかないとなったら、検察は強引に起訴して来かねないぞ。起訴されたら有罪まっしぐらだ。分かってるな？」

「分かってるから行けよ」

しつこいと不機嫌極まりない顔で舌打ちされた八十田は、慌てて取調室を出て行く。八十田の言う通り、警察がまともな捜査をせずに、自分を犯人として検察に送致したら、ナイフについた指紋を証拠に起訴される可能性は十分にあるだろう。刑事事件における起訴後の有罪確定率が９９パーセントを超える現実は音喜多も理解していて、久嶋に頼るしかない現状を情けなく思い、溜め息を零した。

先に取調室を出ていた東館はまず、久嶋の正体を調べる為に揚羽大学に問い合わせた。応対に出た事務局の職員は警察からの電話に驚いた様子ながらも、久嶋が揚羽大学の客員教授であることを認めた。

『確かに、久嶋先生はうちの文学部で客員教授をしておいでですが…。何かあったんですか？』

「いえ。久嶋さん自身に何かあったわけではないんです。確認までで…あの。彼はかなり若いようですが、本当に教授なんですか？」

聡明そうには見えても、せいぜい二十代半ばにしか見えなかった久嶋が、大学の教授であるというのは、東館には信じ難かった。疑わしげな口調で聞く東館に、職員は久嶋は特別なのだと答える。

『久嶋先生は非常に優秀で…あの若さで博士号を三つお持ちなんです。アメリカのスタンフォード大でも講義されていたような方ですから』

「へえ。いわゆる…天才、ってやつですか」

『そうなりますね』

ふうん…と興味なさげな相槌を打った時、「東館さん」と呼びかけられた。足早に近づいて来た城内には、久嶋が口にした「警察庁の汐月」という人物について調べるよう指示してあった。職員に礼を言って通話を切った東館がどうだったかと聞くと、城内は困惑した顔付きで判明した事実を伝える。

「汐月というのはサッチョウ内には一人しかいませんでした。それが…警備部でも、かなりのエリートのようなんです。聞いたところでは、祖父が警察庁長官を務め、父親は防衛省幹部らしいです。同期の間では出世頭として有名だとか」

「…実在するんだな？」

眉を顰めて確認する東館に城内は頷き、汐月の連絡先である電話番号が書かれたメモを渡す。久嶋が汐月に確認を取って欲しいと言った時、音喜多が慌てたように止めた。あの反応からして、汐月と知り合いなのは音喜多の方なのだろう。

だとすれば、名字しか分かっていない音喜多の身元が、汐月から聞ける可能性が高い。東館は再び受話器を持ち上げ、メモにある番号を押した。

城内が調べて来たのは個人ではなく、部署の番号だった。電話に出たのは女性で、警視庁の人間であることを名乗り、汐月に代わって欲しいと頼むと、にべもなく断られる。

『会議中ですのでかけ直して下さい』

「会議はいつ終わるんですか？」

『未定です』

恐らく、そう言うように指示されているのだろうと考えながら、東館は緊急の用件なのだと食い下がった。会議が終わる時間を予想して何度も電話をかける暇《ひま》はないし、今度は出張に出たと手を変えられる可能性も高い。

「殺人事件の被疑者としてこちらに連行している音喜多という名の男が、汐月さんの知り合いのようなんです。その辺りだけでも確認が取りたいんですが」

殺人事件の被疑者と聞き、相手がすっと雰囲気を変えるのが分かった。確認を取らずにいて、大ごとになっては困ると判断したのか、担当の女性は「少々お待ち下さい」と言って通話を保留にする。

汐月と話せなかったら、久嶋から渡された番号にかけるしかないのか。アメリカの電話番号で、担当者もkate《ケイト》となっている。誰か英語の出来る奴に…と顰めっ面で考えていると…。

『音喜多さんを連行しているだとっ!?』

唐突《とうとつ》に保留音が途切れると同時に、男の怒鳴り声が聞こえて来た。思わず身を竦め、東館は「すみませんが」と相手の勢いを遮る。

「先に自己紹介をさせて頂きます。自分は警視庁刑事部捜査一課の東館といいます。警察庁警備部特別警備本部の汐月警視で間違いないですか？」

かなり取り乱している様子の汐月に落ち着いて貰う為にも、彼の役職を口にして慇懃《いんぎん》に確認すると、しばし沈黙が訪れた。汐月自身、失敗したという自覚があるのか、『失礼した』と低い声で詫びる。

それでも音喜多のことが気にかかるらしく、その口調は上擦ったものだった。

『汐月は私だが…音喜多のことが…音喜多さんが殺人事件の被疑者というのは…』

「まだ裏付けは取れていませんが、音喜多の犯行である可能性は非常に高いです。汐月警視は音喜多とどういうご関係で？」

『……』

正確な状況が分からないのに簡単に情報を漏らすような人物ではないようだ。思惑や駆け引きが交錯する警察庁内で出世頭と目されるような男が、一筋縄でいくはずもない。東館は「では」と話題を変えた。

「では、久嶋という男はご存じですか？」

『…久嶋も被疑者なのか？』

「いえ。音喜多が呼んだ弁護士が呼んだんです…ややこしいですが…、その久嶋という男が、ＦＢＩでの捜査経験があると言っておりまして…」

『それは間違いない』

今度はすぐに認めた汐月に、東館は思わず小さな声で「マジか」と呟く。少女のような顔付きをしていた久嶋を思い出しながら、汐月は久嶋とどういう知り合いなのかと尋ねた。

だが、汐月はそれには答えず、何処の所轄署にいるのかと聞いた。

「西恵比寿署ですが…」

『今から行く』

「え…」

しかし…と言いかけた東館の話を聞かず、汐月は一方的に通話を切ってしまった。ツーと音の流れる受話器を唖然として見つめ、東館は眉間の皺を深くする。会議はどうなったんだと憤慨するような気分で受話器を置くと、傍で様子を窺《うかが》っていた城内が、どうなったのかと聞いて来る。

「…確認が取れた。本当にＦＢＩでの捜査経験があるようだ」

「本当だったんですか？」

「ああ。その上、ここまで来るらしい」

警察庁のお偉いさんが？　と目を丸くする城内に東館は渋面で頷き、椅子から立ち上がって、取調室へ向かった。現段階でも取調室には被疑者の音喜多と、弁護士の八十田に久嶋、謎の男という四名がいる。この上、汐月までやって来たら、取調室は音喜多の関係者だらけになってしまう。うんざりした気分で、東館は取調室のドアを開けたのだが。

「…？」

そこにはふて腐れたような顔の音喜多と、見張り役の巡査しかおらず、残りの三名は姿を消していた。どうしたのかと巡査に聞くと、まだ若い彼は怯《おび》えたような表情を浮かべ、出て行ったようだと答える。

「出て行ったって…帰ったのか？」

音喜多に確認すると、じろりと見るだけで何も言わない。その態度に苛つき、改めて自分の立場について分からせようと口を開きかけたところへ、取調室のドアがノックされて鑑識課員が現れた。

「失礼します。薬物検査をするように言われて来たんですが…」

「ああ、俺だ。早くしてくれ」

「!?」

そんな指示は出していないと東館が言おうとしたのを遮り、音喜多が尊大な態度で鑑識課員を迎え入れる。どうなっているのかと聞くと、担当者は困った顔で自分は言われたから来ただけなのだと返した。

「だから、俺は…」

「教授に言われた八十田がリクエストしていったんだよ。そっちだって好都合なんじゃないのか。禁止薬物の反応が出れば別件逮捕が容易に可能になる」

「…弁護士たちは何処に行ったんだ？」

「俺の無実を証明しに」

「!?」

どういうことだと声を荒げて聞く東館に、音喜多は答えず、まずは検査を受けて来ると言い、立ち上がった。困惑している鑑識課員を不機嫌な顔で促し、何処へ行けばいいのかと聞く音喜多の態度は、とても被疑者のものとは思えない。東館は苛つきながらも、薬物検査が自分たちのメリットに繋《つな》がることは否《いな》めず、八つ当たりのように証拠品の分析を急がせろと城内に命じた。


西恵比寿署を出た久嶋は半林が運転する車の後部座席に乗り、音喜多が訪れたというバー「スモークウッド」を訪れた。その店は音喜多の行きつけらしく、半林が場所を知っていたので、調べる必要もなく五分ほどで到着した。ただ、バーという店の性質上、問題がある。

「…誰もいないかもしれませんね」

半林によると、明け方まで営業している店とのことだったが、既に時刻は九時近い。従業員は帰宅している可能性が高く、となれば、夜に出直すしかなくなる。路上に停《と》めた車から降り、腕時計を見て呟いた久嶋に、半林が店の営業時間を伝える。

「確か開店時刻は八時頃だったかと思います」

「だとしたら、八時まで待たなくては話が聞けない可能性もありますね。行きつけなら店の従業員は音喜多さんの顔を覚えてるでしょうか」

「目立ちますので、恐らく」

無表情な顔で淡々と返す半林に、久嶋は苦笑して「確かに」と頷く。間もなくして、半林は歩調を緩《ゆる》めてとあるビルの前で立ち止まった。歩道から地下へ下りている階段を指し、この先だと伝える。音喜多も半地下にある店だと言っていたのを思い出しながら、久嶋は階段を下りて行く半林の後に従った。

階段の幅は狭く、大人が擦れ違うには身体を横にしなくては無理だろうと思われた。大柄な半林は普通に通るのにも、身を縮めなくてはいけないほどだ。十段ほどの階段を下りると踊り場に出て、そこは少し広かった。吹き抜けになっており、空から光が差し込んでいる。

踊り場の右手に木製のドアがあり、その前に店の名前を示す看板が置かれていた。一枚板のドアを半林が開けようとしたが鍵がかかっており、開かない。店内が窺えるような窓の類いもなく、中に誰かがいるのかどうかは分からなかった。

「やはり終わっているようですね」

「じゃ、音喜多さんの…」

店を出てからの行動を確認しようと久嶋が言いかけた時だ。久嶋たちの左手にあるアルミ製のドアが開いた。店の入り口とは違うそこから出て来たのは、眠そうな顔をした、鼻下に髭《ひげ》を生やした三十前後の男だった。手にゴミ袋を持っているのを見て、久嶋は男に話しかけた。

「すみません。この店の方ですか？」

「あ…はい。何か？」

帰ろうとしていた店員を捕まえることが出来たのにほっとしつつ、久嶋は音喜多について尋ねる。本人が目立つだけでなく、音喜多という名前は珍しくもあるから、店員はすぐに分かったようで眠たげだった目を瞬かせた。

「ああ、はい。昨夜、おいででしたよ」

「何時頃、帰ったか、覚えてますか？」

「ええと……何時だったかな…。二時…くらいだったかな…」

はっきりとは覚えていないというが、二時というのは音喜多の記憶とも一致している。久嶋は続けて、帰り際の音喜多の様子について聞いた。

「気分が悪そうだったとか…そういう、いつもとは違った感じの雰囲気はありませんでしたか？」

「いえ。気にはなりませんでしたけど…。あの、音喜多さんがどうかしたんですか？」

久嶋たちが何者なのかも聞いていない店員は、さすがに訝しく思い始めたようで、微かに眉を顰めて聞き返す。久嶋が音喜多の友人なのだと名乗ろうとした時、階段を下りて来る足音が聞こえた。久嶋さん…と呼ぶ声は八十田のもので、警察署に残ったはずの彼が現れたのを不思議に思い、どうしたのかと聞く。

久嶋を心配する音喜多から見張っているように命じられたとも言えない八十田は、自分がいた方が便利だろうからと答えて、訝しげな顔付きになっている店員に名刺を差し出した。

「すみません。八十田法律事務所の…八十田と言います。音喜多の顧問弁護士をしておりまして…、昨夜、音喜多がこちらの店を出た後にトラブルに巻き込まれたんです。なので、色々と確認させて頂きたく…ご協力願えませんか」

弁護士と聞いた店員はすぐに態度を変え、分かりましたと頷いた。弁護士という立場を使い、質問がしやすい土壌《どじょう》を作る役割を果たした八十田は、質問を続けるよう久嶋を促す。久嶋は笑みを浮かべて頷き、店員に出来れば店の中を見せてくれないかと頼んだ。

店員は分かりましたと返事し、持っていたゴミ袋をその場に置いて、ポケットから幾つかの鍵がついたキーホルダーを取り出す。その中から一つ、大きめの鍵を選んで閉まっていた店のドアを開けた。先に中へ入った店員は照明のスウィッチを入れて、「どうぞ」と促す。

明かりを点《つ》けたといっても、バーという店の性質上、間接照明しか設置されていないので、全体的に薄暗い。入り口から入ってすぐの段差を下りると、右手にカウンターが延びており、ゆったりとした大きめの椅子が十ほど、等間隔に置かれていた。カウンター席の背後には二人掛けのテーブル席が三つ、並んでいる。

「客席はこれだけですか？」

「あと、奥に個室があります」

「音喜多さんは何処に座っていたか、覚えていますか？」

「音喜多さんはいつも…この辺りに」

椅子に近づき、店員は奥から二つ目の椅子を示す。隣にはどういう人間が座っていたのかという質問には、首を横に振った。

「誰も。昨夜…あの時間帯には確か、ドアの方に男女の二人連れがいて…、あと、テーブル席に二組…くらいいたかと。片方は女の二人連れで、もう片方はカップルでした。音喜多さんの両隣は空いていたと思います」

店員が示した音喜多が座っていたという席に近づき、その周辺を細かく確認した後、久嶋はその椅子に腰掛けた。音喜多と同じ視点で店内を見回している久嶋に代わって、八十田が店員に確認する。

「音喜多はスコッチをダブルで二杯飲んだと言ってますが、合っていますか？」

「たぶん…それくらいだったと思います」

「酔っている様子は？」

「いいえ。音喜多さんは強いので…もっとたくさん飲まれた時でも、酔ったのを見たことがありません」

長年のつき合いである八十田も同じく、音喜多が酒に酔っているのを見たことはない。やはり音喜多の身体に異変が起きたのは酒のせいではなく、薬物の類いを盛られたのだと考えられるが、いつどうやって摂取させられたのかという問題が浮上する。

スコッチに入れられていたとしたら、目の前の店員が怪しいことになるが、音喜多について話す様子に不審さは見られない。

「じゃ、音喜多はいつもと同じような感じで飲んで、帰って行ったということですね？」

「はい。変わった様子は見られませんでしたけど…」

「他の客はどうですか？　おかしな素振りがあったとか…ちょっとしたことでもいいので、記憶に残っているようなことがあれば教えて下さい」

椅子に座った久嶋が尋ねて来るのに、店員は微かに眉を顰めて考え込んだ。しばし沈黙した後、緩く首を横に振る。

「…いいえ。新規のお客さんも見えてましたけど…普通だったと思います」

「この店は一人でやられてるんですか？」

「いいえ。店長と二人で……。あ、そうだ。昨夜は店長が急用で休みだったので、バイトの子に入って貰いました。いつもと違うと言えば…それくらいです」

「音喜多さんの飲み物を作ったのはそのバイトですか？」

「いえ。飲み物は俺が」

だとしても、店側の人間であれば、飲み物に細工をすることは十分に可能だ。久嶋は興味深げに頷き、小さな頭を動かして再度店内を見回してから、防犯カメラは設置していないのかと確認する。店員が申し訳なさそうに頷くのを見てから立ち上がり、世話をかけた礼を言って、店を出て行く。その後ろで店員は八十田に一体何があったのかと、心配げに尋ねた。

恐らく、警察もこの店へ事情を聞きに来るに違いなく、その時には分かることだからと思い、八十田は殺人の容疑が音喜多にかかっているのだと声を低めて伝えた。

「近くで殺人事件があったのを聞いてますか？」

「いえ…店が終わってから仮眠を取ってて…。でも、音喜多さんが人を殺すなんて…」

「何かの間違いだと我々も考えていて、こうして音喜多の行動を確認してるんです。ご迷惑をかけてすみません。ありがとうございました」

八十田は礼を言い、戸惑い顔の店員と別れて店の外に出た。踊り場で半林と共に待っていた久嶋は、店を出てからの音喜多の行動を確認したいと八十田に告げた。

「八十田さん。音喜多さんが寝ていたという場所は分かりますか？」

「はい。警察で聞いて来ました。ええと…」

スマホの地図アプリ上に場所をマーキングしたといい、八十田は上着のポケットからスマホを取り出す。階段を上がり、左手に折れた先だと説明を受けた久嶋は、先に立って階段を上がり始めた。

「音喜多さんは階段を上がっている途中から目眩がしていたと言ってましたよね」

「ええ。通りでタクシーを拾おうとしたところまで…覚えているようでしたが」

階段を上がり切ったところで、左右どちらへ行けばいいのか、方向音痴の久嶋は八十田に再度確認した。左だと聞いて歩き始める久嶋の後に八十田が続き、半林は近くに停めてある車を現場の方まで回すと言い、一旦、その場を離れる。久嶋は辺りをきょろきょろ見回しながら歩き、歩行者の姿が捉えられそうな防犯カメラの位置を確認していた。

「あの辺りのカメラになら、通りに出て来た音喜多さんがどんな様子だったか……映像が残っているはずですね。まだ先ですか？」

「…このまま真っ直ぐ行って、二つ目の角を右に折れて…間もなくのところです」

「二つ目…」

スマホを見ながら説明する八十田に、地理の説明に弱い久嶋は訝しげな調子の相槌を打ち、慎重な様子で歩いて行く。二車線の通りに沿った歩道を進み、二つ目の路地を曲がる。ビルとコイン式パーキングの間に挟まれた、幅が一間《いっけん》ほどもないスペースにゴミ捨て場があった。道沿いからそれを確認した八十田は、奥を指さして音喜多はゴミ箱の横辺りで寝ていたようだと久嶋に告げた。

久嶋はゴミ箱の近くまで歩み寄り、その周辺を映《うつ》せるような防犯カメラがないのを見てから、溜め息交じりに否定した。

「音喜多さんは階段を上がって間もなくのところまでしか覚えてないんですよ。そんな人間がここまで自力で歩いて来られるとは思えません」

「…誰かが故意にここまで音喜多を運んだと？」

「音喜多さんが意識のないまま歩き続けたとして、倒れていたのが通り沿いなら分かります。しかし、角を曲がり、人目につかない場所を選んで倒れる余裕はなかったはずです。それにどれほど気分が悪かったとしても、音喜多さんがゴミ箱の隣を選ぶとは思えません」

「俺も厭《いや》です。倒れる場所は選びます」

肩を竦めて同意し、八十田は「だとしたら」と仮説を立てる。

「こういうことですか？　…何者かが音喜多に薬物を飲ませ、意識を失った奴をここまで運び…、殺人事件の被疑者に仕立てる為に血痕のついたナイフを傍に置いた…」

「そうなりますね。殺されたのはどういう人かは分かりますか？」

「それが…まだ警察の捜査が進んでいないこともあって、詳細は分かっていないんです。ここから近いマンションで女性の遺体が発見されたらしいということくらいしか…」

「女性ですか」

小さく目を見張って呟くと、久嶋は腕時計を見た。それから、そろそろ汐月が来ている頃なので、西恵比寿署に戻りたいと八十田に告げる。

「汐月…というのは、さっき話していた…？」

「八十田さんは汐月さんをご存じないんですか？」

「はい」

「音喜多さんの高校の後輩で、警察庁に勤めているんです」

なんと。八十田は驚いた表情になり、「本当ですか？」と確認する。久嶋は頷き、どうして疑うような台詞を口にするのかと聞いた。

「いえ、今までそんな話を一度も聞いたことがなかったので…。音喜多は一度検察に捕まりかけてるんですが、そんなコネがあったのなら教えてくれれば…」

「音喜多さんは汐月さんに弱みを見せたくないのだと思いますよ」

「後輩だからですか？」

「迫られているようです」

久嶋から返された答えは思いがけないもので、八十田は大きく息を吞んで「えっ」と驚いた。迫られているというのは、音喜多がその男に狙《ねら》われているという意味かと確認する八十田に、久嶋は頷く。

「確認はしていませんが、そうだと思います」

「なんと…。音喜多を狙おうという男が…」

「音喜多さんはもてると思いますけど」

「それは認めますが…」

音喜多が男女関係なく、もてるのは八十田もよく知っている。しかし、音喜多が自分を「狙う」ような男に興味があるとは思えず、避けているのも頷ける。それに、音喜多は現在形で久嶋に夢中だ。つい意味ありげな視線を向けた八十田に気付き、久嶋は、「何ですか？」と尋ねる。

「…いえ。…久嶋さんは気になりませんか？」

「何がですか？」

不思議そうに首を傾げる久嶋は、質問の意味が分かってないようだった。音喜多に迫っているという男の存在が気にならないかという意味で聞いたのだが、一風変わっている久嶋には理解出来ないだろう。八十田は何でもないと発言を撤回して、「それより」と続ける。

「音喜多がその汐月という男に連絡を取るのに難色を示したから、久嶋さんはあの刑事にＦＢＩの連絡先を渡していたんじゃないですか？」

「ですが、東館さんは汐月さんの方に連絡を取ったと思います。総じて、組織に属する人間というのは、同じ組織内の人間の方を信頼するものでしょう。汐月さんは音喜多さんが殺人事件の被疑者として拘束されていると聞けばすぐに来ると思います」

なるほどと頷き、八十田は警察署へ戻りましょうと久嶋を促す。警察に顔の利く人間がいれば、音喜多にかけられている容疑も晴らして貰えるかもしれない。そこまで望めなくても、警察が入手している情報は色々と引き出せるはずだ。

「取り敢えず、僕が西恵比寿署で汐月さんに会って、殺害された女性に関する情報を入手して来ます。八十田さんは半林さんと昨夜バイトに入ったという男を捜《さが》して貰えませんか？」

「分かりました」

久嶋の指示に八十田が頷くと同時に、半林がハンドルを握る高級車が通り沿いに停まるのが見えた。八十田は先に久嶋を西恵比寿署まで送るよう、半林に依頼する。二人の乗った車が走り去ると、八十田はスマホを取り出した。バーの経営者を捜す為に電話をかけながら、音喜多に迫っているという汐月とはどんな男なのだろうと想像し、自分の趣味じゃないと肩を竦めた。

本来ならば意に染まない薬物検査を渋々受け、取調室へ戻った音喜多は、想定外の相手に迎えられた。

「先輩！」

「っ…！」

待ち構えていたというように座っていた椅子からすっくと立ち上がり、狭い部屋に野太い声を響かせるのは汐月である。嬉々《きき》とした表情で自分を見る汐月に対し、音喜多は眉を顰めてどうしてここにいるのかと尋ねた。

聞きながらも、理由に見当はついていた。久嶋が「警察庁の汐月」と口にしたのを覚えていた東館が、連絡を取ったに違いない。案の定、一課の刑事から報せを受けたと言い、汐月は心配げに眉を顰める。

「先輩が人を殺すはずなどないのは分かっています。この汐月が必ずや疑いを晴らしてみせますから、今しばらくお待ち下さい」

「気持ちは有り難いが…」

久嶋が動いてくれているのだと、音喜多が説明しかけた時だ。取調室のドアが乱暴に開き、慌てた顔付きの東館が姿を現す。音喜多と一緒にいる汐月を見て、窺うような調子で名前を確認した。

「汐月さんですか？」

「いかにも」

「先ほど、お電話差し上げた捜査一課の東館です。少々お話を伺《うかが》いたいので、こちらへ…」

東館は電話で汐月から音喜多に関する情報を聞き出したいと考えながらも、目的を果たせていなかった。汐月が直接こちらへ来ると言っていたので、会って話をしようと思っていたのに、いつの間にか取調室へ入り込まれてしまっていた。取調室を出て話したいと求める東館に、汐月は首を横に振り、椅子を引いて座るよう、立っていた音喜多に勧める。

「話ならここでしょう。私も色々、意見を述べたい」

「……」

堂々とした態度で言い、汐月は音喜多の隣に並べて置いた椅子に腰掛けた。向かい側へ座るよう、要求された東館は、溜め息交じりにパイプ椅子の背に手をかける。汐月は警察サイドの人間だが、音喜多の肩を持つ気満々のようだ。面倒なことになりそうな予感がし、汐月に連絡を取ったことを早々に後悔しながらも、東館は「最初に」と切り出す。

「この男のフルネームをご存じでしたら教えて貰えませんか。身分を証明するものを何も所持しておらず、こちらの質問にも答えないんです。『音喜多』という名字であるのは会話から察せられたのですが…」

「不当に拘束されていることに対する抗議ですね？」

東館から経緯を聞いた汐月は、さっと表情を厳しくし、音喜多に確認する。「不当に拘束」という表現が、音喜多本人ではなく、味方であるはずの汐月から出て来たことに戸惑いを覚え、東館は困り顔で状況を説明した。

「ですから、電話でもお話ししましたが、現段階ではこの男が犯人である可能性が非常に高いんです。鑑定中ではありますが、凶器と思われるナイフを所持しており…」

「落ちていたのを偶々《たまたま》拾っただけだって言ってるだろう」

「そうなんですか？　偶々拾っただけのナイフを証拠にしようとしてるのか？」

「……ですから…」

音喜多の言い分を頭から信じ、自分を責めようとする汐月をどうしたものか、東館は頭を悩ませる。関係者ではないからと汐月を退出させることは出来るが、彼の地位やキャリアを考えると後々面倒なことになりそうだ。

汐月だけでなく、あの食えない弁護士やＦＢＩもどきといい、音喜多には妙な仲間が多過ぎる。ここは一旦、要求を呑んで帰らせ、鑑定結果を待って逮捕状を請求し、正当な手続きを踏んだ上で取り調べをするべきか。しかし…。

東館が悩んでいると取調室のドアが開き、城内が姿を現した。手にしていたファイルを差し出し、小声で朗報を耳打ちしていく。東館はようやく一つ前進出来たような気分でファイルを開き、不遜な顔付きで向かい側に座っている音喜多を見た。

「…音喜多光希。昭和…年五月三十日生まれ、住所は文京区《ぶんきょうく》目白……、職業はワルツコーポレーション株式会社取締役…。昨年までは社長を務められていたんですか」

「……」

城内が運んで来たファイルには、待ち望んでいた音喜多の個人情報が一通り詰め込まれていた。音喜多が訝しげに目を眇《すが》めるのを見て、東館は話を続ける。

「音喜多さん、実は有名人なんですね。さっき、音喜多さんが鑑識で薬物検査を受けた際、担当した職員があなたを覚えてたんです。…七年前、当時経営していた投資顧問会社が東京地検のガサ入れに遭《あ》ってるんですね。最終的には有罪にならなかったものの、取り調べを受けられた記録が残っています。それまで金融業界ではかなり名を馳《は》せていたとか」

「それがどうかしたのか？」

「今回の一件には関係ないと思いますが、なかなか面白い経歴だなと」

音喜多は取り調べを受けただけで、起訴も逮捕もされていない。だから、法律上は無罪だと言えるが、地検に疑いをかけられるような真似をしていたのは確かなのだろう。その事実を汐月はどう捉えているのか。腹黒い人物との関係は足下をすくわれかねないものだと、よく分かっているだろうに。

意味ありげな視線を東館が汐月に送った時だ。またしても取調室のドアが開き、振り返ろうとした東館は、目の前の二人の表情が対照的に変わるのを目にして戸惑った。音喜多は嬉しそうに、汐月は苦々しげに。それぞれの表情で二人が出迎えたのは。

「あ、汐月さん。やっぱり来てくれてたんですね」

「どうして久嶋某も呼んだんですか？」

「教授を呼んだのは俺の弁護士だ。それにお前のことも呼んだ覚えはない」

勘違いしているような汐月の物言いに眉を顰め、音喜多は立ち上がる。自分が座っていた椅子を久嶋に勧め、予備の椅子を引き寄せて隣に座った。

汐月はデイパックを下ろして腰掛けると同時に、汐月に事件の詳細について尋ねた。

「汐月さん。事件の被害者について知りたいんですが。何処まで分かっていますか？」

久嶋が問いかけた内容を聞き、汐月と東館は同時に眉を顰めた。東館としては、どうして久嶋が汐月に被害者について尋ねるのかという疑問があったし、汐月はライバル視している久嶋がここにいるだけで、許せなかった。フンと鼻息を吐き、無視しようとした汐月は、「おい」と音喜多に声をかけられて、はっとする。

「分かってるんなら教えてくれ。教授の意見が役に立つのはお前も分かってるだろう」

「はい！　確かにそうですね」

音喜多に頼まれてしまっては無視するわけにもいかない。汐月は複雑な気分ながらも、懐からスマホを取り出して現段階で収集出来ている情報を久嶋に伝えた。

「被害者は山野久実、二十七歳。渋谷《しぶや》区のビーンズというＩＴ企業で広報を担当していたそうだ。一人暮らしで、第一発見者は同じフロアに住む男性会社員。出張の為、早朝に家を出ようとしたところ、山野の部屋の玄関ドアが中途半端な感じに開いているのを見つけ、近づいてみたところ、異変を感じたので通報したとのことだ」

「えっ」

汐月が蕩々《とうとう》と事件に関する情報を読み上げるのを聞き、東館は目を丸くして声を上げる。殺害現場に急行し、遺体は確認したものの、その直後に音喜多という不審人物が発見されたという一報を受け、現場を離れた東館は、そこまでの詳細情報を入手していなかった。捜査本部が設置されるかどうかも決まっておらず、まだ何処にも報告書は上げられていないはずなのに、どうして汐月はそこまで知っているのか。しかも、東館が汐月に連絡を入れてから、まだ一時間も経っていない。

担当刑事でさえ把握していない情報を何故…と、不審さを露《あら》わにする東館に構わず、久嶋は汐月に質問する。

「どうしてドアが開いていたのかは分かっていますか？」

「靴が挟まっていたようだな。犯人が急いで犯行現場から出て行ったせいかもしれない」

「死因は？」

「司法解剖はこれからだが、腹部に刃物による刺し傷があり、刺されたことによる失血死の可能性が高いと考えられる」

「死亡推定時刻は？」

「昨夜の九時から十一時頃だ」

そう聞いた久嶋は、反対側の隣に座っている音喜多を見た。音喜多も、彼を送って行った半林も、十一時には赤坂の鮨店にいたと証言している。

「音喜多さんが鮨屋に行ったのは十一時でしたね。その前は何をしてたんですか？」

「……仕事してた」

「何処で？」

「六本木のオフィスだ」

「誰か一緒でしたか？」

いや…と首を振り、音喜多は一人だったと仏頂面《ぶっちょうづら》で答える。殺害推定時刻にアリバイを証明してくれる人間がいないことが、不利になるのは誰だって分かる。音喜多を逮捕したく思っている東館にとっては好機でもあり、きらりと目を光らせるのが分かった。

それに気付いた久嶋は苦笑し、東館を窘《たしな》める。

「何度も言うようですが、音喜多さんは犯人ではありません」

「ですが、我々には凶器という証拠があります。殺害予定時刻にアリバイがなく、現場近くで凶器を所持していた男を被疑者と考えるのは当然の成り行きだと言えませんか」

「残念ながら、短絡的思考だとお返しします。そもそも、音喜多さんは賢い人です。あり得ないことですが、音喜多さんが誰かを殺そうと考えたとしたなら、警察に疑われる可能性が少しでもあるような犯行は決して実行しないでしょう。殺害した遺体も完璧に処分するはずです。現場に残しておくなど、考えられません」

久嶋の意見に「確かに」と頷いたのは汐月だった。学生時代から音喜多を知る汐月にとって、久嶋の見方は正しいものだと思われたのだ。同意する汐月に小さく笑いかけ、久嶋は自分が入手した情報を伝える。

「音喜多さんは昨夜十二時頃から二時頃まで、『スモークウッド』というバーにいたと言うので、店の従業員に確認を取って来ました。確かに、音喜多さんは二時頃、店を出たようです」

「確認を取って来たって…それは俺たちの仕事です」

久嶋の話を聞いた東館は、眉を顰めて抗議する。勝手な真似をされるのは困ると憤慨する東館を汐月が収め、久嶋の話を最後まで聞くように求める。東館は納得していない顔付きだったが、汐月の立場を考慮してか、一旦口を閉じた。

「音喜多さんは店にいる間はいつもと変わらない様子だったそうです。音喜多さん自身、異変を感じたのは地下にある店から地上に出る為の階段を上がっている途中で、歩道に出てタクシーを拾おうとしたものの…、出来なかったんですよね？」

久嶋に確認された音喜多は低い声で「ああ」と返事する。その後は朝になって路上で目が覚めるまで、記憶が全くないのだと情けなさそうな顔で告白した。

「恐らく、音喜多さんは薬物の類いを誰かに盛られて、歩いている途中に意識を失くしたのでしょう」

「薬物…って…先輩、大丈夫ですかっ!?」

「お前の声は頭に響くんだ。静かにしてろ！」

心配する汐月の大声の方が迷惑だと、音喜多は顰めっ面で命じる。申し訳ありません…と詫びる汐月に苦笑しつつ、久嶋は自分自身で確かめてみたと続けた。

「バーから音喜多さんが発見された場所までを歩いてみましたが、意識のない状態であそこまで行けるとは思えません。薬物の影響で意識を失くした音喜多さんが歩道に倒れ込んだ後、何者かが人目につかないあの場所まで連れて行ったと考えるのが妥当です。幸い、歩道の途中には防犯カメラが複数ありましたから…」

「内容の確認が必要だな」

汐月が言うのに久嶋は頷き、更に推測する。

「音喜多さんに薬物を飲ませ、意識を失くさせてあそこに放置した後、血痕の付着したナイフを傍に置いた人物が、山野という女性を殺害した人物と、同一であるかどうかは分かりません。しかし、誰かが音喜多さんに罪を被せようとしたのは確かです。音喜多さん。山野久実という女性を知っているんですか？」

「全然」

「勤務先の会社は？」

「全く」

心当たりはないと音喜多は完全否定し、肩を竦めた。久嶋は小さく頷き、困惑した顔付きで話を聞いていた東館に、被害者の身辺調査を早急に行うべきだと提案した。

「音喜多さんを犯人と考えていたら捜査の方向性を誤ります。音喜多さんはこの事件の犯人像に当てはまりません」

「ですが…」

「もちろん、音喜多さんと被害者の間に何らかの接点がないかも、調べて下さって結構です。ないと思いますが、もしも繋がりがあったとなれば、何らかの理由で、音喜多さんを意図的に嵌めようとした人物が存在することになります。音喜多さんは決して地味な人ではありませんので。自分に心当たりのないトラブルを抱えていてもおかしくはありません」

「……」

久嶋の読みは反論の余地がないもので、東館はどう答えようか迷った。そこへドアをノックする音が響き、城内が顔を覗かせる。捜査本部設置に関する打ち合わせの為に上司が呼んでいると告げられた東館は、しばらく待っていて下さいと三人に頼んでから、取調室を出て行った。

ドアが閉まると同時に、汐月のスマホに着信が入る。眉を顰めてスマホを見た汐月は、電話に出ずに電源を落とした。それを見た音喜多は汐月に仕事へ戻るよう、促した。

「お前も忙しいのに迷惑をかけて悪かった」

「迷惑だなんて…そんな！　平気ですから…」

「汐月さん、安心して下さい。僕がいますから大丈夫です。あ、現場の写真と司法解剖の結果が分かったら、送って貰えませんか？」

「……」

自分自身が音喜多の役に立ちたい汐月にとって、久嶋の発言を容認することは屈辱だったが、いつまでも仕事を離れているわけにもいかないという現実もあった。それに久嶋の捜査手腕は確かなものだとも分かっている。汐月は仕方なく涙を呑み、久嶋のメールアドレスを聞いて、席を立った。

「先輩、必ずや汚名を払拭させて頂きますので…！」

「分かった分かった」

悔しげな表情で帰って行く汐月の姿が消えると、音喜多は小さく息を吐いて久嶋を見た。汐月以上に迷惑をかけている久嶋に何て言えばいいのか。言葉に悩む音喜多に、久嶋は笑みを浮かべてもうしばらくここでおとなしくしているように指示を出す。

「警察の疑いはまだ晴れていませんから。音喜多さんが動けば不利な状況になりかねません」

「教授はどうするんだ？」

「今、八十田さんと半林さんに、音喜多さんがいたバーに急遽《きゅうきょ》バイトとして入ったという男を捜して貰っているので、そちらに合流します。昨夜、普段は見かけないスタッフがいたのを覚えてませんか？」

「…そう言えば……店長が急用でとか…」

「その人物です。話を聞いた店員は音喜多さんとは顔見知りで、陥《おとしい》れるような真似をするタイプには見えなかったですし、客にも不審な人間はいなかったそうですから。時間的に言っても、音喜多さんが薬物を盛られたのはバーだと考えられます。となると…」

「そいつか…」

苦々しげに顔を顰める音喜多に頷き、久嶋は立ち上がる。音喜多はその手を握り、「教授」と呼んだ。長い指を思わせぶりに絡ませて来る音喜多に、久嶋は笑みを苦笑に変える。

「反省してませんね？」

「…してる」

慌てて手を離した音喜多に再度、おとなしくしているように言い、久嶋は取調室を出た。腕時計で時刻を確認すると、既に十時近くになっている。時間がないと思い急いで廊下を歩きながら、取り出したスマホで半林に連絡を取った。


半林が西恵比寿署前で久嶋を拾ったのは、連絡を取ってから五分ほど後のことだ。車には八十田も乗っており、店長に代わってバイトに入った男の住所が分かり、向かう途中だったと言う。

「小暮高志《こぐれたかし》、二十三歳。あのバーとは別の店で働いており、昨夜は店長が急に店に出られなくなったので、頼み込んで入って貰ったとのことです。自宅は三軒茶屋《さんげんぢゃや》なので、間もなく着くかと」

「店長の用っていうのは？」

「午前中に交通事故を起こし、その後始末に時間がかかっていたようです」

ふうん…と頷く久嶋に、八十田はこれから会おうとしている男が、犯人だと思っているのかと尋ねた。久嶋はにっこり笑って、「分かりません」と首を振る。

「でも何らかの形で関わっているのは間違いないと思います」

穏《おだ》やかな口調で言い、久嶋はシートの背に凭《もた》れかかって足を組む。八十田が更に話しかけようとした時、久嶋のスマホからメールの着信音が聞こえた。ポケットからスマホを取り出した久嶋は、「あぁ」と小さな声を上げ、興味深げに画面を見つめる。

「何ですか？」

「先ほど、汐月さんに現場の写真を送ってくれるよう、頼んでおいたんです」

「へえ…」

しげしげと久嶋が眺めているスマホを何気なく覗き込んだ八十田は、「うっ」と声を上げる。画面に映し出されていたのは殺害現場で遺体を収めた写真で、惨状を見慣れない八十田にとっては見るに堪《た》えない代物だった。

「…すみません。こういうのはどうも苦手で…」

無理だと首を振り、八十田は久嶋のスマホから目を背《そむ》ける。久嶋は平然と画面をスワイプさせて、汐月から送られて来た何枚かの写真を見比べながら、八十田に状況を説明した。

「…被害者の服装から判断すると、帰宅直後を襲われたんですね。待ち伏せされたのかもしれません」

「犯人が部屋に入り込んでいたってことですか？」

「腹部を刺されていたと聞いてましたが…これを見ると、後ろを振り返ろうとしたところを…脇から刺されています。何かの気配に気付いたのでは」

「なるほど…」

口元をハンカチで押さえ、八十田は恐ろしげに画像を遠くからちらちらと覗き込む。久嶋が現場の写真を丹念にチェックしている間に半林の運転する車は目的地周辺に近づいており、間もなくして一軒のアパートの前で停車した。

「…ここのアパートのようです」

指示された住所に到着したと告げる半林に礼を言い、久嶋は八十田と共に車を降りる。二階建てのアパートは比較的新しいもので、単身者用の物件らしく、狭い間隔で玄関ドアが並んでいた。

「二階ですね」

外階段を上っていく八十田に続き、久嶋も二階へ上がった。表札の類いはなかったので部屋番号を確認し、チャイムを鳴らす。応答はなく、八十田はドアを叩いて中へ呼びかけた。

「すみません！　小暮さんはいらっしゃいませんか？」

すみません…と八十田が三度ほど繰り返した後、部屋の中から物音が聞こえた。間もなくしてドアのロックを外す音がし、眠たげな顔をした男が現れる。

「何？」

「小暮高志さんですか？」

「そうだけど…」

「昨夜、恵比寿の『スモークウッド』というバーを手伝われていましたよね？」

「……」

八十田に確認された小暮は一瞬、表情を硬くした。それを横から見ていた久嶋は、静かな口調で問いかける。

「何をしたんですか？」

「……何って……別に……俺は、ただ…バイトで…」

「誰かに頼まれたんじゃないんですか？」

「……」

頼まれた…という言葉を耳にした途端、小暮は動揺した様子を見せ始めた。まずいと思っているのは明らかで、落ち着きなく手元を動かしながら、警察なのかと聞く。八十田は名刺を取り出し、弁護士なのだと名乗った。

「弁護士がなんで…」

「私の顧客がトラブルに巻き込まれておりまして…」

「小暮さんが置き去りにした客です」

八十田の言葉に久嶋がそうつけ加えた時、小暮は「帰ってくれ」と声を荒げた。ドアノブを摑み、強引に閉めようとするのを、久嶋は扉の間に入って阻止《そし》する。

「誰に何を頼まれたんですか？」

「知らない…っ…」

押し合いになりながらも問いかける久嶋に、小暮は苛つき、彼を蹴り飛ばそうとする。しかし、強い力がドアを外から引っ張ったせいで、バランスを崩した彼は勢い余って部屋の外に飛び出して来る羽目に陥った。

久嶋が押さえていたドアを引いたのは半林だった。レスラー並みの体格である半林は腕力も人並み外れている。スキンヘッドである、その人相も。転びかけた体勢を立て直し、怒りを露わにした顔を上げた小暮は、半林を見てさっと身を竦ませる。

後ろめたいところのある小暮には、半林の容貌が脅しになるようだった。久嶋はそれを利用し、小暮の恐怖心を煽《あお》った。

「ヤバイと思いませんでしたか？」

「な…何が？」

「あなたが薬物を飲ませた相手です。普通のビジネスマンには見えなかったはずだと思いますが」

「……」

　高級スーツに身を包み、高価な腕時計を嵌めていた音喜多の容姿を思い出したらしい小暮は、怯えた顔になって沈黙した。音喜多に粗野な資質は全くないが、若い頃から経営者の立場にある彼は、独特の雰囲気を放っている。それが半林の風貌と合わさって、久嶋の狙い通り、小暮に誤解を抱かせた。

　焦りを浮かべて視線を彷徨《さまよ》わせていた小暮は、ちらりと半林を見上げて、恐ろしげに身を竦める。ごまかし切れないと悟ったようで、「頼まれただけだ」と、久嶋が彼に向けた台詞を繰り返す。小暮をじっと見つめていた久嶋は、小さな笑みを浮かべ、「何を？」と具体的な内容を促した。

「…バーに来る客に……渡されたものを飲ませて…、指定された場所まで…連れて行くようにって…」

「指定された場所というのは、店を出て左に曲がり、二本目の筋を右に入った路地沿いにあるゴミ捨て場の隣ですか？」

「あ…ああ。そうだったと…思う…」

「何を渡されたんですか？」

「中身は分からないけど…白い粉末みたいなやつで…、水に溶かして飲ませろって…」

「飲ませる相手の写真を受け取りましたか？」

「いや。…十二時過ぎに…カウンターに座る、スーツを着た男の一人客って…言われただけだ」

「そういう人物は一人だけだったんですか？」

　小暮は頷き、だから、迷うことなくチェイサーとして出したカラフェの水に混ぜて飲ませたのだと言う。その客…つまり、音喜多が支払いを済ませて帰って行くと、それとなく用事を作って自分も店を出て後を追いかけた。階段を上がって歩道に出ると、膝を折って蹲《うずくま》っている音喜多を見つけた。酔っ払いを介抱している振りを装い、指定された場所まで連れて行き、座らせたのだと小暮は打ち明けた。

「…座らせただけですか？」

「ああ。他には何もしてない」

両手を振って否定する小暮は、何か盗んだと疑われているのではないかと心配しているようだった。久嶋が確認したかったのは、ナイフの件だったが、小暮が本当に知らない様子であるのを見て、それ以上は触れずに話題を変える。

「…いつ、頼まれたんですか？」

「九時…半、いや、もう少し過ぎてたかな。店は十時から出るって約束だったんで、それに間に合うように行こうとしてて、階段を下りかけたら、声をかけられたんだ。それで…話を持ちかけられて…やばいかなと思って断ろうとしたんだが…二十万くれるって言うから…」

「相手は、女ですよね？」

「ああ」

確認する久嶋に小暮は頷き、金に目が眩《くら》んで、大したことじゃないと思い込もうとしたのだと弁明した。

「ちょっと痛い目に遭わせてやりたいだけだって…言うから。怪我《けが》させるとか、何か盗むとか、そういうわけじゃないからいいと思ったんだ」

「故意に薬物を飲ませるのは立派な傷害罪だぞ」

「え…でも、怪我とかはしてないはずだし…」

慌てた様子を見せる小暮は、若いこともあって、法律関係の知識には弱い様子だった。目の前の金に釣《つ》られたのも納得出来る。参ったという表情で頭を掻《か》く小暮に、久嶋は薬物を渡して犯行を頼んだという女について尋ねた。

「顔は見ましたか？」

「見たけど…余り覚えてないんだ。帽子を深く被ってたし…。頼んで来た内容が内容だけに、見られたくないのかなって思って、こっちもじろじろ見たりしなかったし」

身体付きは小柄で、服装もごくありふれたものだった。年齢は二十代後半くらい。朧気《おぼろげ》な記憶を辿《たど》って説明し、小暮は自分は罰せられるのかと心配げに尋ねる。久嶋はそれに答えず、警察が来たら素直に経緯を話すよう諭《さと》して、八十田に「行きましょう」と促した。足早に階段を下りる久嶋の後を追い、八十田は音喜多の傍に落ちていたナイフについては聞かなくてもいいのかと小声で尋ねる。

「彼は殺人については何も知らないと思います。それより、バーで会った店員にもう一度話を聞きたいんですが」

久嶋のリクエストに頷き、八十田はすぐに手配すると返事する。半林が開けてくれたドアから車に乗り込んだ久嶋は、スマホを取り出し、汐月に電話を入れて被害者の交際相手を捜すように頼んだ。

汐月は渋々ながらも音喜多の為になることならと前置きし、分かり次第連絡を入れると返事する。

久嶋が通話を切ると、隣に座った八十田が店員に会う手筈をつけたと伝えた。

「小暮について話を聞いた店長が連絡したようで、気になって眠れないでいるからすぐに会ってくれるそうです」

「そうですか」

「しかし、久嶋さん。どうして…女だと？」

久嶋が小暮に質問するのを近くで聞いていた八十田には、疑問が生まれていた。小暮に犯行を頼んで来た相手について、久嶋は最初から女であると断定している様子だった。小暮の話からは女だと判断出来る要素はなかったように思いますが。そうつけ加えた八十田に、久嶋は自分のスマホを取り出して、殺害された被害者の画像を八十田に見せる。

「被害者は…腹部でもかなり下の方を刺されています。平均的な身長の男性であれば、相当意識して狙わなくてはなりません。わざわざ狙って刺す場所とは考えにくいです」

「…小柄な女性であれば…ナイフを持って…この辺りに来るからですか」

久嶋が見せて来るスマホを恐る恐る覗いて、八十田は胸ポケットからボールペンを取り出した。それをナイフに見立て、両手で握り締めて刺す真似をしながら、なるほどと納得する。

「それに…犯人は一度刺しただけで、失血死を狙ったと思われます。…これを見て下さい」

そう言って、久嶋は別の現場写真を画面に映す。室内には被害者が這《は》ったような跡が残っており、俯《うつぶ》せの状態で絶命している先には棚《たな》があり、その上にコードレスフォンの充電器が置かれていた。しかし、コードレスフォンの本体は見当たらず、被害者が電話で連絡を取ることが叶わなかったのが分かる。

「恐らく、犯人がわざと電話を別のところへ移したのでしょう。帰って来たところを襲われたと考えられるのに、室内にはスマホや携帯など、連絡手段が入っていたであろう鞄もなく、ドアはきっちりと閉められていたます。犯人は被害者を刺した後、連絡手段を奪い、部屋の外で絶命するのを待っていたんじゃないでしょうか」

「どうして……」

「何度も刺して確実に殺せる自信がなかったからでしょうね。その辺りからも、非力な女性の犯行ではないかと」

表情を曇らせた八十田は、頷いただけで言葉は発せられなかった。弁護士であっても、企業法務を専門としているものだから、殺人などの暴力的な刑事事件には縁遠い。久嶋のように平然と話せる精神力は培《つちか》われていなかった。

それでも聞きたいことは残っており、汐月に被害者の交際相手を捜すよう頼んだのは何故かと続ける。

「そもそも、交際相手がいるかどうかも分からないじゃないですか」

「います。でなければ、今回の事件は起きなかったはずです」

「というのは？」

不思議そうに聞く八十田に、久嶋はまずはバーの店員に会おうと返す。殺害現場の画像が映し出されているスマホをポケットに仕舞い、微かな微笑《ほほえ》みを浮かべて静かに目を閉じた。

八十田が連絡を取った店員から話を聞いた後、久嶋たちは西恵比寿署へ戻った。捜査本部を設置する為の準備が進められている西恵比寿署は、慌ただしい雰囲気で満ちていた。そんな中、久嶋は東館を音喜多がいる取調室へ呼んで来て欲しいと八十田に頼んだ。

半林と共に先に音喜多のところへ向かった久嶋が取調室に入ると、音喜多はふて腐れたように机に突っ伏していた。久嶋の顔を見ると、はっと起き上がり、「教授」と嬉しそうに呼ぶ。

「何か分かったか？」

「ええ。全て確認が取れました」

にっこり笑って言い、久嶋は音喜多の隣に置かれた椅子に座る。音喜多が詳しい話を聞こうとした時、ドアが開き、東館とその部下である城内を連れた八十田が入って来た。

「久嶋さん。連れて来ましたよ」

「何ですか？　間もなく、捜査会議が始まるので手短にお願いします」

「では、手短に。まず、音喜多さんに薬を飲ませ発見された場所まで運んだ人間が分かりました」

「どう…いうことですか？」

話が読めないと眉を顰め、東館は久嶋の前にある椅子を引いて座る。久嶋が出て行く前に話をちらりと聞いていた音喜多は、「バイトだったのか？」と確認した。久嶋はそれに頷き、東館たちにも説明する。

「昨夜、音喜多さんが訪れたバーでは店長が急用で仕事を休んでいました。その代わりに急遽、バイトに入ったのが、小暮高志という男です。小暮は出勤する前に店の前で声をかけられ、『十二時過ぎにカウンター席に座る、スーツを着た男の一人客』に薬を飲ませて、指定場所まで連れて行くよう、高額で雇《やと》われたようです」

「誰に…ですか？」

訝しげに尋ねる東館に、久嶋は頼んだのは女だが、まだ身元までは分かっていないと返す。

「小暮は十二時過ぎに一人で訪れた音喜多さんが薬を飲ませる相手だと勘違いして、渡された薬をチェイサーの水に混ぜたと言ってます。帰って行く音喜多さんの後を尾《つ》け、歩道で蹲っているところを介抱している振りをして、人目につかないゴミ捨て場の横まで連れて行き放置した…。薬物が入っていた容器は捨ててしまったと言ってますし、カラフェやグラスも洗ってしまっているでしょうから、証拠は採取出来ないと思いますが、小暮が音喜多さんを連れて行くところは防犯カメラの映像で確認出来るはずです」

「では、ナイフもその男が…」

「いえ。小暮が請《う》け負ったのは音喜多さんを放置するところまで、のようです。ナイフは恐らく、殺害犯が後から置いたのだと思います」

「音喜多…さんを犯人に仕立てようとして、ですか？」

やはり音喜多は誰かに嵌められたのか。そう確認する東館に、久嶋は「いいえ」と答えた。東館と同じく、自分を嵌めようとした何者かがいるのだと考え始めていた音喜多は、意外そうな顔付きで久嶋を見る。久嶋は東館と音喜多に同じ目付きで見られながら、殺害犯は音喜多を陥れようとしたわけではないのだと説明した。

「犯人はあのバーに来る、『スーツを着た男の一人客』に容疑がかかるようにしたかったんです。音喜多さんを指定してはいません。それに音喜多さんに怨恨を抱いている人間が罪を着せようとするなら、もっと綿密な計画を立てるでしょう。こんな雑な計画は音喜多さんが人を殺さないのと同じくらい、あり得ません」

「では…」

「そこでバーの店員に聞いてみたところ、決まった時間に店を訪れる客というのは一定数いるそうで、条件に該当しそうな男性客も絞れました。水曜と金曜の深夜に決まって一人で訪れる、スーツ姿の男がいるそうです。昨日は水曜でしたから、その習慣を知っている人間が、その男を嵌めようとしたのだと考えられます」

立て板に水の如《ごと》く説明していた久嶋は、スマホに着信が入ったのに気付き「失礼」と断る。ポケットから取り出したそれを見て、相手が汐月であるのを確認すると、机の上に置いてスピーカーフォンに切り替えた。

「分かりましたか？」

『ああ。坪田孝文《つぼたたかふみ》、三十二歳。大手広告会社、東通《とうつう》のチーフプランナーだ』

ありがとうございます…と礼を言い、久嶋は通話を切る。坪田というのは誰なのかと不思議そうに尋ねる東館に、久嶋は殺害された山野久実の交際相手だと答えた。

それから。

「同時に、バーに通っていた男であり、犯人が嵌めようとした相手でもあります」

「ど…どうして…」

「坪田本人に会って確かめてみて下さい。坪田は被害者以外にも交際している相手がいるはずです。複数いるかもしれませんが、その中の一人が…」

「犯人だと？」

ええ…と頷き、久嶋はにっこりと笑みを浮かべる。東館はしばしその顔を見つめた後、城内に「行くぞ」と声をかけた。

「ですが…捜査会議が…」

「係長には俺から説明する」

口早に言い、東館は城内を連れて慌ただしく部屋を出て行く。東館の行動は、八十田が自分たちは帰ってもいいのかと確認する暇もないほどの素早さだった。バタンと勢いよく閉まったドアを眉を顰めて見つめ、八十田は「困ったな」と首を傾げる。

「八十田さん、大丈夫ですよ。帰りましょう」

「しかし、ナイフから音喜多の指紋が検出されたら…」

「犯人はすぐに自供しますから、面倒なことにはなりません。いずれ自分にまで捜査が及び、真相が明らかになると分かっているはずです。『痛い目を見せてやりたいだけ』だったんですから」

「それは…小暮が犯人に言われた？」

「本音だと思います」

「何だ。それは」

経緯を知らない音喜多が不思議そうに聞くのに、久嶋は答えず、帰りましょうと促した。音喜多にとっては待ち望んでいた好機でもあり、急いで立ち上がる。止めようとする巡査の対応は八十田に任せ、久嶋と先に取調室を出た音喜多は、申し訳なさそうな顔で「すまなかった」と詫びた。

「この借りは…」

「借りを返せたのは僕の方です」

「…？」

「音喜多さんも僕が警察に連行された時、来てくれたでしょう？」

「……」

確かに…そんなことがあったが、役に立てた覚えはない。納得のいかない気分で頭を掻く音喜多の前で、久嶋は腕時計を見て「あっ」と声を上げる。

「まずいです。急いで行かないと…講義に遅れます」

「送る」

音喜多がそう言うと、傍で控えていた半林が「ただいまご用意します」と言って早足で廊下を歩き始める。その後ろに続きながら、音喜多は隣を歩く久嶋に「教授」と呼びかけた。

「何ですか？」

「…ありがとう」

殊勝《しゅしょう》に告げられた礼に久嶋は苦笑し、「どういたしまして」と答える。ちらりと見た音喜多の横顔には、彼らしくない疲れが浮かんでいた。それを気遣うような思いでいると、隣から伸びて来た音喜多の手が自分のそれに重ねられる。久嶋は苦笑を深めて、そっと握り返した。

揚羽大学で客員教授を務める久嶋は、週に二日、講義を受け持っている。基本的にそれ以外の日は自由に時間が使える立場にあるのだが、よりによって、音喜多の事件が起きたのは昼から講義のある日で、ぎりぎりの時間に大学へ駆けつけた久嶋は、慌ただしく講義を始めた。

教室まで久嶋を送り届けた後、音喜多は大学近くに借りているマンションへ向かい、シャワーを浴びて着替えを済ませ、再び大学へ戻った。久嶋の講義はまだ終わっておらず、ほぼ満席の講義室の末席に座り、彼の声を聞いていた。

講義内容は音喜多にとって全く興味のないもので、いつしか眠気に負けていた。盛られた薬の影響が残っていたせいもあるのか、すっかり寝入ってしまった音喜多は、講義が終わって、久嶋が近づいて来たのにも気付けなかった。

「音喜多さん」

「…ん…」

「音喜多さんは意外と無防備ですよね。今回は人違いでしたが、こういうところを狙われるかもしれませんよ」

恨《うら》みを買っている心当たりはあるようでしたし。久嶋がつけ加えた物騒な台詞が聞こえた音喜多は慌てて飛び起きる。ぶるぶると頭を振って、寝ていないと言い張る音喜多に、久嶋は苦笑する。

「ちょっとうつらうつらしただけだ」

「そうですか。終わるのを待っててくれたんですよね？」

「ああ」

確認する久嶋に頷き、音喜多は彼の手を握って自分の方へ引き寄せる。身体を横向きにして久嶋を自分の正面に立たせると、不思議そうな表情を浮かべた愛しい顔を見つめて、「教授」と呼びかけた。

音喜多の声音だけで、何を求めているのかを察し、久嶋は苦笑する。

「今日はもう、帰って休んだ方がいいです。疲れてるでしょう」

「教授が一緒じゃないと眠れない」

「そうでもないと思いますよ。今だって気持ちよさそうに寝てたじゃないですか」

「教授の声を聞いてたからだ」

「じゃ、講義を録音したものを差し上げましょうか？」

笑みを浮かべて意地悪を言う久嶋の腕を摑んで力を込めると、簡単にバランスを崩して細い身体が倒れ込んで来る。音喜多はそれを抱え止め、自分の膝の上へ乗せて久嶋に口付けた。

「ん…っ…」

久嶋と初めて口付けた日から半年余りが経ち、その間に何度も…もう何度目なのか覚えていないほど、唇を重ねている。自らセックスしてもいいと言った久嶋の真意を、音喜多は測りかねたままでいたが、彼は繰り返し抱かれることを厭がらなかった。

音喜多が求めれば許してくれる。快楽を生み出すような深い口付けを交わすのは初めてだった久嶋は、ぎこちなく受け止めるのが精一杯だったけれど、今は違う。少なくとも、久嶋の身体は自分が与える快楽を望んでいるのだと、確信とまでは言えずとも、そう思えた。

唇を優しく吸い、軽く舌を絡める。激しさには遠くとも、しっかりとした快楽を植え付けて、音喜多はそっと久嶋の唇を解放する。

「…前から思っているのですが」

「何だ？」

「音喜多さんは露出したがる傾向がありますね。人に何かを見せつけたいという欲望は、…特にそれが性的な行為である場合、非常に禁欲的な立場にあるとか、抑圧《よくあつ》されている人間にありがちなんですが、音喜多さんは禁欲的ではありませんし、抑圧されているようにも見えないので、不思議なんです」

「俺は露出したいわけじゃない」

「そうなんですか？　でも、人目を憚《はばか》らず、何処でも手を繋いだり、キスしたりするじゃないですか」

「それはいつでも教授とやりたいって思ってるからだ」

「……」

音喜多の答えは久嶋の想定を超えるものだったらしく、いつも弁の立つ彼が閉口するのを笑って、音喜多はもう一度キスをする。愛おしげに薄い唇を啄《ついば》んでから、耳元に口を寄せて脅し文句を囁《ささや》いた。

「早く移動した方が身の為だ。俺は教授とならここでやってもいい」

「…教室ですよ？　学生じゃないんですから」

「教授と会ってからの俺はやりたい盛りの子供以下だよ」

二十四時間三百六十五日、一緒にいたいし、いつでも抱きたいと思ってる。音喜多が真面目《まじめ》な顔で告白するのを聞き、久嶋は仕方なさそうな笑みを浮かべる。それから小首を傾げ、自分の立場上、職場でもある教室で性行為に及ぶのは倫理的にもまずいと、音喜多を制した。

ならば…と言い、音喜多は久嶋を抱えたまま立ち上がる。うちへ行こう。甘い囁きと共に交わされるキスが本気のものになるのをそれとなく制して、久嶋は音喜多の腕をすり抜け、教室を出ようと彼を促した。


久嶋が揚羽大学に勤め始めてから、音喜多は彼の研究室がある校舎から一番近い出入り口である、東門を出てすぐのところにあるマンションを一棟《ひとむね》買い取った。本当は久嶋の日本での住居を自ら手配したかったのだが、再会のタイミングが悪く、彼はアメリカの知人に紹介された徳澄教授宅に落ち着いてしまっていた。それでも諦《あきら》め切れず、徳澄教授宅よりも大学に近い場所に部屋を用意したのだ。

ここの方が近くで便利だというアピールを音喜多はいつもしていて、久嶋が引っ越してもいいと言う日が来るのを願っている。音喜多は都内に幾つもの住居を所有しているが、今は久嶋の為にほとんどこのマンションで暮らしている。自らが指揮してリフォームした最上階を、住まいへの拘《こだわ》りが強い余りデベロッパーに転身した音喜多ならではの、品のよいインテリアで整えた。

だが、残念ながら音喜多の思い人である久嶋は、インテリアというものに微塵《みじん》も興味がない。間借りしている徳澄教授宅の部屋も、大学の研究室も、久嶋の部屋の中心は大量の本で、インテリア以前の問題が常に存在している。だから、所用があって久嶋の住まいを訪ねる度《たび》に閉口して、少しは片付けるように口酸っぱく言うのだが、彼の耳に届いている気配はない。

いつか、久嶋がこの快適さに気付いてくれるといいのだが。そう願って、音喜多は改築の際に一番力を入れた寝室へ、久嶋を招き入れる。高級ホテルの一室のように整えられた部屋に入ってすぐ、久嶋が背中から下ろしたデイパックを床に置くと、ごとんという重い音が響いた。

「……何が入ってるんだ？」

「本です」

「教授のデイパックに本しか入ってないのは知ってるが…それにしたって、随分硬そうな音がしたぞ」

「そうですか？」

怪訝な表情で何気なく久嶋のデイパックを持ち上げた音喜多は、それが片手で容易に持ち上がらない重さであるのを知り、眉間に皺を浮かべる。重い。十キロ…いや、二十キロはあるのではないか。こんなものを背負って歩いていたのかと呆れる音喜多に、久嶋はいつものことですが…と悪びれもしない顔で肩を竦める。

「ただ、昨日は資料を多く持ち帰っていたので、幾分か重めかもしれません。今朝、家を出る時に置いてくれればよかったのですが、時間がなかったので…」

「……」

久嶋を慌ただしくさせた原因は自分にある。音喜多は深く反省していると言い、久嶋の身体を抱き寄せてベッドへ優しく押し倒す。甘えるように彼の首筋に顔を埋めて、深く息を吸う。

「…自由になれたのは教授のお陰だ」

「そうでもありませんよ。多少時間はかかったかもしれませんが、捜査を進めていれば音喜多さんへの疑いは晴れたはずです」

「それまで俺は留置所暮らしだったってことか？」

考えられないと顰めっ面で言い、音喜多は久嶋に口付ける。甘えるようなキスをして唇を離すと、久嶋が仄《ほの》かな笑みを口元に浮かべているのが分かった。

「……」

音喜多は久嶋の小さな顔を撫《な》で、「厭か？」と聞く。

「厭ならここまでつき合ってませんよ。…音喜多さんはいつもそうやって聞きますね」

「自信がないんだ」

「そうは見えませんが」

久嶋はいつ誘っても厭だとは言わない。用事があるからと後回しにされることはあっても、音喜多が求める限り、受け入れる。しかし、久嶋が望んでいるのだと感じたことは一度もなかった。

仕方なく…という風もないのだが、それよりも…。最初に頭を過《よ》ぎった疑いが、いつまで経っても消えない。彼が行為を許してくれるのは、何らかの理由があるからではないか。久嶋は何か目的があって、自分に抱かれるのではないか。

傷だらけの身体を抱く度に、その疑問は大きくなっていったが、音喜多は答えを知ることは出来なかった。最初に久嶋と交わした「何も聞かない」という約束が、日を追うごとに存在感を増し、自分を邪魔するのが煩わしくなって来ている。久嶋の傍にいられるのならば、どんな約束でも構わないと思って、頷いたというのに。

「……っ…」

順番を間違えたのかもしれないと後悔しながら、音喜多は久嶋の唇を再び奪う。もっと久嶋という人間を知ってから、関係を結ぶべきだった。しかし、あの時関係を結んでいなかったら、今も久嶋の傍にいられたかどうかは分からない。

心は奪えなくても、せめて身体だけは。そう思って、音喜多はキスを深くしていく。

「…ん……っ…」

深い場所まで探られる刺激に、久嶋が鼻先から甘い吐息《といき》を零す。久嶋は今もほとんど声を上げないし、求めたりもしないが、身体は確実に慣れていると感じられる。

物理的な刺激に対する反応だとしても嬉しくて、音喜多は僅《わず》かな久嶋の吐息も漏らさずに聞こうと耳を澄ませて、シャツのボタンを外す。露わになった肌はひんやりとしていて、隅々まで味わうように掌《てのひら》を這わせていく。

脇腹から腰へ下りた音喜多の手が、背中へ回されると、久嶋はキスをしたまま小さく息を呑んだ。

微かに身体が緊張するのを感じ、音喜多は口付けを解く。

「……」

背中の傷痕《きずあと》に指先で触れると、久嶋は音喜多の腕を掴む。彼の指が次に触れる場所を分かっていて、小さく息を吐いて「音喜多さん」と名前を呼んだ。

「……」

声の調子だけで、久嶋がそれを厭がって制しているのは分かったが、音喜多はやめなかった。背中の傷痕から、指先で背骨を辿っていく。傷痕は皮膚《ひふ》の触感が違っているから、見なくても分かるが、それは僅かなものだから指先だけで探り当てるのは難しい。

だが、久嶋の表情を見ていたらすぐに分かると、音喜多はある時に気がついた。そこ…尾骨《びこつ》の少し上にある三本の印《しるし》に触れられると、久嶋はいつも過剰な反応を見せるのだ。

「っ…」

久嶋が大きく息を吸い、笑みを消すのを見て、指先がそこに触れたのだと分かる。最初、入れ墨《ずみ》だと思った三本のラインは、繰り返し見ている間に、焼き印なのだと分かった。入れ墨でも久嶋には不似合いだと感じたのに、焼き印というのはそれ以上に信じられず、音喜多はどうしてと聞きたかったけれど、質問は禁じられている。

その不自由さを嘆《なげ》く代わりに、音喜多は久嶋が反応を示す印を弄《いじ》り続ける。久嶋はしばらく耐えていたが、伏せていた目を上げて、不満げに音喜多を見た。

「…趣味が…悪いです」

「…そうか？」

これ以上続けたら、さすがに拒否されるかもしれない。そう思い、音喜多は印に触れるのをやめて、久嶋の下衣を脱がす。そこを触るようになったのは、望んでいるのかどうか分からない久嶋に、顕著《けんちょ》な変化が現れると気付いたせいもある。

下衣を脱がされて露わになった久嶋自身は、既に硬くなって上を向いていた。口付けや愛撫《あいぶ》よりも腰骨の印を弄られることの方が、快楽を覚えるようなのは何故なのか。想像した理由は気分のいいものではなかったが、表現の乏しい久嶋を抱くのが不安になると、つい触れてしまう。

勃《た》ち上がっている久嶋自身に触れ、音喜多は身を屈《かが》めて、それを口で愛撫し始める。舌や唇を使った愛撫は、久嶋の為というより、音喜多自身の欲求を満たす為のものであった。息を潜《ひそ》めてただ諾々《だくだく》と従っている久嶋は、本当は厭がっているのではないか。いつもそんな不安に襲われる。

「…教授」

上半身を起こして久嶋を抱き締めると、音喜多は額《ひたい》に残る傷痕に唇を寄せた。小さな声で「何ですか？」と聞く久嶋に、またしても同じ問いを向けてしまう。

「厭じゃないか？」

「…それは禁止にしましょう。そもそも、質問はしないと音喜多さんは約束したはずです」

「これは質問じゃないだろう。確認だ」

呆れたように禁止と言い出した久嶋の顔を覗き込み、音喜多はどうして同じことを聞いてしまうのか、本心を告げる。

「不安なんだ」

「……」

「教授に辛い思いをさせてるんじゃないかとか…厭な思いをさせてるんじゃないかとか…」

心配で堪《たま》らないと告白する音喜多を、久嶋は苦笑して見つめる。広い背中に手を回して引き寄せ、その肩に顔を埋めて「音喜多さんは」と言った。

「思っていたより、甘えん坊なので時々困ります」

「……」

甘えん坊と面と向かって言われたのは初めてで、音喜多は言葉が継げなかった。常人離れした頭脳を持つとは言え、久嶋は十以上年下だ。そんな相手に「甘えん坊」と言われてしまうとは。

困惑する音喜多に久嶋は苦笑交じりに続けた。

「僕としては…音喜多さんだけに許していることがたくさんあるので、それで分かって欲しいのですが」

「……」

「前も言ったように、僕は人の気持ちが分からないので、何を言えば音喜多さんの不安がなくなるかも分からないんです」

だから、理解して欲しいと久嶋が言うのを聞き、音喜多は自分の愚《おろ》かさを痛感した。分かっているのに…どうして無い物ねだりをしてしまうのだろう。深く後悔し、「すまない」と詫びた音喜多は、久嶋の唇を奪って激しく口付ける。

反応は鈍くとも、久嶋の心までも感じさせられるようにと願いながら、丁寧で情熱的なキスを続ける。彼が零す吐息に甘い響きが滲み始めたのを感じて、音喜多は久嶋の身体を俯せにした。

「…ふ……」

背後から覆い被さり、潤滑剤《じゅんかつざい》で濡らした指先を双丘《そうきゅう》の狭間《はざま》に這わせる。久嶋が小さく息を呑む気配がしたが、身体は音喜多の指を待ち望んでいたかのように受け入れる。

奥へ誘うように蠢《うごめ》く内壁《ないへき》が指に絡みつく。そこに自分を突き立てた時の快楽を想像するのは危険だ。はっきり分からない気持ちとは違い、素直で饒舌《じょうぜつ》な久嶋の身体はいつも音喜多を翻弄《ほんろう》する。

慎重に…久嶋の様子を窺って潤滑剤を塗り込めていくと、息遣いが微妙に変わって来る。その頃合いを見計らって、音喜多は自分自身を久嶋に宛《あ》てがった。

「…っ…」

開かれる衝撃に久嶋の細い身体が強張《こわば》る。それでも求めていた欲望を迎え入れようとする貪欲《どんよく》さは戸惑いを覚えるほどで、音喜多は久嶋の身体に引きずられないように注意しながら、慎重に最奥《さいおう》まで自分を収めた。

「ふっ…」

「は…あ……。…教授」

熱く濡れた内部に包まれるだけで達してしまいそうになる自分を諫《いさ》めて、音喜多は華奢な背中を抱き締める。愛おしく思う気持ちが久嶋の心にも伝わればいい。そう願って、音喜多は目には出来ない久嶋の愛おしい笑顔を脳裏《のうり》に思い浮かべた。


セックスをし終わると、久嶋はすぐにベッドを離れる。最初は戸惑《とまど》ったものの、今はそれが久嶋のスタンダードなのだと理解している。シャワーを浴びると用は終わったとばかりに、何も言わずに帰ったりすることもあるが、それも久嶋に他意はないのだからと納得していた。

だから、その日も久嶋がさっさとベッドを出て行ってしまったのにも何も思わなかったし、その後に眠気に襲われて目を閉じる時には、起きたら久嶋はいないだろうとぼんやり思っていた。また明日にでも久嶋を訪ねて、改めて礼を言おう。そう思っていたのに。

「……教授…？」

何気なく寝返りを打った音喜多は、人の気配を感じ、驚いて目を開けた。「起きましたか？」とにっこり笑って聞いて来る久嶋に、ぎこちなく頷く。

服を着た久嶋はベッドヘッドに凭れて本を読んでいた。室内は暗くなっており、サイドテーブルの読書灯が点いていなければ、久嶋の表情も見えないくらいだ。

てっきり久嶋は帰ったと思っていたのに。まだいるのかと掠《かす》れた声で聞く音喜多に、彼は苦笑して答える。

「音喜多さんは気付いていないかもしれませんが、飲まされた薬の影響が続いてるようだったので、何かあってはいけないと思いまして」

「薬……？」

「いつになく弱気でしたし、すぐに熟睡してしまいましたし」

「……」

苦笑いを浮かべた久嶋が弱気と言うのを聞き、甘えん坊だと言われたのを思い出す。久嶋に対していつも不安に思っているのは確かなのだが、それが色濃く出ていたのは、薬の影響だったのかと音喜多は眉を顰めて起き上がる。

久嶋はそれに気付き、心配して、自分が起きるまでいてくれたのか。その事実だけで幸福感が湧《わ》き上がり、音喜多は「教授」と呼びながら、キスしようとする。

しかし、不意に聞こえたスマホの着信音に邪魔された。鳴っているのは久嶋のスマホで、ベッドを下りた彼はデイパックから取り出したそれを見て、「八十田さんです」と音喜多に告げる。ちっと舌打ちをする音喜多を呆れた目で見て、久嶋はスマホの画面に触れた。

「はい」

『八十田です。久嶋さん、自宅にお戻りですか？』

「いえ、音喜多さんのマンションですが」

『ちょうどよかった。犯人が捕まりまして、刑事が話をしたいと言ってるんです。俺も同行しますので、そちらへ伺っても構いませんか？』

「分かりました」

今から行きますという八十田の返事を聞いて通話を切った久嶋に、音喜多は仏頂面で尋ねる。

「八十田が何だって？」

「刑事と一緒にここへ来るそうです」

「何で…」

不満げに言いかけた音喜多に、久嶋は犯人が捕まったそうだと伝える。いずれ捕まるだろうとは思っていたが、音喜多の予想よりも早く、驚き顔で誰なのかと聞いた。久嶋は首を横に振り、ベッドに腰掛けた。

「聞いてませんが、僕の予想通りでしょう。さ、音喜多さんもシャワーを浴びて着替えて下さい。音喜多さんには裸で来客に応対する趣味はないでしょう？」

「…ない」

そんな人間がいるのかと訝しく思いつつ、音喜多は久嶋に促されて浴室へ向かった。八十田の邪魔が入らなければ、もう一度とねだることだって可能だったのに。仕方のない自分はやっぱり甘えん坊なのかもしれないと肩を竦め、熱いシャワーを頭から浴びた。


着替えを済ませた音喜多が居間へ入ってすぐにインターフォンが鳴った。予想よりも早いなと呟き、音喜多が応対に出ると、モニター越しに八十田とその背後にいる東館の姿が見えた。上がって来るように言い、オートロックを解除する。

ソファで本を読んでいた久嶋に八十田と東館が来たようだと告げ、音喜多は玄関へ向かった。ロックを解除して間もなく、八十田たちが姿を見せる。不機嫌を絵に描いたような顔の音喜多に出迎えられ、八十田は困ったように眉を顰めた。

「仕方ないだろ。犯人が捕まって、色々話がしたいって言ってるんだから」

「明日でもいいだろ」

「久嶋さんは早く聞きたいと思うぞ」

八十田の言う通りではあるが、邪魔されたという不満は消えず、スリッパを勧めることもせずに先に居間へ戻った。音喜多の不遜な態度に慣れっこな八十田は気にもせず、東館と自分のスリッパを用意し、それを履《は》いて音喜多の後を追う。

二人が居間へ入ると、ソファに座っていた久嶋は本を閉じて立ち上がり、「どうでしたか？」と聞いた。東館は神妙な表情で軽く会釈《えしゃく》した後、久嶋の推理通りの結果になったと答える。

「勤務先にいた坪田孝文を訪ね、確認したところ、被害者と交際していたこと、それ以外にも交際相手がいたことを認めました。久嶋さんが仰《おっしゃ》っていたように、坪田は複数の相手と交際してたんですが、その中に被害者の山野久実の友人がいることが分かりまして…」

「そいつが…？」

一番の迷惑を被《こうむ》った音喜多が苦々しげに言うのに、東館は頷いた。坪田は最初、その友人の方とつき合い始めたものの、途中で山野久実ともつき合うようになったのだという。ポケットから取り出した手帳を開き、被疑者に関する情報を読み上げる。

「仁科亜里砂《にしなありさ》、二十七歳。昨年まで被害者と同じＩＴ企業に勤めていたのですが、雑貨の輸入会社を起こす為に退社しています。被害者とは同僚として親しい間柄にあったようです。仁科の身柄を立ち寄り先で確保し、事情を聞いたところ、すぐに犯行を認めました。音喜多さんに薬を飲ませた…小暮高志に現金を渡して頼んだのも、仁科亜里砂です」

「坪田はあのバーの常連だったんですね」

確認する久嶋に東館は頷き、それを知っていた仁科が坪田に罪を被せようとして犯行を計画したのだと続けた。久嶋の読み通り、音喜多が狙われたのではなく、運悪く間違われただけだったのだと話す東館の顔は、自分たちのミスを認めなくてはならない苦渋に満ちていた。

「だから、言っただろう。俺は関係ないって」

「それは……大変失礼をしたと…」

「ナイフは仁科という女性が置いたんですか？」

憤慨する音喜多を宥め、久嶋は東館に凶器について尋ねた。話題が変えられることにほっとした様子を見せ、東館は犯行後に仁科が置いたと認めているのだと返答する。

「ですが、自分でナイフを置いたなら、どうして坪田という男じゃないと気付かなかったんですか？」

「坪田は音喜多さんと似た体型なんです。坪田は背が高く、身体付きもしっかりしています。顔の感じは違うのですが、現場は暗くて顔が見えなかったようで、近づいて確かめようとしたところ、人が通りかかった為、慌ててナイフを投げ捨て、その場を離れたと供述しています」

「だから…」

「仁科は薬を飲ませるように頼んだ小暮が人違いをしているとは知らず、どうして坪田が逮捕されないのか不思議がっていたようです。飲ませる相手を間違えていたと聞いて、写真を見せるのだったと悔やんでいました。自分が撮影した写真を見せたりすると、そこから足がつくかもしれないと恐れ、スーツで男性の一人客という指定をしたみたいですね。あと、これも久嶋さんが言ってた通り、仁科は本気で坪田に罪を被せようとしたのではなく、騒ぎに巻き込みたかっただけだと話しています。そうすれば、坪田が会社での立場や信用などを失くすだろうからと」

「復讐《ふくしゅう》だったんですね」

はい…と東館は頷き、音喜多の方へ向き直った。仕方のない状況だったとは言え、強引に連行してすまなかったと改めて詫びる東館に、音喜多は冷たい目を向ける。

「頭下げるのはタダだが、俺の時間はタダじゃないんだ。今日一日棒に振ったんだから…」

「音喜多さん」

その責任は取って貰う…と言いかけていた音喜多は、久嶋にやんわりと窘《たしな》められて、顰めっ面になって口を閉じる。フンと忌々《いまいま》しげに鼻息を吐いたきり、黙ってしまった音喜多の反応を見て、顧問弁護士でもある八十田が話をまとめた。

「取り敢えず、こちらとしては東館さんの謝罪を受け入れ、これで幕引きとさせて頂きます。東館さんの方もそれでいいですよね？」

「もちろんです」

ごねられるのではないかと、内心恐れていたらしい東館は、ほっとした表情で返事する。音喜多はまだ不服そうな顔でいた為、厄介《やっかい》なことを言い出される前にと、そそくさと暇《いとま》を告げた。

「では、これで失礼します」

「あ、俺も一緒に出ます。音喜多、また連絡する。久嶋さんも、今日は突然迷惑かけてすみませんでした」

丁重《ていちょう》に詫びる八十田に久嶋は笑みを浮かべて首を横に振る。音喜多は機嫌を損ねているが、久嶋が一緒であれば、すぐに忘れるだろう。久嶋がいてくれることにほっとしつつ、八十田は東館と共に広い部屋を後にした。

八十田と東館が帰って行くと、久嶋は音喜多に「よかったですね」と言い、寝室へ向かった。ディパックと本を手に出て来た久嶋が、「じゃ」と言って玄関へ向かおうとするのを、音喜多は慌てて止める。

「ちょっと待った。教授、帰るのか？」

「はい。音喜多さんへの疑いも晴れましたし、体調も戻ったようですから。もう大丈夫でしょう？」

「そうだが…」

これで別れるのは忍びない。飯《めし》でも…と音喜多が言いかけた時、スマホに着信が入った。無視しようとしたのだが、久嶋に出るよう促される。仕方なく取り出したスマホに表示されていたのは汐月の名で、事件のことだろうと思い、すぐに済むから待ってくれと久嶋を引き留めてから、電話に出た。

「はい」

『汐月です！　無事、事件が解決したとの報告を受けまして…疑いが晴れたようで汐月もほっとしました。この度は先輩に多大なご迷惑をおかけし、同じ警察職員として甚《はなは》だ遺憾に思っております。今後、このようなことがないよう、改めて指導を徹底するよう指示して参りますので…』

「分かった、分かった。お前にも迷惑かけて悪かった。じゃ…」

『あ、先輩！』

「なんだ？」

まだ何かあるのかと不機嫌そうな声で返した音喜多は、もし、食事などに誘って来ようとしたら、警察のせいで疲れているのだと言い返してやろうと考えていた。しかし、汐月が口にしたのは予想外の内容だった。

『久嶋某の件で、少々いいですか？』

「……」

意味ありげに声を潜めているのが気にかかり、音喜多は「ああ」と返事する。それから、電話が終わるのを待っている久嶋が、ソファで再び本を読み始めているのを横目で確認し、何気ない風を装って彼の傍を離れてキッチンの方へ移動した。久嶋から姿が見えない場所に立ち、「何だ？」と小声で聞き返す。

『少々気になる話を耳にしましたので、お伝えしておこうかと』

勿体《もったい》ぶった言い方をする汐月に苛つき、「だから何だ」と返す。汐月は申し訳ありませんと大仰に詫びた後、音喜多がどきりとするような話を続けた。

『実は…久嶋某はＦＢＩが捜査していた連続殺人犯に一時期、拉致《らち》監禁されていたらしいんです。監禁先から救出されたものの、それがきっかけでアドバイザーを辞任し、こちらへ来たとか』

「……」

拉致監禁などという言葉は、久嶋の可憐な顔立ちや華奢な佇まいには似合わない。けれど、久嶋の身体中に残る傷痕は…。

あれは…だから…。恐ろしい事実が結びついたことにぞっとした感覚が背中を走る。その時。

「音喜多さん」

「っ…！」

背後から久嶋に呼びかけられ、音喜多は竦み上がった。慌てて、電話の向こうの汐月に「また連絡する」と短く言い、通話を切ってスマホを仕舞った。久嶋は音喜多が慌てふためいている理由が分からないようで、不思議そうな顔で彼を見る。

「どうかしたんですか？」

「い、いや…なんでもない…っ。教授こそ…」

「僕は話が長引くようなら、帰ろうかと…」

小首を傾げる久嶋に、待たせたのを詫びつつ、動揺を収める。久嶋に疑いを持たせないよう、いつも通りの顔を意識して保ちながら、汐月の電話に邪魔された誘いを再び向ける。

「飯を食いに行こう。教授もお腹《なか》が空いてるだろ？」

「そうですね。でも、音喜多さんは今夜はおとなしく休んでいた方が…」

「平気だ。教授に迷惑をかけた礼もしたいから…」

いいものを食べに行こうと言い、音喜多が車のキイを取りに向かおうとすると、久嶋は怪訝そうな表情で首を横に振った。薬の影響が完全に抜けているかどうかも分からない状態で、車を運転するべきではないと言う久嶋の意見はもっともで、音喜多は「じゃ」と代案を口にする。

「半林を…」

「歩いて行けるところにしましょう。そうだ。『双葉《ふたば》』はどうですか？」

「……。いや、俺はもっとちゃんとした…」

「そうしましょう。『双葉』なら、僕もそのまま家へ歩いて帰れます」

「双葉」は池之端の徳澄教授宅と、音喜多のマンションのちょうど中間地点くらいにある、お好み焼き屋だ。鉄板に面したカウンター席と、座敷という庶民的な店は、正直、音喜多の好みではない。その上、経営者との相性もよくないので、本当は余り足を向けたくない店である。しかし、大学の関係者と訪れて以来、久嶋は「双葉」を気に入って、食事となるといつもそこになるのだ。

お礼なのだから違う店にしようと主張すれば、久嶋は日延べしようと言い出す可能性が高い。自分が折れるしかないのは分かっていて、音喜多は渋々同意すると、久嶋と共に部屋を出た。

言問《こととい》通りから一つ筋を入って間もなくの辺りに、三階建ての古いビルがあり、その一階に「双葉」はある。帆布《はんぷ》で出来た分厚い暖簾《のれん》を潜《くぐ》って引き戸を開けると、「いらっしゃい！」という濁声《だみごえ》が客を迎える。角刈りに髭面《ひげづら》という特徴的な容貌の主人と顔見知りでもある久嶋は、先に店に入って「こんばんは」と挨拶した。

「いらっしゃい、先生。一人？」

「いえ。二人です」

「カウンターしか空いてないんだけどいいかな」

久嶋は頷き、後ろにいる音喜多に席が空いてると伝える。「双葉」は人気店でもあり、時刻的に混み合う頃だから、空席待ちをしなくてはならないかもしれないと、道の途中で話していた。久嶋に促され、渋々といった様子で店へ入って来た音喜多を見ると、主人は「ちっ」と小さく舌打ちをした。

主人は久嶋のことをいたく気に入っているが、同時に、同じくらい音喜多をよく思っていない。音喜多が「双葉」を嫌う理由はそこにもあった。

「客に向かって舌打ちしたぞ？」

「気のせいですよ」

「先生、いつものでいい？」

「はい。デラックススペシャルですね。音喜多さんも同じでいいですか？」

「ちょっと待て。なんで俺にはお冷《ひ》やもおしぼりも出さない？」

久嶋には愛想よく聞く癖《くせ》に、並んで座った自分には最低限のサービスもしないのかと憤慨する音喜多に、「双葉」の主人は細い目を眇めてみせ、厭々リクエストに応《こた》える。おしぼりを放り投げた主人をまたしても非難しようとする音喜多を久嶋はやんわり制し、今夜は酒を控えた方がいいと忠告した。

「音喜多さんの体調に悪い影響を及ぼす可能性が高いですから。ご主人、ウーロン茶も二つお願いします」

「いや、ビールだ」

こんな店で飲まずにいられるかと悪態《あくたい》を吐いた音喜多だったが、隣から冷たい視線を感じてはっとする。横を見れば、久嶋が呆れたような…更に言えば侮蔑《ぶべつ》さえ混じった表情で自分を見ているのが分かり、音喜多は失敗したと気付かされた。

「…教授…」

「音喜多さん。反省という言葉を知っていますか？」

「……。分かってる」

「こういうのは…喉元過ぎれば熱さを忘れる…と言うんじゃないですか。音喜多さんは日本で生まれ育ったのですから、聞いたことがあるのでは？」

「…ある」

「では、音喜多さんの昨夜の行動からおさらいしましょうか。そもそもどうして今回のような事件に巻き込まれたのか。原因から考えてみましょう」

久嶋の冷たい目を見た時から、延々と説教…という意識はないのだろうが、彼が自身の理解の為にも行う長々とした証明は説教以外の何物でもない…される予感はしていた。他の相手ならば適当にあしらって済ませてしまうところであるが、久嶋相手にそう出来るほどの度胸は音喜多にはない。一番恐れていること…久嶋に完全な拒絶を受ける羽目になってしまったらという恐怖を、音喜多は常に抱いているからだ。

うんざりしつつも自業自得《じごうじとく》かと諦めかけたその時。

「お待たせ。ウーロン茶、二つ」

主人がジョッキに入ったウーロン茶をどんどんと音を立てて音喜多たちの前に置く。延々と話している久嶋の横でへこんだ表情でいる音喜多に、にやりとした笑みを浮かべて聞いた。

「飲み過ぎて先生に迷惑でもかけたのか？」

「……」

飲み過ぎたわけではないが、久嶋に迷惑をかけたのは事実だ。それを重々承知しているからこそ、黙って説教を聞いている。顰めっ面で「フン」と鼻息を吐く音喜多を面白そうに見て、主人は久嶋に話しかけた。

「先生、勘弁してやれよ。先生は飲まないから分からないだろうが、酔っ払いたくなる時ってのはあるもんなんだよ」

思いがけず、仲裁《ちゅうさい》に入ってくれた主人に音喜多は驚き、久嶋は目を丸くして違うと否定した。音喜多は酔っ払って迷惑をかけたのではなく…と、久嶋は主人に対して長々とした説明をしようとしたものの、営業中でもあるから、すぐに仕事に戻ってしまう。話し相手をなくした久嶋は、話の腰を折られたせいで、音喜多への説教を再開しようという気にはなれないようだった。気勢を削《そ》がれた顔付きでぽつりと呟く。

「……音喜多さんはずるい、と時々思います」

「何処が？」

「音喜多さんは敵対しているような人でも味方につけてしまうところがありますから」

「俺はいつでも何処でも、何があっても教授の味方だ」

「…そういうところですね」

ずるい。小さく呟き、久嶋はジョッキを両手で持ってウーロン茶を口にする。一口飲んで、「これも美味《おい》しいですよ」と言って笑った久嶋に、音喜多は苦笑を返し、「乾杯」と言ってウーロン茶のジョッキを持ち上げた。

三話　スクランブルメソッド

音喜多《おときた》は目白《めじろ》の本宅以外にも複数の住まいを所有している。実業家である彼が、現在、マンションの建築販売を主とした不動産業に軸を置いているせいもあるが、元より、一カ所に住まうことを嫌い、その日の気分や都合によって帰る場所を変えるからだ。音喜多が同じ家に続けて帰ることは、事情がない限り、ほとんどなかった。

不動産や住まいに対する音喜多の拘《こだわ》りは強く、それが不動産業界において地位を築けた所以《ゆえん》でもある。音喜多が経営に携《たずさ》わっているワルツコーポレーションが建てるマンションは、隅々まで気配りが行き届いたハイセンスな物件ばかりだと評判だ。ワルツブランドは特に高所得者層の人気を集め、何処《どこ》に建てても発売と同時に完売となるほどの人気である。

それも経営者である音喜多自身が詳細なリサーチを行い、一切の妥協を許さず、本当に上質なものしか提供しないという姿勢を貫いているからなのだ。音喜多は薄利多売などという理念とは無縁で、会社を大きくするスピードにも興味がない。納得出来ない仕事はしないというのが、音喜多の信念でもある。

さて。そんな音喜多だが、日によって帰る場所が違うという、それまでの暮らしをある出会いによって変えた。揚羽《あげは》大学にほど近いマンションを買い取り、改築を施《ほどこ》して暮らし始めたのは、全て久嶋《くしま》の為である。少しでも久嶋の傍《そば》にいたい、少しでも久嶋の顔を長く見ていたい。そんな音喜多の希望に最も条件が適していたのが、久嶋の研究室から最短の距離にあるそのマンションだった。

しかし、好き放題に改築したものの、満足はしていない。やはり自分が気に入った場所に、自分が思い描くマンションを建てたい。そんな望みを叶えるべく、音喜多はずっと揚羽大学の近辺で建設用地を探して来た。揚羽大学は都心にあり、マンション用地に出来そうな物件がなかなか見つからなかったのだが、その日の朝、音喜多はいい出物《でもの》があったという連絡を長根《ながね》から受け、早速現場へ赴《おもむ》いた。

揚羽大学から徒歩五分圏内という条件をつけているので、音喜多が暮らすマンションからもさほどの距離はない。三分もしない内に着いた現場では、音喜多の代わりにワルツコーポレーションの代表取締役社長を務める長根が、部下で秘書室長の大脇《おおわき》と共に待っていた。

半林《なかばやし》が開けるドアから車を降りた音喜多に、二人は歩み寄って挨拶《あいさつ》をする。

「おはようございます。朝早くからすみません。昨夜遅くに先方から連絡を受けたものですから」

「病院か？」

恐縮する長根に構わず、音喜多は車道を挟《はさ》んだ向こうにある建物を眺《なが》める。大脇が用意していたタブレットを長根は音喜多に見せ、地図でその広さを確認した。

「敷地面積は千平米《へいべい》以上ありますので、広いとは言えないものの、十分な物件を建てられるかと思います。東と南が公道に面しており、東側の公道が多少狭いのが難かとは思いますが…」

「いや。その点での利便性より、環境面の方が重要だ。境界を接しているのは…民家と集合住宅がほとんどか…。今は…五階建てか？」

「はい。一部、古い部分があって、三階建てのところもあります」

長根の説明を聞きながら、音喜多はタブレットを手にしたまま通りを渡り、周辺を歩き始める。その横にぴたりとついた長根は、売買に関しての情報を伝える。

「親子三代にわたって続けて来た病院で、先代の時に周辺の土地を買収したりして、ここまで大きくしたようですが、現在の院長が経営に行き詰まり、手放したいと考えているようです」

「他にも話は流れてるのか？」

「この地域でこれだけの土地はなかなか出ませんから」

競争相手は多いと言い、長根は決めるのであれば早急に話をまとめたいと進言した。音喜多は答えず、足を速めて歩道を行き、角を曲がろうとする。その際、角地に建つ店に目を留め、地図で確認した。

「…ここは病院の敷地内というわけじゃないんだな？」

「はい。この一角…百平米未満の広さですが、この和菓子店の所有地になります。なので、ここも一緒に買い取りを持ちかけるのがベターかと」

和菓子店の土地も合わせれば、東側と南側が公道に面した角地に建設出来ることになる。だが、和菓子店が土地を手放さないとなれば、その一角だけを除かなくてはならなくなるから、統一した外観が保てず、ワルツブランドとしての価値を下げることにもなりかねない。

病院の敷地の購入には和菓子店の買収が不可欠だなと音喜多は長根と話し合い、周辺の視察を終えた。概《おおむ》ね、音喜多の希望通りの物件であったが、久嶋の為に建てるマンションでもあるから、彼の意見も聞きたい。返事を急ぎたいと望む長根に、しばらく待つように指示を出した。

「では音喜多さんの返事次第で、すぐにでも動けるよう、準備はしておきます」

「和菓子店の所有者と内情についても調べておけ」

「承知しました」

頷《うなず》いた長根は、音喜多に六本木《ろっぽんぎ》にある本社オフィスへ顔を出すのかと聞いた。それならば自分たちも車で来ているので、一緒にどうかと勧める長根に、音喜多は首を横に振る。

「いや。この件でちょっと用がある。後から顔を出す」

「分かりました。では、自分たちは先に本社へ戻っています。あと、今週末の役員会なのですが…」

「それはお前に任せた」

「しかし…」

「社長はお前だ」

にやりと笑って言う音喜多に、長根は何とも言えない困った顔で、仕方なさそうに頷いた。ワルツコーポレーションの実質的経営者は音喜多であるが、社長職は長根に譲《ゆず》っている。社長としての仕事は全て任せたと言って、会議にも出ようとしないが、最終的には音喜多の意見が通るので、彼のいない会議は意味がないのだ。また相談させて貰うと言い、長根は大脇と共に六本木の本社へ戻って行った。

二人を見送った音喜多は腕時計で時刻を確認した。間もなく十時過ぎ。今日は講義のない曜日なので、久嶋は研究室にいるだろう。研究室まで徒歩でどれくらいかかるのか、正確な時間を計る為に歩き始めた音喜多は、すぐにその横を併走《へいそう》し出した半林の車に閉口した。

「……」

音喜多が薬を盛られ、殺人事件の被疑者として警察に拘束されて以来、半林は神経質になっている。夏も過ぎ、あれから何ヶ月も経つというのに、未《いま》だ過剰に気遣《きづか》われていることに、音喜多はうんざり気味だった。

足を止め、ジェスチャーで車の窓を開けさせる。

「教授に会いに行くんだ。歩いて行きたいから、お前は帰ってろ」

「しかし…」

「大丈夫だから」

半林が忠誠心めいた思いで自分の傍にいるのを分かっているだけに、無下《むげ》にするのも気の毒だとは思うものの、ストーカー並みにつきまとわれるのも息が詰まる。音喜多は強引に半林を帰らせると、再び久嶋の研究室を目指して歩き始めた。


現在、音喜多が暮らしているマンションは、揚羽大学の敷地と二車線の公道を隔《へだ》ててすぐの場所にあり、久嶋の研究室からはドアトゥドアで八分以内という近さにある。長根が持って来た物件はそれよりも離れており、音喜多が自分の足で計測したところ、十五分強かかった。近いと言うべきかどうかは疑問だなと首を傾《かし》げつつ、音喜多は久嶋の研究室のドアをノックする。

「教授…」

久嶋は講義の時間以外は大抵研究室にいて、読書や論文の執筆に夢中になっていることが多い。だから、音喜多は返事を待たずに部屋のドアを開けたのだが、タイミング悪く、部屋を出ようとしていた相手とぶつかりそうになってしまった。

「わっ…」

「おっと」

久嶋かと思い避《よ》けたものの、すぐに彼ではないと分かる。久嶋は華奢《きゃしゃ》で細いけれど、背は高い。出ようとしていたのは久嶋よりもうんと背が低く、その分だけ横幅のある男だった。

「すみません…ああ、音喜多さん」

両手で抱えるのがぎりぎりなほどの書類の山を持ち、音喜多を見て謝るのは、久嶋の助手を務めている池谷《いけたに》だ。客員教授である久嶋は、ゼミなどで学生を指導したりはしていないが、何コマかの講義を担当し、学会へ出席したり論文を書いたりという研究活動も行っているので、大学職員である池谷がサポートについている。

池谷は久嶋よりも年上で、間もなく四十になろうとしている。独身で外見は冴《さ》えないが、真面目《まじめ》で人がよく、天才であっても一般常識には欠けることが多い久嶋の世話をこまめに見ている。頻繁《ひんぱん》に研究室を訪れる音喜多とは顔見知りでもあり、聞かれる前に久嶋はいないのだと先に教えた。

「先生は今、学部内の会議に出てるんです。戻るのは…そうですね。お昼近くになるかと」

「そうか。だったら待たせて貰う。池谷さんは？」

「僕は先生がいない間に、必要な書類を頂戴《ちょうだい》していたところで…」

留守中に勝手をするという引け目があるのだろう。恐縮しながら説明する池谷に、彼が困っているのをいつも目にしている音喜多は苦笑を返す。そもそも久嶋の部屋は異常なカオス空間である。驚くほど物が多く、そのほとんどは本だ。部屋の二面に天井まで続く本棚《ほんだな》が置かれているものの、それで収納出来る量ではなく、床面もほぼ積み上げられた本で埋め尽くされているのだ。ドアから窓際の机まで、人一人がようやく通れるくらいの通路が確保されているものの、他は全て崩れる寸前のラインまで本が積み上げられているので、極度に圧迫感を覚える。

更に、久嶋は本だけでなく、書類も溜め込む癖があるので、彼の机には積み上げられた書類で幾つものタワーが出来ている。そして、厄介《やっかい》なことに、何処に何があるか全て分かっていると言いながら、提出期限を過ぎた書類も出そうとしない。池谷が捜《さが》してくれと頼んでも、違う用件を持ち出したりして話題をすり替えるのが定番であるから、彼がこうした行動に出るのもやむを得ないと言えた。

「ご苦労様」

「いえ。仕事ですから」

仕方なさそうな笑みを浮かべて言う池谷の為に、音喜多は大きくドアを開けてやる。書類の山を抱えた池谷が、小さくお辞儀《じぎ》をしつつその間を通り抜けようとした時だ。

「わっ」

「あっ」

音喜多が開けたドアの影からふいに現れた人影に池谷はぶつかり、その拍子に抱えていた書類の山を派手に廊下へぶちまけてしまった。更に、足下を埋めた書類に蹴躓《けつまず》いた、池谷は前方へ倒れ込み、そのついでに顔面をしたたかに壁へ打ち付けた。

「っ…」

声にならない呻《うめ》きを漏らし、蹲《うずくま》る池谷に、音喜多は「大丈夫か？」と声をかける。それと同時に、池谷とぶつかった相手も、その横に屈《かが》んで申し訳なさそうに詫びた。

「すみません…！　大丈夫ですか？」

心配げに池谷を見るのはまだ若い男だった。場所が場所だけに同じような年頃の若者がごまんといる。中肉中背、身なりはこざっぱりとした清潔なものだ。いわゆる今時の学生で、集団の中にいたら見分けがつかないと思われる、目立つところのないごく普通の男だった。

背が低く、ぽっちゃり気味で分厚いレンズの眼鏡《めがね》をかけた池谷のほうが、余程特徴的で覚えられる。そんなことを思いながら、音喜多は二人を見比べていた。

「だ、大丈夫です…。ああ。折角《せっかく》並べたのに…」

「すみません。俺のせいで…。手伝いますから」

「いえいえ。それには及びません。…ええと…」

手を貸そうとする男をやんわり遮《さえぎ》り、池谷は書類を集めながら彼を見る。用があって訪ねて来たのではないかと、目だけで問う池谷に、男ははっとしたような表情で尋ねた。

「こちらに…久嶋教授がいらっしゃるかと思って、来たんですが…」

「先生は会議中です。約束でも？」

「いえ…。約束はしてないのですが、…久嶋教授に相談したくて…。いつなら会えますか？」

相談と聞いた池谷は微《かす》かに表情を曇らせた。久嶋は講義を幾つか担当しているが、学生たちとの接点はそれだけで、相談を受けるような立場にない。ただ、その容姿《ようし》と経歴によって学内では有名人でもあるので、好奇心で訪ねて来る学生もままいて、久嶋がそういう相手に困惑する様子を見て来ている池谷は、予《あらかじ》め用件の内容を聞いた。

「どういった相談ですか？　先生はお忙しいので…」

「ていうか、そもそも、学生か？」

久嶋の邪魔をしないよう、予防線を張ろうとする池谷の横から、音喜多が訝《いぶか》しげに尋ねる。池谷は純粋に助手として余計なことで久嶋を煩《わずら》わせたくないと考えていたが、音喜多は違う。相手が男だけに、邪推《じゃすい》する音喜多の表情は渋いものだった。

床に膝を突いて書類を集めている池谷の横で、同じように屈んでいた男は、立ったまま問いかける音喜多を見上げた。そこに音喜多がいるのは分かっていても、ぶつかった池谷を心配したりしていたので、彼がどういう人物なのかをはっきりとは認識していなかったらしい。

改めて見た音喜多が、大学という場には似つかわしくないタイプだと分かり、戸惑《とまど》った表情を浮かべる。音喜多は必要以上に男前で、着ているスーツも誰が見ても高級と分かる代物だ。一部の隙《すき》もない格好は、ハイクラスのホテル辺りにいればしっくり来るものだが、大学では悪目立ちしかしない。高価な香水の匂いも。

男は小さく息を吸い、ゆっくり立ち上がってから、理学部の学生だと名乗った。

「四年の井口《いぐち》といいます」

「理学部の学生が…教授に？」

久嶋は複数の専門分野を持っているが、揚羽大学で講義しているのは、文学部で心理学を専攻する学生を対象にした内容のものだ。それ以外にも特別に希望して受講している者がいるものの、理系の学生はほとんどいない。理学部の学生がいた覚えがなく、怪訝《けげん》そうに下から見上げる池谷に、井口と名乗った男子学生は、特別な相談があるのだと告げた。

「特別な…というと？」

「…久嶋教授は…ＦＢＩに捜査協力していたと聞いたので…」

池谷は躊躇《ためら》いがちに答える井口から音喜多に視線を移し、意見を窺《うかが》うように見た。ＦＢＩに捜査協力していた事実については、久嶋自身が講義で触れている。講義の内容も犯罪心理学に基づくものであるから、久嶋の経歴の一部として認知されているとはいえ、それに基づいた特別な相談というのは…。池谷の視線を受けた音喜多は、井口に具体的にどういう相談なのかと聞いた。

「ＦＢＩが関係するような相談なのか？」

「いえ…そんな大それたことではないんですが…」

井口は首を振ってそう答えた後、再び池谷を見て、いつなら久嶋に会えるのかと繰り返した。久嶋本人にしか話せないという井口の意思を感じ、池谷は困り顔で適当に集めた書類を抱え直して立ち上がる。

「では、一度、先生に話してみますから、連絡先を教えて貰えますか」

取り敢《あ》えずの対応策として、池谷が井口の携帯番号を聞いていた時だ。「音喜多さん」と呼ぶ声が聞こえた。呼ばれた音喜多はもちろん、池谷もそれが久嶋の声だと分かり、揃って声のした方を振り返る。

廊下の先から白い箱を大事そうに両手で抱えた久嶋が歩いて来る。近づいて来た久嶋が微かに眉《まゆ》を顰《ひそ》めたので、見知らぬ男がいることを訝しんだのかと音喜多は思ったのだが、彼の視点は違うところに向いていた。

「池谷さん。それは?」

「あっ…!」

久嶋が目をつけていたのは、池谷が抱えている書類の山だった。久嶋が留守の間に持ち出そうとしていたのだが、井口にぶつかったりしたせいで、自分の行動が疚《やま》しいものであることを、池谷はすっかり忘れていた。非難の目を向ける久嶋に、池谷が慌《あわ》てて言い訳する。

「こ…これは…その…、どうしても必要な書類でして…。こちらで処理しておきますから…」

「僕はまだ確認していません」

「ですから、早くお願いしますと何度もお伝えして…。い、いえ…とにかく、これはこちらで確認出来ますので…」

「池谷さんで確認出来るような書類がどうして僕のところに回って来るんですか？」

「それは…その、一応というか、念の為というか…」

「ならば、やはり僕が確認した方がいいのではないですか？」

「い、いえ！　大丈夫です、大丈夫ですから！」

ぶるぶると首を振りながら、池谷は助けを求めるように音喜多を見た。ここで久嶋に言い負かされて書類を奪われてしまったら、事態は困窮《こんきゅう》を深める。音喜多は仕方なさそうに肩を竦《すく》め、「教授」と呼んだ。

「それより、こいつが教授に相談があるらしいぞ」

「相談？」

音喜多を見た久嶋は、彼が井口を手で指し示したことで、ようやくその存在に気付いたようだった。大きな目をぱちくりさせ、井口をじっと見た後、「誰ですか？」と尋ねる。

久嶋を訪ねて来た井口は、話では聞いていても、本人を見るのは初めてだったのだろう。教授としては異例の若さだと聞きながらも、ここまで若いとは思っていなかったに違いない。それに久嶋は実年齢よりもかなり若く見える。学部生である井口と並んでも差がないどころか、彼よりも年下に見えるほどだ。井口はひどく驚いた様子で、すぐには返答が出来なかった。そんな彼に代わり、池谷が久嶋に紹介する。

「理学部の四年で、井口くんというそうです」

「そうですか。何か？」

どういう用件かと久嶋に尋ねられた井口は、慌てたように頭を下げた。

「すみません、あの、俺…、久嶋教授に聞いて欲しい話があって…」

「僕に聞いて欲しい？」

「聞いて欲しい…っていうか、意見が欲しいんです…。教授はＦＢＩに捜査協力していたんですよね？」

確認するように聞かれた久嶋は、「はい」と素直に頷く。井口は久嶋をしばし見つめた後、大きく息を吸って、「実は」と切り出した。

「俺の知り合いが……自殺したんですが…、…いえ、自殺したってことになってるんですが…、俺は…自殺じゃないって思ってて…。でも、警察は相手にしてくれなくて……だから…」

久嶋に判断して欲しいのだと言い、井口は「お願いします」と続けて深く頭を下げる。井口から特別な相談と聞いてはいたものの、まさか自殺が絡《から》むような内容だとは思っていなかった音喜多と池谷は、戸惑いが浮かんだ互いの顔をちらりと見る。その前で久嶋はにっこり笑って「分かりました」と井口に返事した。

「話を聞きます。どうぞ入って下さい」

にこやかに勧め、久嶋は箱を大事そうに持って研究室内へ入って行くのだが開け放たれた扉の向こうがカオス状態であるのは、廊下に立っている井口にも見えていた。本当に入ってもいいのだろうかと戸惑った表情で見られた池谷と音喜多は、困った気分で溜め息を吐《つ》いた。廊下から見えるのは部屋の一部であり、それだけでも十分混沌《こんとん》とした状態であるのが分かるが、その先は魔窟《まくつ》だと、池谷と音喜多はよく知っている。

研究室に出入りしなくてはならない池谷と音喜多が、強引に確保しているスペースが窓際にあるものの、人一人がやっと座れるくらいの広さしかない。とても、男四人で話せる場所はないのだ。仕方なく、音喜多は「教授」と先に入って行った久嶋に呼びかけた。

「はい？」

「違うところで話そう。ここじゃ無理だ」

「どうしてですか？」

「……。俺と池谷さんも話を聞きたいんだ。四人が入れるスペースはないだろう」

「そうでもありませんよ。立って話せば…」

「本の山が崩れるかもしれないぞ」

何が哀《かな》しくて、男が四人、満員電車の中のように立ち尽くして話さなくてはいけないのか。冗談じゃないと思い、音喜多が脅しを口にすると、久嶋は慌てて中から出て来た。

研究室の殆《ほとん》どを埋め尽くした本の配置を変えられることを、久嶋が嫌うのを音喜多は知っていたのだ。

「では、何処で話しますか？」

尋ねる久嶋に、池谷が「それなら」と申し出た。

「僕の部屋で」

久嶋の研究室と廊下を挟んだ斜め向かいに、池谷が使っている部屋がある。久嶋の部屋よりも狭いが、きちんと掃除され整頓されているので、居心地は比べものにならない。久嶋もそれを分かっているので、嬉しそうに頷き、箱を持ったまま先陣を切って池谷の部屋へ向かった。

会議から戻って来た久嶋は両手で大事そうに白い箱を抱えていた。池谷の部屋に移る時も手放さなかったそれに何が入っているのか、音喜多と池谷は気にしていたのだが、すぐに謎は判明した。真っ先に部屋に入った久嶋は、壁際に置かれている二人掛けのソファに腰掛けると、箱を膝に載せ、その蓋《ふた》を開けた。音喜多が箱の中身を覗《のぞ》き込むと、色とりどりの美味《おい》しそうなケーキがぎっしり詰め込まれていた。

久嶋は甘い物が好きだ。ケーキはその中でも筆頭に来る好物《こうぶつ》で、早速、その一つを手づかみで食べようとするのを見て、音喜多が窘《たしな》める。

「教授。そういうケーキは手で食べるようなもんじゃないだろう。皿に載せてフォークで…」

「平気です」

「平気とかじゃなくて」

「あっ、先生！　その箱、何処かで見た覚えがあると思ったら、プラタナスの箱じゃないですか！　ああっ！　プラタナスのケーキを手づかみで食べるなんて！」

悲鳴に近い声を上げる池谷は、久嶋が食べようとしているケーキを知っているらしく、慌てふためいた様子で部屋の隅に設けている喫茶スペースの棚から皿を取り出した。フォークと一緒に久嶋に差し出し、乱暴な食べ方をするのはよしてくれと懇願《こんがん》する。

「これを使ってきちんと味わって食べて下さい！　菓子パンじゃないんですよ？」

「有名な店のケーキなのか？」

「プラタナスは今、一番ホットだと言われてるパティスリーなんです。一つ一つが芸術の域に達しているような美しいケーキで、尚且《なおか》つ、味は繊細《せんさい》で、申し分のないものです。毎日長蛇《ちょうだ》の列で、ケーキはすぐに売り切れてしまうので、『幻の』とも言われているくらいですから」

久嶋に負けず劣らず、池谷も甘味《かんみ》好きなのだが、二人の方向性は違っている。久嶋は甘くて美味しいものなら何でもよく、その希少性や価値には無頓着《むとんちゃく》だ。対して池谷は、雑誌やネットなどの評判をチェックし、新しい店を開発するのが楽しみという、オタク気質がある。

だから、音喜多とは違った意味で…音喜多の場合、保護者的な思いで皿とフォークを使えと勧めたのだ…ケーキに敬意を払って食べるよう求める池谷を無視して、久嶋は摑み上げていたケーキに囓《かじ》りつく。

「ああっ」

「……うん。美味しいです」

「教授。このケーキはどうしたんだ？」

久嶋が有名店の列に並んでまでケーキを買ったとは思い難《がた》い。不思議そうに聞く音喜多に、久嶋はもぐもぐ口を動かしながら、貰ったのだと答える。

「誰に？」

「ドクター黒尾《くろお》です。黒尾さんの家の近くにケーキの美味しい店があると話していて、僕が食べたいと言ったのを覚えてくれていたらしく、買って来てくれたんです」

「えっ。あの黒尾先生がですか？」

「どういう意味だ？」

驚く池谷に音喜多は「あの」というのには特別な意味があるのかと尋ねる。池谷は神妙な顔付きで、黒尾という教授は気難しくて有名なのだと説明した。

「とても誰かにケーキを買って来てくれるようなお人じゃないんです。さすが、うちの先生。皆さん、先生のファンみたいなものですからね」

一番年下の久嶋が誰からも可愛《かわい》がられているというのは、音喜多にとっては面白くない事態だった。むっとした顔で黒尾とはどういう人物なのかと聞こうとした時だ。遠慮がちに「あの」と言う声が聞こえる。

池谷と音喜多が振り返ると、気まずそうな顔で井口が立っていた。井口の話を聞く為に移動したというのに、本人をそっちのけでケーキの話で盛り上がっていたのを反省し、池谷は慌てて座るように勧める。ケーキを食べる久嶋の横に音喜多が座り、井口は池谷が用意した丸椅子《まるいす》に腰掛けた。池谷はコーヒーを入れると言い、用意を始める。

久嶋はケーキを食べながら丸椅子に座った井口に「それで」と話を促《うなが》した。

「自殺した知り合いというのはあなたとどういう関係の方なんですか？」

口をもぐもぐさせて聞く内容ではない。特に当事者である井口は不審に思ったらしく、微かに眉を顰める。それでも久嶋に話を聞いて欲しいという気持ちは変わらないようで、小さく息を吐いてから口を開いた。

「…同じゼミで研究をしていた先輩で…、院生だったんですが…」

低い声で井口が話すのを聞き、マグカップを用意していた池谷が「あ」と声を上げる。心当たりがあるかのような反応を見て、久嶋は「知ってるんですか？」と池谷に聞いた。

「たぶん…。確か…八月の夏休みの頃に、理学部の院生が飛び降り自殺したという話を聞きましたが…」

それですか？　と確認する久嶋に、井口は重々しく頷く。

「寺内沙世《てらうちさよ》さんといって、明るくて誰からも好かれる人でした。自殺するような素振りは全くなくて…。俺はどうしても信じられないんです」

「どういう状況で自殺したのかは知ってるんですか？」

「…あの日は…ゼミの皆で飲みに行ったんです。寺内さんも来ていて…、十時くらいにお開きになって、店の前で別れました。それで…翌日、ビルから飛び降り自殺したってニュースで知って…。一緒に飲みに行ってた皆も信じられないって言ってるんです。自殺するような感じじゃなかったし、そもそも、寺内さんはそういう人じゃないんです。なのに、警察は…」

「事件性は認められないと」

久嶋の続けた言葉に頷き、井口は溜め息を零した。肩を落とす井口に、池谷はコーヒーを入れたマグカップを渡す。それから、久嶋と音喜多の為に入れたコーヒーをソファの前に用意したサイドテーブルの上へ置いた。

「しかし、警察が自殺と判断したのであれば、それなりの理由があるんでしょう。あなたと亡くなった寺内さんがどれくらい親密だったのか分かりませんが、あなたの知らない一面があった可能性もあります」

「でも…」

俺は…。井口は苦しげな表情で言いかけたが、途中で言葉を止めた。説明出来ないもどかしさと戦っているような顔付きは、その場の空気を重くする。池谷も音喜多も困った気分で、どう慰《なぐさ》めたらいいかと迷っていたのだが、久嶋は違って、いつもと変わらない平然とした様子で箱の蓋を開けて二つ目のケーキを持ち上げた。

「そんなに美味しそうなモンブランまで手づかみで…っ」

「丸いケーキは食べにくいですね。これは特にクリームと土台部分のバランスが悪いような…」

「モンブランはクリーム部分を味わうものですよ、先生」

「そうなんですか？　…あなたが寺内さんが自殺じゃないと思う、一番の根拠は何ですか？　自殺するような人じゃなかった、というような感覚的なものではなくて、明確な根拠です。それがあるからこそ、納得出来ずにいて、僕を訪ねて来たんでしょう？」

「……。…寺内さんと…約束してたんです」

「どういう？」

「寺内さんは水族館が好きで…俺も好きなので、一緒に行こうって…。山形《やまがた》にクラゲをメインに扱っている水族館があるんですが、そこへ行こうって計画を立てていたところだったので…」

「なるほど」

分かりました…と頷き、久嶋はモンブランの残りを一気に口へ詰め込む。もぐもぐと咀嚼《そしゃく》し、池谷が入れたコーヒーでそれを流し込んでしまうと、悲痛な面持《おもも》ちでいる井口に自分が調べてみると提案した。

「音喜多さんの知り合いに警察の人がいますから、どういう捜査がされたのか、一度聞いてみましょう」

「おいおい」

名指しされた音喜多は迷惑そうに眉を顰める。久嶋の言う「警察の人」というのは間違いなく汐月《しおつき》のことで、音喜多は自分の熱心な「ファン」である汐月とは出来るだけ関わり合いたくないと思っている。それは…と顔を曇らせる音喜多に構わず、久嶋は井口に向かってつけ加えた。

「ただし。あなたが思うような結果になるとは限りません」

「…分かっています」

「知りたくなかったと思うような事実が出て来る可能性も高いです。それでもいいんですか？」

「構いません」

井口は厳しい表情で答え、久嶋に向かって「お願いします」と言って深々と頭を下げた。それから立ち上がり、コーヒーに口をつけなかったのを池谷に詫《わ》びて、出口へ向かう。彼が視界から消えようとした時、久嶋が「すみません」と声をかけた。

「一つ、聞くのを忘れていました。あなたは寺内さんとつき合ってたんですか？」

「…いえ」

「分かりました」

にっこり笑って頷く久嶋に、井口は再度お辞儀をして出口へ向かう。その後を池谷が追い、見送りに出た。池谷が戻って来ると、音喜多が誰にとでもなく呟くように言った。

「つき合ってなかったとしても好きだったんだろうな」

「そうなんですか？」

「そりゃ、そうだろう。ただの先輩だったらここまでしないはずだ」

「僕もそう思いますよ。亡くなった先輩に片思いしてたんじゃないでしょうか」

池谷が音喜多の意見に同意すると、久嶋は「ふうん」と納得し難いような顔付きで言い、ケーキの箱を覗き込んだ。久嶋が三個目のケーキを手にするのを見て、音喜多が眉を顰める。

「教授。食べ過ぎじゃないのか。そんな甘いもん、よく三つも食えるな」

「糖分は脳の働きに必要ですし、カロリーもありますから一石二鳥です」

「本当に…美味しそうですね」

池谷がうらやましそうに箱を覗き込んでも、久嶋は一つどうぞと勧めたりはしなかった。久嶋は強《ごう》欲《よく》ではないが、気遣いの出来る人間ではない。一つ下さいと率直に頼まれれば応《こた》える用意はあっても、遠回しな要求は久嶋には通じないのだ。

物欲しそうに見ている池谷に「美味しいですよ」と返し、久嶋は衰えない勢いでケーキを平らげる。指についたクリームを舐《な》め、包み紙を箱に捨ててから、「僕は」と切り出した。

「彼は何か隠しているような気がします」

「何かって?」

「まだ具体的には分かりませんが、別の目的があるように感じられます」

別の目的。音喜多は久嶋の言葉を繰り返して、フンと小さく鼻先から息を吐き出す。久嶋はコーヒーを飲み、池谷がケーキに向けている羨望《せんぼう》の眼差《まなざ》しを遮るように箱の蓋を閉めると、音喜多を促した。

「音喜多さん。汐月さんに連絡を取って下さい」

「あのなあ…」

「でしたら、僕が…」

「分かった！　分かったから」

　久嶋に直接連絡を取らせることは好ましくなく、音喜多は渋々懐《ふところ》からスマホを取り出した。汐月が電話に出られないほど、多忙でありますように。そう願ったのに、呼び出し音が鳴り始めるとすぐに「はいっ！」という汐月の嬉々《きき》とした声が聞こえ、音喜多は思わず溜め息を吐きそうになった。

『ご無沙汰《ぶさた》しております、音喜多先輩！　何か御用でしょうか？』

「…忙しいか？」

『はあ。まあ…それなりに』

「なら…」

『いえっ！　ちっとも忙しくなんかありません。音喜多先輩の為ならば、すぐにでも馳《は》せ参じる覚悟があります！　どうぞご心配なく、何なりとお申し付け下さい。…で、また何か問題でも？』

『また』というところに複雑な気持ちを抱きつつも、音喜多は隣に座っている久嶋に、何を頼めばいいのかと尋ねる。久嶋は自殺した寺内沙世に関する捜査資料が見たいのだと答えた。

「…揚羽大学の学生が八月に自殺したんだが、その捜査資料が見たいんだ。名前は…寺内沙世」

『…揚羽大学…ですか？』

　ついさっきまで嬉々としていた声に、すっと暗い調子が混じる。揚羽大学が久嶋の勤め先であると知っている汐月は、誰からの頼みであるかすぐに察したのだろう。汐月にとって久嶋は憎き恋敵《こいがたき》でもあり、久嶋が絡んだ頼みごとなど引き受けたくないというのが、彼の本音ではあるのだが。

「無理か？」

『い、いえっ、そんな。音喜多先輩の頼みであるのなら……。…先輩の頼みなんですよね？』

確認する汐月に久嶋の頼みだと言えば、速攻で断って来そうだった。そうすれば汐月に本意ならぬ借りを作ってしまう事態を避けられたのだが、同時に、久嶋の役に立てないことになる。音喜多は板挟みな気分で、「ああ」と答えた。

『しかし、どういった事情があって、自殺案件の捜査資料が必要なんですか？』

「あー…いや、その、亡くなった子の知り合いから気にかかる点があるって相談されたんだ。自殺するような感じじゃなかったのに、どうしてって疑問を抱いてるらしい。だから、警察はどういう捜査をして、自殺と判断したのかが知りたいんだ」

『そうですか。自殺案件は多いので…捜査が不十分だった可能性はありますね。しかし、現場の警官たちが職務に忙殺されている現状もありますので、どうかご理解頂きたく…』

「分かってる。警察を責めるつもりはないんだ。ただ、経緯を知りたいから…」

何とかならないかと頼む音喜多に、汐月は少し時間が欲しいと答えた。手配が出来たら連絡すると言う汐月に頼むと返し、通話を切って、様子を窺っていた久嶋を見る。

「捜査資料が見られるよう、話をつけてくれるそうだ。また返事がある」

「ありがとうございます」

音喜多に礼を言った久嶋は、次に学内での資料を探してくれと池谷に頼んだ。池谷は冴えない外見ではあるものの、仕事の出来る男だ。久嶋の頼みを予想出来ていたらしく、既にパソコンで検索をかけていた。

「学生のデータベースにアクセスしました。…亡くなった院生というのは…これですね。まだ削除されてませんでした」

自分の机からノートパソコンを手に移動して来た池谷は、それを開いたまま久嶋に渡す。久嶋はノートパソコンを膝に置き、寺内沙世に関するデータを見た。

「理学部で…応用生命科学を専攻していたようですね。大学院の二年…。井口くんとは二つ違いですか。出身は岡山県《おかやま》…」

「井口くんのデータは…こっちです」

別窓で開けている井口のデータを、池谷は久嶋の横からパソコンを操作して呼び出す。井口も同じ理学部の応用生命科学専攻で、彼の話通り、寺内と同じゼミに所属していた。

「井口くんは神奈川《かながわ》出身…。出身校も出生地も違うから、大学で知り合ったと考えるべきですね。学年が二つ離れてますから、サークルなどが一緒でもない限り、知り合ったのは三年時の進振り以降でしょう」

「池谷さん。このゼミで話を聞けそうな人を探してくれませんか。井口くんが僕に頼んで来たというのは伏せた上で」

「当たってみます」

すぐに頷き、池谷は久嶋からパソコンを受け取って自分の机に戻る。音喜多はすっかり夢中になっている様子の久嶋を横目で見て、内心で溜め息を吐いた。

本当は…。久嶋にマンションの建設用地になりそうな物件を見て欲しくて、昼休憩の間にでも連れ出そうと思って訪ねて来たのだが…。この調子では話の片がつくまで、久嶋は自分のリクエストには応えてくれない気がする。

出直した方が得策《とくさく》かもしれないが、汐月に頼みごとをしてしまった以上、帰るわけにもいかない。久嶋が直接交渉すれば、汐月はライバル心を剝《む》き出しにして、にべもなく頼みを断るはずだ。ならば、出来るだけ早く、この一件を片付けるしかないのか。音喜多が神妙な顔で考えていると、懐に戻したスマホに着信が入った。

相手は汐月で、早々の返事を有り難く思いつつ、電話に出る。

『汐月です。調べましたところ、対応したのは神楽坂署《かぐらざかしょ》だというのが分かり、担当した刑事に話が聞けるよう、手配しました。神楽坂署で刑事課長の田宮《たみや》という人物に聞いてみて下さい。神楽坂署の場所は…』

「分かるから大丈夫だ。世話をかけた」

『とんでもありませんっ！　いつでもお電話下さって構いませんから。音喜多先輩の為とあらば、この汐月、どのような協力も惜しみませんので。ところで、先輩。週末のご予定は…』

「忙しいんだろ？　悪かったな」

報酬を得ようとする汐月を遮り、音喜多は一方的に通話を切る。神楽坂署で事件を担当した刑事に会える手筈がついたと聞いた久嶋は、満足げな笑みを浮かべて「さすが汐月さん」と褒《ほ》めた。

「仕事が早いですね」

「…まあな」

それも自分への忠誠心と邪《よこしま》な思いがあってこそだ。そろそろツケを払わされるのではないかと、音喜多は内心で憂《うれ》いながら、相槌《あいづち》を打つ。ケーキの箱を抱えて立ち上がった久嶋は、池谷に後を頼み、神楽坂署へ出かける為に、音喜多と一緒に大学を後にした。

校舎を出る途中、音喜多は半林に連絡を入れて、迎えを頼んだ。大学の敷地から出ると同時くらいに、半林が運転するベントレーが二人の前に現れ、それに乗り込んで神楽坂署を目指す。久嶋と並んで後部座席に座った音喜多は、彼が大事そうにケーキの箱を膝に置いているのを見て、どうして持って来たのかと訝しげに聞いた。

「池谷さんのところに置いて来たらよかっただろう」

「まだ食べたいので」

「食べたいって…警察で食べるつもりか？」

「それくらいの時間はあるかと」

「……」

時間があるとかないとか、そういう問題じゃない。そんな言葉が口を突きかけたが、音喜多は諦《あきら》め、話題を変えた。久嶋相手に常識を説《と》いても、山のような屁理屈が返されると経験済みだ。それよりも。

「教授。前にこの辺りでマンションを建てようと思っているという話をしたのを覚えてるか？」

「はい」

「よさそうな土地が見つかったんだ。今の部屋よりは少し遠くなるが、環境的にはよさそうだ」

「そうですか」

相槌を打ちはするが、久嶋は明らかに興味がなさそうで、膝に置いた箱の蓋を開ける。中を覗き、次は何を食べようか考えている様子の久嶋を、音喜多は苦く思いはしたものの、強引な物言いは出来なかった。久嶋の為に建てるマンションなのだから…などと言おうものなら、どうしてそんな必要があるのかと問い詰められるのは目に見えている。

自分の好みで設計し、完成したマンションへそれとなく久嶋を引っ越させ、何となく自然な形で同棲を始めるという、壮大な野望が音喜多にはある。全てを偶然の成り行きとして装わなければ、何でも「どうして」で始まる久嶋との同棲生活など、実現出来ない。

「教授の意見を聞きたいから、一緒に見に行かないか？」

「どうしてですか？　僕は建築などに関しては門外漢《もんがいかん》というやつです。音喜多さんの会社にはたくさん専門家がいるじゃないですか」

「一般的な目から見た意見が欲しいんだ」

「はあ」

にやりと笑って言う音喜多に、久嶋は不思議そうな顔付きで頷く。久嶋が否定しないのを好機と捉《とら》え、警察の帰りにでも寄って行こうと言いかけた時だ。

「着きました」

半林の無愛想な声と共に、音喜多の目論見《もくろみ》は崩れ去る。いつの間にか車が神楽坂署の前に横付けされており、音喜多は渋い気持ちで後部座席のドアを開けて降り立った。

音喜多は司法機関と相性が悪い。過去には検察から嫌疑をかけられたし、先日は殺人事件の被疑者として警察に逮捕されかけた。久嶋が関わっていなければ、自ら警察署へ出向くなど、二度とごめんだという思いがあり、それが彼の態度にも滲《にじ》み出ていたらしい。

「どのようなご用件ですか？」

警察署に入ってすぐ、目付きの悪い男が近づいて来て尋ねて来たのに、音喜多は閉口した。何もしていないのに疑いをかけられていそうでうんざりする。しかし、警察側にも言い分がある。必要以上にイケメンで、高そうなスーツを着て、金の匂いをぷんぷんさせている音喜多は、到底善良な一般市民には見えないのだ。

悪目立ちするから、厭《いや》でもマークされ、それが嫌いという感情に拍車をかける。自然と態度が悪くなり、疑いが更に濃くなるという悪循環の方程式に嵌《は》まっている音喜多の横から、箱を抱えた久嶋が代わりに答えた。

「刑事課の方と会う約束をしてるんです。ええと…」

「刑事課の田宮って課長だ」

その人はいますか？　と久嶋が尋ねると、男は訝しげに久嶋と音喜多を眺め回した後、しばらくここで待つように言い、その場を離れた。間もなくして戻って来た男は、確認が取れたらしく、先ほどとは違った柔軟な態度で「こちらです」と言い、二人を案内する。

階段で二階へ上がり、廊下に出てすぐ右側の部屋が刑事課であると教えられた。ドアを開け、窓際に座っているのが田宮だと、男は久嶋に教えて立ち去って行く。久嶋は足早に近づき、「田宮さんですか？」と声をかけた。

「警察庁の汐月さんから連絡が入っていると思うのですが…」

不思議そうに久嶋を見た田宮は、五十半《なか》ばほどの温厚そうな男だった。「警察庁の汐月」と聞いた途端《とたん》、さっと表情を引き締め、立ち上がる。

「はっ、連絡を頂いております。音喜多さんでしょうか？」

「音喜多さんはこちらです。僕は久嶋と言います」

「そうですか。どうぞあちらへ」

田宮は別室に資料を用意したと言い、二人と共に隣の会議室へ移動した。その途中、三十前後の若い男に声をかけ、一緒に来るよう命じる。後から部屋に入って来たその男は岡《おか》と言い、捜査を担当した刑事なのだと紹介された。

会議室には長机が二本、向かい合わせに並べられており、その一方に青い表紙のファイルが置かれていた。久嶋は早速それに近づき、椅子を引いて座ると、開いて読み始める。遠慮のない行動を田宮と岡は戸惑った顔付きで見ながら、音喜多に何か問題でもあったのかと恐る恐る確認した。

「警察庁の方がいらっしゃるなんて…」

不安げに聞く田宮も、その後ろで控《ひか》えている岡も、緊張した面持ちで立ったままでいる。二人が自分と久嶋も汐月と同じ警察庁の関係者なのだと誤解しているらしいと察した音喜多は、それを解かない方がいいと判断し、鷹揚《おうよう》に答えた。

「現段階ではまだ何も申し上げられないのです。先に捜査資料を拝見させて頂きますので、どうぞ腰掛けてお待ち下さい」

音喜多に促された田宮と岡は、神妙な面持ちで向かい側の椅子を引いて腰掛ける。音喜多は久嶋の隣に座り、彼が熱心に読んでいる捜査資料を覗いた。そこには惨状が写された写真があり、思わず眉を顰める。ビルから飛び降りた遺体の写真など、警察の担当者であっても好きこのんで見たりはしないだろう。なのに、久嶋は食い入るように見つめ、細部まで確認している。

　その上。

「…音喜多さん。ここを押さえていて下さい」

「こうか？」

　ファイルに綴《と》じられている捜査資料を開いた状態で押さえているよう音喜多に頼み、久嶋はケーキの箱を開けた。残っているケーキの中で、食べやすそうな四角い形のケーキを選んで食べ始める。

「…教授。消化に悪いぞ」

「平気です」

　遺体の写真を見ながらケーキを食べる久嶋の神経が信じられずに、音喜多はそれとなく注意する。しかし、久嶋は忠告に取り合わず、田宮と岡の呆《あき》れた視線も無視して、ケーキを食べながら捜査資料を読み終えた。

　音喜多に礼を言い、ファイルを閉じると、ケーキの残りを口に放り込んでもぐもぐ頬張る。ごくりとそれを呑み込んでから、久嶋は岡に質問した。

「通報があったのは午後十一時十二分とありますが、あなたが現場に着いたのは何時頃でしたか？」

「通報の…三十分近く後だと思います。十二時近くなっていました。別の現場にいて呼び出されたものですから」

「あなたが現場に着いた時、どういう状況だったのか、話して貰えますか」

　久嶋から頼まれた岡は頷き、小さく息を吸った。既に二ヶ月以上が経過しているが、連絡を受けて資料を読み直したのか、岡の話しぶりはスムーズなものだった。

「自分が着いた時は…出動要請を受けた救急車がまだ待機していました。既に死亡していたので、病院へは運べません。他には…交番から派遣された巡査二人が周辺の交通整理に当たっていました。第一発見者である男性二名もいて、あとは野次馬が数人ほど…いたと思います。まず救急隊員に引き上げて貰った後、遺体を運ぶ車両を手配しました。それから、事件性がないかの確認の為に、ビルの屋上へ向かいました。遺体の近辺には身元を確認出来るようなものは何もなかったので、屋上にあればいいと願ってました」

「屋上まではエレヴェーターで向かったんですか？」

「はい。八階でしたし、階段も見当たらなかったので」

「エレヴェーター付近や、内部に防犯カメラはありましたか？」

「……それが…あの…、自殺だと……判断していたので…」

詳しくは確認しなかったのだと、岡は恐縮したように身を小さくして言う。久嶋は淡々とした物言いで「そうですか」と返し、先を続けて下さいと頼んだ。

「…最上階である八階に着くと、廊下の先にある非常階段を使って屋上に上がりました。ドアを開けてすぐに、緑色の鞄《かばん》があるのが見えたんです。遺体の所持品だと思い、近づき、下を覗き込んでみたところ、ちょうど遺体の真上だったので、ここから飛び降りたのだと思いました。鞄の中に財布《さいふ》があり、それに入っていた学生証で…遺体が寺内沙世さんだと確認しました。周辺には鞄の他には何もなく、それだけを持って下へ戻ったのですが…」

「その間、誰かに会ったりは？」

「いえ。屋上にも階段にも…エレヴェーターにも、誰もいなかったと思います。ビルの上階にはオフィスしか入っておらず、時間帯が深夜だったせいもあるかと。…外へ戻ると…第一発見者に話を聞きました。近くの飲食店で食事をして帰る途中だった男性の二人連れです。会社の同僚で、歩いていた際、背後で物音がして振り返ると、遺体があったそうです」

「二人は寺内さんが飛び降りるところは見てないんですね？」

「はい。他に見ていた人間がいるかもしれないと思い、近くにいた見物人に聞き込んでみましたが、皆、気付いた時には路上に遺体があったと話していました。…他殺である可能性は低いだろうと考え、遺体を一旦、署へ運び、司法解剖の手続きを取りました。それからご家族に連絡を入れ…寺内さんは岡山の出身でしたので、ご両親は翌朝、署に来られました。ご両親は自殺するような兆候はなかったと仰《おっしゃ》ったので、了解を得て、寺内さんの自宅で遺書などがないか調べさせて貰いましたが、それらしいものは見つかりませんでした」

「それでも、自殺と判断した理由はあるんですか？」

「……それは……他殺されたと判断する材料もなかったので…」

「遺書もなく、突然自殺する人は多いんです。実際」

困り切ったように言葉に詰まる岡を、田宮が隣からフォローする。自殺者の数は殺害されて亡くなる人の数よりも遥《はる》かに多い。それに警察が他殺と判断するには、それなりの物証がいる。家族が「そんなはずはない」「自殺するようには見えなかった」と主張する程度では、他殺を疑っての捜査を始められないのが現実だ。

久嶋自身、捜査資料と岡の話だけでは、自殺ではないという判断は下せなかった。田宮に岡を責めているわけではないのだと断って、もう一つケーキを取り出す。

「一体、何個入ってたんだ？」

呆れた顔で尋ねる音喜多に、久嶋は「十個です」と答えた。ということは。あと五つ残っている計算になるが、それも全部一人で食べる気なのだろうかと、甘い物がさほど好きではない音喜多は気が遠くなった。

音喜多の冷たい目も構わず、久嶋は新たに摑んだケーキをもぐもぐと食べ始める。ラズベリーソースのかかったレアチーズケーキはムース状になっており、食感が軽いと言って、久嶋はあっという間に食べ終えてしまった。

「…寺内さんの、亡くなる直前の行動は確認したんですか？」

「はい、一応…。寺内さんは現場から徒歩五分ほどの居酒屋で、大学のゼミ仲間と飲んでいたようです。同席した友人たちに話を聞きましたが、皆、ご両親と同じことを言ってました」

「自殺するような素振りはなかった…と」

はい…と頷き、岡は寺内のスマホも調べたのだとつけ加える。通話履歴《りれき》やメール、ＳＮＳでのやりとりなどを調べたが、そちらにもそれらしい兆候はなかったという。

「ですから、迷うところもあったのですが、履歴が消されている可能性もあると思ったんです。その時点では自殺と考えていましたので、消された内容を復旧させてまで調べる必要性はないと判断し…」

「なるほど。ところで、岡さんは寺内さんが一緒に飲んでいたという全員に話を聞いたんですか？」

「いえ。十五人ほどいましたので…特に仲がよかったという女性二名だけです」

名前を教えて貰えますか…という久嶋のリクエストを聞き、岡はポケットからスマホを取り出す。

それを操作して、メモ機能に書き込んであった武井《たけい》と中本《なかもと》という二人の名前を読み上げた。

それを聞いた久嶋は隣の音喜多に池谷へ電話するよう求める。音喜多はスマホを取り出しながらも、久嶋自身のスマホはどうしたのかと聞いた。

「部屋に置いて来てしまったんです」

「ケーキは持って来たのに？」

スマホは忘れたのかと呆れる音喜多に、久嶋は悪びれる風もなく、口頭で池谷の電話番号を伝える。スマホに入っている電話番号を全て暗記しているというのは久嶋らしく、音喜多は告げられる番号を打ち込んで発信してから、久嶋に渡した。

『はい？』

「久嶋です。先ほど頼んだ、寺内さんのゼミの関係者に話が聞けるよう段取りを整えて欲しいという件なのですが、武井さんと中本さんという女性二名にお願いするようにして下さい」

『あ、ビンゴです。ついさっき、了承を取り付けたのがその二人です。寺内さんと一番親しくしていたと聞きまして』

「そうですか。ありがとうございます」

『先生、いつ頃、こちらへ戻って来られますか？　二人とも、学内にいるという話でしたので、すぐに会えるよう手筈をつけられますけど』

池谷の申し出を聞いた久嶋は、三十分後でお願いしますと返して通話を切った。スマホを音喜多に返し、ケーキの箱の蓋を閉めながら田宮たちに「ありがとうございました」と礼を言って立ち上がる。

結局、音喜多と久嶋が何を確認しに来たのかが分からず、田宮と岡は揃って不安げな表情を浮かべた。

音喜多たちが警察庁の人間だと勘違いしたままの田宮たちは、何らかの問題があって、再捜査が行われているのだと考えたようだった。

「あの…どうして警察庁の方が再捜査を…」

「僕は警察庁とは…」

「いやいや、大変ご協力頂き、ありがとうございました！」

素直に否定しようとする久嶋を遮り、音喜多は大仰《おおぎょう》に礼を言う。不思議そうな顔でいる田宮と岡を適当な説明で煙《けむ》に巻くと、久嶋を連れて会議室を出た。ケーキの箱を持って階段を下りる久嶋は首を傾げて、田宮たちが誤解しているのではないかと心配する。それに音喜多は肩を竦め、その方が好都合だと言った。

「本来なら部外者には見せられない資料なんだろうから」

「まあ…確かにそうですね」

汐月に迷惑をかけてもいけない…と久嶋は真面目な顔で言い、警察署の建物を出た。正面入り口前には半林が車を停《と》めて待っており、音喜多と共に後部座席へ乗り込む。音喜多が揚羽大学へ戻るよう指示を出すと、車は静かに動き始めた。

どう思う？　走り出した車内で意見を求める音喜多に、久嶋は小さく笑みを浮かべて首を横に振った。

「分かりません」

「教授でも？」

「さすがに材料が少な過ぎます。岡さんの話だけならば自殺だとしてもおかしくはないと思います」

「遺書もないのに？」

「遺書を残して死ぬ人の方が少ないんですよ」

逆に、今回のケースのように誰もが予兆を感じ取れなかったという場合の方が多いのだと聞き、音喜多は「ふうん」と興味なさげな相槌を打った。久嶋はその横顔をちらりと見てから、膝に載せているケーキの箱を開ける。箱いっぱいに詰め込まれていたケーキの数が減ったせいで、中であちこちに移動してしまうのが気になるようだった。

倒れてしまわないように、端に寄せる久嶋を見ながら、そもそも箱に入ったケーキを持ち歩く方が間違っているのではないかと指摘する。久嶋はそうですかねと首を傾げ、だったら食べてしまおうと言って、丸い形のケーキに手を伸ばそうとする。久嶋の行動に驚き、音喜多は慌てて止める。

「待て」

「どうしてですか？」

「いい加減、食べ過ぎだ。それで六個目だぞ」

「平気ですけど」

「見てる俺の方が胸焼けしてくる。それにそんなに甘いケーキばかり食べてたら太るぞ。どれだけカロリーがあると思う？」

「大丈夫です。僕は太らない体質ですから」

ご心配なくと言って、食べようとする久嶋を音喜多は強引に止め、せめて、もう少し時間を置いて…午後のおやつにでもするようにと言い聞かせた。久嶋は不満げな顔付きだったが、渋々了承し、箱の蓋を閉める。同時に車が停まり、半林が揚羽大学に到着したと告げた。

音喜多と共に車を降りた久嶋は、ケーキの箱を抱えて池谷の部屋へ向かった。ノックもせずにドアを開け、池谷のデスクの上にケーキの箱を置くと、何処で会うことになったのかと尋ねる。池谷は腕時計で時間を確認しながら、学内のカフェテリアだと答えた。

「早かったですね。まだ十分ほどありますが」

「先に移動しましょう。僕は荷物を取って来ます」

そう言って、久嶋は自分の部屋へデイパックを取りに戻る。ケーキの箱が置きっぱなしなのを見て、池谷は表情を曇らせて「まさか」と呟《つぶや》いた。

「全部食べてしまったんですか…？」

恐る恐る尋ねられた音喜多は肩を竦め、まだ半分残ってると答えた。

「全部食べようとしたんだが、さすがに止めた。朝から立て続けに五個も食ったんだぞ。身体《からだ》に悪いだろう」

「はあ。でも先生は平気で十個くらい食べてしまいますから…」

「いつもこんなことをしてるのか？」

音喜多は久嶋と親しい間柄《あいだがら》にあるとは言っても、同居しているわけではないので、彼の生活の全てを把握しているわけではない。実際、大学で長い時間を一緒に過ごしている池谷の方が、久嶋の生態をよく知っている。目を剝いて尋ねる音喜多に、池谷は戸惑った顔で頷いた。

「先生は菓子パンやケーキが好物で…そういうものしか召し上がりませんから。なので、差し入れに頂くものもケーキが圧倒的に多いです」

「差し入れ？」

「うちの先生はファンが多いので」

いつもケーキや菓子パンが研究室に差し入れられるのだと聞いた音喜多は激しく眉を顰めた。それは差し入れというより、餌付《えづ》けなのではないか。ファンなどと言えば聞こえはいいが、つまりは久嶋に邪な感情を向けている、危険分子たちである（音喜多にとっては）。

久嶋を狙《ねら》う輩《やから》は何人《なんぴと》たりとも許せないと静かに憤《いきどお》る音喜多の前で、池谷はそっと箱の蓋を開けて中を覗き見ていた。

「あっ…俺の大好きなピーカンナッツのタルトが残ってる。これだけでいいから、くれないかなあ…」

物欲しげに池谷が呟いた時、廊下の方から久嶋の「お待たせしました」という声が聞こえる。二人は慌てて部屋を出て久嶋の元へ向かい、共に待ち合わせ場所であるカフェテリアへ向かった。


構内に幾つかあるカフェテリアの一つへ向かう間、池谷は久嶋に段取りを説明した。相談に訪れた井口の名前は出さずに…というのが久嶋の命《めい》であったので、池谷は自殺した学生の周囲に対する、学内の心理的フォローアップの一環で、話を聞きたいと申し入れていた。なので、話を合わせて欲しいと言う池谷に、久嶋は分かりましたと頷く。

三人が目的地に着いたのは待ち合わせ時間よりも少し早い頃だったが、約束をした相手…寺内の友人である武井と中本は既に来ていた。学生のデータベースにあった写真で顔を確認していた池谷が、テラスに設けられた席にいる二人連れを指し、久嶋に教える。

「彼女たちだと思います」

池谷から聞いた久嶋は足早にテーブルの間を抜け、彼女たちに近づいて行った。久嶋は学内では知る人ぞ知る、有名人である。久嶋を見知っている学生もちらほらいて、興味深げな視線が集まっていたせいもあり、彼女たちもすぐにその存在に気がついた。

はっとしたように久嶋を見て、彼が自分たちがいるテーブルの前で立ち止まると戸惑った表情に変わる。池谷は久嶋の名前を出していなかったので、慌ててその後ろから顔を出して彼女たちに説明した。

「すみません…、お電話した池谷です。こちらはうちの教授で…」

「久嶋です。座ってもいいですか?」

にこやかに尋ねる久嶋にぎこちなく頷き、二人の女性は呆気《あっけ》に取られたような顔付きで、自分たちの前に並んだ三人の男を見た。池谷はともかく、その経歴、年齢、容姿によって有名でありながらも、研究室にほぼ籠《こ》もっているせいで、学内での遭遇《そうぐう》率が低く、ラッキーアイテム的な扱いを受けている久嶋が目の前にいるのがまず驚きだったし、尚且つ、その隣に悠然と座った男…つまり、音喜多にも目を奪われていた。

音喜多は久嶋とは違った意味で、大学という場では非常に目立つ男だ。イケメン過ぎるし、金の匂いを振りまき過ぎている。一体、何者なのかと息を呑《の》む二人の女性に、別の席から椅子を移動させて来た池谷が尋ねる。

「ええと…あなたが武井さんで、あなたが中本さんでいいですか?」

確認された武井と中本は、躊躇いがちに頷く。先に「あの」と声を上げたのは、ショートの髪をマッシュルーム風に仕上げた、個性的な髪型である武井の方だった。

「学内の調査の一環だと仰ってましたが…どうして、久嶋教授が…？」

「僕は久嶋先生の研究助手をしてまして、今回の調査を担当しているのが久嶋研究室なので…」

「大変ショックな出来事だったかと思います。可能な範囲でいいので、僕の質問に答えて頂けたらと思うのですが、大丈夫ですか？」

直接確認する久嶋に、武井と中本は互いの顔を見合わせてから、ぎこちなく頷いた。久嶋はまず、二人と寺内の関係について質問する。

「同じゼミにいたとのことですが、長いつき合いだったんですか？」

「私は…大学二年の頃に知り合って、仲良くなったので、五年くらいになります」

「私は…別の大学から進学して来ましたので…二年ほどです」

武井の隣から控えめに答える中本は、ウェーブした長い髪を緩《ゆる》くまとめた、おとなしそうな女性だった。大学院に入ってから三人で一緒に行動するようになり、旅行などにも行っていたと言う。

「最近では？」

「…春に伊勢神宮《いせじんぐう》に行きました。沙世が旅行好きで、色々計画して誘ってくれたので…」

「年末には温泉に行きたいねって話してたんだよね」

武井に話しかける中本の表情は寂しそうなものだった。武井も顔付きを曇らせて、「だから」と続ける。

「沙世が自殺するなんて…信じられなかったんですが…」

旅行の予定を立てていたから信じられない…というのは、井口と同じ理由でもある。久嶋は寺内に自殺するような兆候はなかったのかと確認した。二人は同時に頷き、当日の飲み会でも全くそんな素振りはなかったと答えた。

「いつもと変わらない感じで…明るかったし…」

「寺内さんに悩みなどがあったかどうかはご存じですか？　学業についてや…恋愛問題や…、家族のこと…何でもいいのですが」

「あの後、警察の人にも同じようなことを聞かれたんですが…特に思い当たらなかったんです。沙世は最初からドクターを目指してて、そこまで頑張ると言ってましたし、研究も順調でした。実家から援助もして貰ってましたから、バイトと勉強の両立で苦しんでるってこともなかったですし…。彼氏とかもいなかったので…、恋愛で悩んでるってこともなかったと思います」

ねえ…と武井に同意を求められた中本は、頭を動かして頷く。その仕草に小さな違和感を感じた久嶋は、ちらりと中本を見た。視線を伏せている彼女は、物言いたげにも見えたが、話すつもりはないようだった。

「寺内さんは誰かとつき合ったりはしてなかったんですね？」

「三年の時に別れた切り、いなかったと思います」

「そうですか」

断言する武井は、寺内と同じゼミだったという相談者の井口も知っているはずだ。井口は否定したが、寺内との間に特別な関係があったのかもしれないと疑ってはいたものの、武井が否定するからには、やはり先輩後輩というだけで恋愛関係にはなかったのか。

「寺内さんが亡くなった後、飲み会に来ていた参加者やゼミの仲間と話す機会はありましたか？」

「はい。皆、信じられないって言ってて…。うちの教授も期待していたのにと残念がっていました」

「寺内さんの自殺を疑うような人は？」

「疑う…というのは…」

「自殺するようには思えなかった…と皆が思っているのであれば、中には自殺ではなく…他殺なのではないかと考える人もいるんじゃないかと思いまして」

久嶋の話を聞き、武井と中本は不安そうな表情で、互いを確認するように見合った。視線だけで意見を調整しているようでもあり、武井と中本の間には主従関係のようなものが存在しているのが見て取れる。はっきりとした性格の武井が、おとなしい中本をリードしてあげなきゃと考えているのだと、久嶋には理解出来た。

「そういう話は出ませんでしたけど…、沙世が誰かに殺されたって…教授はそう考えるんですか？」

「いえ。一般論です。自殺するはずがない…イコール、誰かに殺されたんだと考える人間は一定数いますから」

「そうなんですか。でも…沙世は誰かに殺されるような人間じゃ…」

ね…と意見を求めるように、武井は中本を見る。中本は大きく頷き、自分もそう思うとつけ加えるように言った。久嶋は分かりましたと頷き、池谷を見る。

「もう結構です」

「そうですか。…お二人とも、ご協力頂いて、ありがとうございました。あと、僕の方から幾つか、質問させて頂きたいのですが…」

武井と中本には学内調査の一環だと告げてある。怪しまれないように、それらしく思われるようフォローする池谷に後を任せて久嶋は立ち上がり、先に失礼しますと言ってその場を離れた。音喜多もそれに続き、久嶋の背後について歩く。

カフェテリアを出ると、久嶋は立ち止まって振り返り、「音喜多さん」と呼んだ。

「お願いがあるんです」

「教授の頼みなら何でも」

待ってましたとばかりに、自信たっぷりの笑みを浮かべて言う音喜多に、久嶋は小さく苦笑して頼みごとをする。それは音喜多にとっては意外な「頼み」であった。


久嶋がカフェテリアを出てから十分余り後、池谷も話を終えて、武井と中本の二人に厚く礼を言って退席した。二人が怪しんでいる様子はなく、ほっとしつつ久嶋の研究室へ戻ると、彼の姿はなかった。何処へ行ったのかと不思議に思って、自室を覗いてみたところ、久嶋は一人ソファに座って本を読んでいた。

音喜多は帰ったのかと聞く池谷に、久嶋は顔を上げてあることを頼んだのだと答える。

「何を頼んだんですか？」

「音喜多さんならうまくやってくれると思います。音喜多さんが戻って来てから、今後について考えましょう」

それまで自分は本を読んでいると言い、久嶋は開いている本に視線を戻す。池谷は話が読めなかったものの、久嶋を追及したところで望むような答えは返って来ないとよく分かっているからそれ以上は聞かなかった。取り敢えず、音喜多が戻って来るのを待つか…と思いつつも、久嶋が自分の部屋にすっかり居着いている様子であるのに、小さな不安を覚えるのだった。


そして、久嶋の頼みを受けた音喜多は…。

「落としましたよ」

背後から聞こえた声に振り返り、音喜多は笑みを浮かべて「ありがとう」と礼を言う。差し出されたハンカチを受け取りながら、多少わざとらしさの混じる言い方で、「ああ」と声を上げた。

「さっきの…」

「どうも」

はにかんだような笑みで頭を下げるのは、カフェテリアで久嶋と共に話を聞いた女性の一人…中本だった。音喜多は大抵の女性にとって、非常に魅力ある存在だ。抜きん出た容姿、スマートな立ち居振る舞い、光る高級時計。相手が社会経験の少ない学生であれば尚更で、芸能人と同じくらい、別次元の存在である。

そんな相手に「ちょうどよかった」と笑いかけられ、案内を頼まれて断れる人間はいない。

「迷ってしまって、困っていたところだったんです。東門というのは何処になりますか？」

「東門ですか？　ここは全く反対方向ですよ。あっちなので…よろしかったらご案内します」

「お願いします。助かります」

ほっとしたように言い、音喜多は中本と並んで歩き始める。通りかかる学生たちが音喜多に向ける好奇の目には、羨望も含まれており、それが中本の優越感にも繋《つな》がっているようだった。機嫌良さそうに歩く中本に、音喜多は「大変でしたね」と声をかける。

中本は不謹慎な気持ちを抱いてしまったと後悔したのか、はっとしたように小さく息を呑み、頷いて答えた。

「…はい。…でも、少しずつショックは治まって来ました。最初は本当に驚いて…」

「自殺するような兆候はなかったと話してましたね」

「ええ。…私が気付けなかっただけかもしれないんですが…。あの…」

言葉を途中で止める中本が戸惑っているのを見て、音喜多は「失礼しました」と言って優しげな笑みを浮かべる。

「音喜多と言います。久嶋教授とは仕事上のつき合いがありまして…。教授の研究に出資させて頂いていて、今日は打ち合わせに伺《うかが》っていたんです。偶々《たまたま》、同席することになったので、不思議に思わせてしまったかもしれませんね。すみません」

「いえ。仕事というのは、どういう？」

「まだオープンに出来ない情報なので、申し上げられないんです」

軽く肩を竦め、すみませんと重ねて詫びる音喜多に、中本は慌てて首を横に振る。音喜多は誰が見ても、一般的なビジネスマンというより、若き経営者と言われた方が納得出来る存在だ。中本も音喜多の話をすんなり信じたようだった。

「久嶋教授はすごいですよね。まだ私と同じ二十代なのに教授で…博士号も複数持ってて…。別世界の人です。話には聞いていたけど、ご本人と会って話せるなんて思ってもいませんでした。噂《うわさ》通り、格好良かったし…」

「格好いい…」

「あ、でも、音喜多さんの方がずっと…。すみません。久嶋教授に失礼ですね」

神妙な表情で繰り返す音喜多の発言を誤解し、中本は訂正する。音喜多としては二十代前半女子にとっても久嶋は格好良く見えるのだとしたら、ライバルが増えると考え、邪念を渦巻《うずま》かせていただけだったのだが、ハイスペックな嫉妬心《しっとしん》は中本には読めなかったようだ。音喜多は自分の気持ちを仕舞って、久嶋から与えられた任務をこなす為に、話題をそれとなく切り替えた。

「…中本さんも可愛らしい方だと思いますよ。おつき合いされてる方はいるんですか？」

「あ…はい」

お世辞《せじ》だと分かっていても、音喜多のような完璧な男に褒められたのが嬉しいというように、中本ははにかんでみせる。同時に、音喜多の質問には少し残念そうに頷いて、大学の頃からつき合っている彼氏と婚約しているのだと答えた。

「彼はもう就職しているので…修士が取れたら結婚しようと思ってるんです」

「そうなんですか。じゃ、仲のよい三人で、彼氏がいたのは中本さんだけだったんですね」

「……」

音喜多が言う「仲のよい三人」というのが、自分と武井、そして亡くなった寺内の三人を指しているのだというのを、中本はすぐに分かったようだった。同時に、微かに顔を強張《こわば》らせるのを見て、音喜多は「何か？」と尋ねる。自分の「任務」を念頭に置きながら、慎重に中本の様子を窺っていると、彼女は躊躇いがちに「実は…」と切り出した。

「…武井さんの話は…嘘《うそ》じゃないんですけど、間違ってるんです…」

「どういう意味ですか？」

武井は亡くなった寺内の恋愛関係について、大学三年の頃に彼氏と別れた切り、つき合っていた相手はいなかったと話していた。それが間違っているのかと確認する音喜多に、中本は困った表情を浮かべて説明する。

「武井さんは潔癖《けっぺき》なところがあって…、恋愛の話とかも厭がるっていうか…斜《はす》に構えたような意見をされたりするから…寺内さんも話せなかったんだと思います。私も彼氏の話とか、余り出来なくて…」

「じゃ…寺内さんはつき合っていた相手がいたんですか？」

中本は音喜多の問いかけに頷いたが、続けて、ただ亡くなった時には別れており、それが自殺の原因だとは思えないとつけ加えた。音喜多はなるほどと頷き、武井と寺内の間柄について言及《げんきゅう》する。

「武井さんはそれを知らなかったんですね。武井さんは寺内さんと学部生の頃からのつき合いだと話してましたが…本当は二人の間に距離があったんですか？」

「距離っていうか…さっきも言いましたけど、武井さんは潔癖なところがあるので…」

言いにくそうに中本が繰り返すのを聞き、音喜多の頭にはある推測が浮かんだ。潔癖という言葉に恋愛モラルに対する意識の強さが含まれているのだとすれば…。寺内が武井に話せなかった理由を推測し、音喜多は隣を窺い見ながら「もしかして」と切り出した。

「寺内さんは…大っぴらには出来ないような恋愛をしてたんですか？」

「……」

音喜多の質問に中本は沈黙する。はっきりとは認めなくても、否定しないことが肯定に繋がっている。音喜多は中本の反応を確認しつつ、彼女に同情するような声をかける。

「中本さんも大変ですね。二人の間に挟まれてたんですか」

「そういうわけでは…」

「友達であっても恋愛が関わると人間関係が難しくなりがちですからね。…でも、その恋人と別れたことが、……原因だったのでは…？」

寺内が自殺した原因に心当たりはないと、中本は武井と一緒に証言していた。しかし、武井が知らなかった恋人の存在が明らかになり、彼女に気を遣って黙っていたのではないかという考えが浮かんだ。もしかすると、寺内は別れた相手が忘れられなくて、思い悩んでいたのかもしれない。そんな推測が続けて生まれ、慎重に意見を聞く音喜多に対し、中本は首を横に振った。

「それはないと思います。半年以上、経ってましたし…。別れたのも寺内さんの方からだったので」

「そうですか。…ちなみに…寺内さんに新しい彼氏は？」

「いえ」

いなかったと中本が答えるのを聞きながら、音喜多は久嶋の元を訪ねて来ていた井口の顔を思い出す。久嶋につき合っているのかと聞かれた際、井口は否定していた。改めて、井口と寺内の間に交際関係がなかったのだと確認しつつも、音喜多には不思議に感じられた。

井口は寺内と水族館に行く約束をしていたと言った。友人として交わした約束だったと考えるべきだろうが、男女間の友情というものを、今一つ信用し切れないでいる音喜多にとっては、現実味のない話だった。怪訝な思いを隠して歩いていると、案内を頼んだ東門が見えて来たと中本が言う。

「あれが東門です」

「ああ…ありがとうございます。助かりました」

「いえ。お役に立ててよかったです」

にっこり笑い、「失礼します」と言ってお辞儀する中本に、音喜多は一か八かで最後に問いかけてみた。

「…ちなみに。寺内さんは誰とつき合ってたんですか？　武井さんに黙っていたということは…武井さんも知っている相手だったのではないかと、思うんですが」

寺内が不倫をしていたとしても、相手が武井の知らない人物ならば、妻子持ちだということを秘密にすればよかったのではないか。同じゼミで研究していた武井とは一緒にいる時間も長かっただろうし、黙っていることの方が大変だったはずだ。それでも、話していなかったのは…。

武井が潔癖だというだけでなく、相手が彼女も知っている人間だったのではないかという音喜多の考えは当たり、中本は瞬時に顔を強張らせた。緊張した様子を見て、音喜多は優しげな笑みと共に「すみません」と詫びる。

「立ち入ったことを聞いてしまって…。気になるじゃないですか。こういう話って」

意識して軽い口調を心がけ、中本の罪悪感を薄めようとする。それが効を奏したのか、中本は表情を和《やわ》らげ、声を潜《ひそ》めて「ですよね」と相槌を打った。中本にとっても、秘密を自分の胸だけに仕舞っておくのは重荷だったのだろう。そして、音喜多が学内の関係者ではなく、二度と会わないであろう相手だという気軽さが、彼女の口を開かせた。

「…うちの准教授だったんです」

「…なるほど」

黙っているしかなかったのも頷ける。他にも知っている人間はいたのかどうか確認すると、中本はいたとは思うが、誰もが知らない振りをしていたので分からないと答えた。

秘密の告白を聞いた音喜多は笑みを深めて、中本に礼を言った。話が聞けてすっきりしたと言い、別れを告げて歩き始める。東門から学外へ出るとスマホを取り出し、久嶋に電話をかけながら、再び学内へ戻る為に別の入り口へ向かった。


寺内につき合っていた相手がいて、それが准教授だったという報告を音喜多から受けた久嶋は、すぐに池谷に該当する人物を調べさせた。音喜多が遠回りをして久嶋の研究室に着く頃には…正確には久嶋は池谷の部屋にいたのだが…、それがどういう人物なのか判明していた。

「寺内さんは理学部の瀬戸山《せとやま》教授の研究室にいたんですが、そこで瀬戸山教授と共に研究室を運営している重松《しげまつ》という准教授がいますので、恐らく、彼ではないかと。…ええと、重松正純《まさずみ》、年齢は三十八歳…結婚していて、子供もいます」

池谷がパソコンに映《うつ》し出した重松の写真は、線は細いがすっきりとした顔立ちのイケメンだった。妻子持ちの四十に近い男であっても、これなら女子学生と不倫していたとしてもおかしくない。同じアラフォーである池谷は独身で、冴えない容姿の上に、准教授よりも格下の講師である。池谷は複雑そうな感情の混じった顔付きで、重松が寺内を殺したのだろうかと、短絡的な問いを口にした。

「だが、別れたのは半年以上前だし、死んだ寺内って子の方から別れたから、それが自殺の原因じゃないだろうってあの子は言ってたぞ」

「僕もそう思いますが、一度話を聞きたいので連絡を取って貰えますか？」

久嶋の頼みに頷き、池谷はデスクに置かれている電話の受話器を持ち上げる。池谷が手筈を整えるのを待つ間、久嶋は隣に座った音喜多に、中本はすぐに話してくれたのかと尋ねた。

武井と中本に話を聞いていた時、中本の方は遠慮して本当のことを話していないと、久嶋は見抜いていた。二人と別れた後、それとなく中本に接触して話を聞き出すよう、女性の扱いに手慣れている音喜多に指示を出したのだ。

「まあ、それなりに」

「やはり音喜多さんに任せて正解でした。音喜多さんは女性に好かれますから」

「……」

それが厭みっぽい口調であれば、音喜多は喜べたのだけど、純粋に言っている様子であるのが残念だった。久嶋と自分の間にある温度差を認め、とうに諦めてはいるものの、やはり寂しくなる。少しくらい、嫉妬してくれてもいいのにと不満を持ちつつ、久嶋の読み通りだったと伝える。

「教授の言った通り、もう一人の…武井だったか。あの子に潔癖なところがあって、恋愛の話なんかは持ち出せなかったようだ。特に不倫で…相手は同じ研究室の准教授だ。バレたら大騒ぎになるって分かってたんだろうな。あの中本って子の方は婚約者がいるらしくて、だから、相談相手になってたんじゃないか」

「なるほど。他に知っていたのは？」

「いたと思うが、誰なのかは知らないって言ってた。あと、死んだ当時につき合ってた相手はいなかったようだ。だから、あいつの言った通り、男女の関係はなかったんだろうな」

音喜多が「あいつ」と言うのが相談に来た井口であるのは久嶋も分かっていた。そうですね…と相槌を打つと、池谷が「先生」と呼ぶ。

「重松さんと連絡が取れまして、午後から講義があるそうなので、今からなら時間を取ってくれるみたいなんですが」

「…午後の講義だとすると時間が余りないですね。すぐに行きましょう」

久嶋が早速立ち上がるのを見て、池谷は慌てて再度受話器を持ち上げる。重松との約束を取り付けると、彼が昼食を食べているという学食へ急いで向かった。


理学部の研究棟《とう》近くにある学食で、重松は昼食を食べ終え、久嶋たちを待っていた。池谷は武井たちへの言い訳に使ったのと同じような説明を重松にしており、久嶋が同行するのも、今度は予《あらかじ》め伝えてあった。重松も久嶋のことを知っており、電話でも興味深げな様子だったが、実際本人に会ってみると驚きが深まったようだった。

「久嶋です」

「重松です。話には聞いてましたが……お若いですね」

「早速ですが、重松先生の研究室の院生で、亡くなられた寺内さんについて伺わせて下さい」

「ああ、はい。…ええと…心理カウンセリングの一環とお聞きしたんですが…、久嶋先生の研究に使用されるんですか？」

「その辺りはお話を伺ってから考えたいと思っています。使用する場合は報告を上げ、許可を頂戴しますのでご安心下さい」

久嶋の横から説明する池谷に「はあ」と頷いてから、重松は二人の背後にそれとなくいる音喜多に視線を向ける。相手が女性ではない為、音喜多は後ろで控えているように久嶋に命じられていた。久嶋は重松に対し音喜多についての説明はせず、早速質問を切り出した。

「重松さんは寺内さんが自死を選んだ理由について、どうお考えですか？」

「どう…と言われましても……。……余りに突然のことで…、信じられなかったです…」

戸惑いを強く滲ませた表情で、重松は次第に声を小さくして答える。久嶋は続けて、心当たりはないかと聞いた。

「重松さんから見て、悩んでいる様子はありませんでしたか？」

「いえ…」

「寺内さんが亡くなった当日開かれた飲み会に、重松さんは参加されてましたか？」

「僕は学会で広島にいたんです。連絡を受けて驚いて……寺内さんが自殺するなんて…本当に、思ってもいなかったので…」

「どうしてですか？」

「え…」

「寺内さんが自殺しないと重松さんが思っていたのは、どうしてなのか。特別な理由があるのならお聞きしたいんです」

「……」

自殺する理由に心当たりはなかったとしても、自殺しない「理由」を何か知っていたのではないか。重松の言動からそう読み取った久嶋が尋ねると、彼は明らかに動揺を深くした。井口と同じように何処かへ出かける約束でもしていたのだろうか。しかし、寺内と重松は半年前に別れたと聞いている。

久嶋は…久嶋だけでなく、池谷も音喜多も…じっと重松を見つめて、彼の答えを待っていたが、答えてくれる気配は見られなかった。そこへ予鈴《よれい》が鳴る。重松ははっとしたように俯かせていた顔を上げ、「すみません」と久嶋に詫びた。

「午後から講義があるので…」

失礼させて貰うと逃げるように早口で言う重松に、久嶋は手札を切った。

「重松さんは過去に、寺内さんとおつき合いされてたんですよね？」

「……」

重松は息を呑み、静かに尋ねる久嶋を真っ直ぐに見つめる。しばらくの間、固まっていたが、苦しげに顔を顰《しか》め、低い声で問い返した。

「何かご存じなのではないですか？」

「誰から……聞いたんですか？」

「それは答えられませんが、重松さんはお分かりなのではないですか？」

「……」

重松と寺内の関係は、音喜多に打ち明けた中本によれば、他にも知っている人間がいるのは確かなようだった。それぞれが分別ある…いや、面倒を嫌う大人であったから、明るみになっていなかっただけなのは、当事者である重松もよく分かっているはずだ。久嶋から指摘を受けた重松はしばし黙っていたが、時間を気にしてか、意を決したように口を開いた。

「…確かに、僕は寺内さんと…つき合っていましたが、半年前に別れました。…しかし、僕とのことが自殺の原因だとは思えないんです」

「寺内さんの方から別れを切り出したからですか？」

「…そんなことまでご存じなんですね…。…ええ、それもありますが…、実は寺内さんと僕はよりを戻しかけていたんです」

苦笑した後にそう言った重松は、秘密を打ち明けて重荷が下りたというような、ほっとした表情を浮かべていた。二人の関係が修復されつつあったというのは、中本の口からは聞かれなかった新事実で、久嶋の背後にいた音喜多も耳をそばだてて重松の話を聞く。

「寺内さん……沙世と別れてから妻と向き合ってみたんですが、うまくいかなくて…別居することになったんです。その内に…妻が別の男とつき合い出して…。離婚の話が進み始めたと…沙世に話しました。…離婚が成立したらもう一度つき合ってくれないかと頼んだら、沙世は考えてもいいと言ってくれて…」

「それはいつの話ですか？」

「僕が…広島《ひろしま》に出張する前日のことです。なので、沙世が自殺する…三日前になります。沙世は…手放しで喜んでくれたわけじゃなかったんですが、悪くは思っていないようでした」

「確かに。厭だったら考えてもいいとは言いませんね」

「ですから…沙世が自殺したと聞いた時には信じられなくて…。最後に会って話した時は、僕のことを待っているというような話もしてくれていたので…」

哀しげに重松が言うのを聞き、久嶋は「なるほど」と呟いて考え始める。黙ってしまった久嶋を重松は不思議そうに見ていたが、自分自身にタイムリミットが迫っているのに気付いた。腕時計を見て「すみません」と詫びて立ち上がる。

「これ以上は…講義に遅れるわけにはいきませんので」

「すみません、ありがとうございました。先生。もうよろしいですね？」

考え込んでいる久嶋は、重松に詫びた池谷が確認する声も聞こえていないようだった。池谷は仕方なく、また改めて連絡させて貰うかもしれないと告げ、重松に講義へ行ってくれるように促す。失礼します…と挨拶した重松が、その場から立ち去ろうとした時だ。

久嶋が「すみません！」と声をかけた。

「もう一つ、確認させて下さい。…寺内さんとよりを戻そうとしていたのなら、電話やメールのやりとりは行われていたんですよね？」

「ええ」

それが何か…と聞く重松に、久嶋は池谷と同じ台詞《せりふ》を繰り返した。

「また連絡させて貰います。どうぞ」

時間がないのだから講義に行った方がいいと勧める久嶋に不思議そうな顔を向けつつ、重松は軽く会釈《えしゃく》をして去って行った。その後ろ姿が見えなくなると、音喜多が「そうか」と声を上げた。

「警察で、寺内って子のスマホを調べたが気にかかるようなメールや着信はなかった…って話をしてたな？」

「そうなんです。重松さんと寺内さんがやりとりしていた履歴が残っていたのなら、警察も二人が交際関係にあると分かり、事情を聞いていたはずです。ですが、岡さんはそのような話をしていませんでした。恐らく…寺内さんのスマホからは重松さんに関する履歴が消されていたのでしょう」

「自分で消してたのか？」

「通常、特別な事情でもない限り、メールや通話の履歴をいちいち消したりはしません。寺内さん自身が消していたのであれば、見られて困る相手がいたのか…だとしても、パスワードをかければ大抵の場合、見られることはありません。それでも見られる可能性のある相手が近くにいた…。もしくは」

「彼女の死後、意図的に誰かが、消したか」

微かに眉を顰めて言う音喜多に、久嶋は満足げに頷いて笑みを浮かべる。よく出来ましたと褒めているような笑顔で、「じゃ」と言って立ち上がった。

「行きましょう」

「何処へ？」

「寺内さんが飛び降りたという現場の確認です」

当然の如《ごと》く言い、久嶋はさっさと学食を出て行こうとする。音喜多はその後に続いたのだが、池谷は違った。

「先生。僕はここでランチを食べてから戻ります。用があればスマホに連絡下さい」

「分かりました」

既に時刻は昼を過ぎている。空腹だったらしい池谷が言うのに振り返って返事をして、久嶋は音喜多を見た。音喜多さんはいいんですか？　と聞く久嶋に、彼は苦笑してみせる。

「教授一人じゃ行かせられない」

肩を竦め、音喜多はスマホを取り出して半林に連絡を入れる。迎えを頼んでいる音喜多に、久嶋は寄りたいところがあるからいつものところで待ち合わせしようと言って、先を歩いて行った。不思議に思いつつ、音喜多が半林の車と先に合流して待っていると。

「お待たせしました」

そう言って現れた久嶋の手にはケーキの箱が再び抱えられていた。池谷の部屋に置いていたそれを取りに行っていたのだと知り、音喜多は呆れつつも、半林に車を出させる。警察の捜査資料を一度読んだだけなのに久嶋はすっかり覚えており、現場であるビルの住所をすらすらと半林に伝えた。

「…袋町《ふくろまち》二丁目…七番地…ホリデースカイビルという建物です」

「承知致しました」

場所さえ告げればあとは半林に任せれば問題ない。久嶋は走り出した車内で早速、箱を開けてケーキを取り出した。まだ箱にケーキが残っているのを思い出して取りに行っていたとは、久嶋も子供っぽいところがあるものだと、音喜多は苦笑する。

彼が見ているのに気付いた久嶋は、少し神妙な顔になって聞いた。

「…食べたいんですか？」

「いや。俺は甘いものが好きじゃないって知ってるだろう」

「でも…お腹が空いたのかなと」

「腹が減ったら尚更、甘いものは避けたい」

気持ちが悪くなりそうだと言い、顔を顰める音喜多に、久嶋は首を傾げる。逆に音喜多を理解出来ないという顔付きで摑《つか》んでいたオペラに囓《かじ》りつき、もぐもぐと勢いよく食べて、更にもう一つケーキを取り出した。それも食べ終えてしまう頃、目的地に着いた。

都営大江戸線牛込《うしごめ》神楽坂の駅からほどなくの場所に建つ雑居ビルは、八階建ての古いものだった。角地にあり、一階部分はシャッターが閉められ、テナント募集と書かれた広告が貼られている。シャッターのある西側から角を曲がって回り込むと、建物内へ入れる出入り口があった。

ガラスが嵌め込まれたドアは手動の開き戸で、鍵はかかっておらず、誰でも出入り出来るようになっている。ドアを開けると人がすれ違えるかどうかという狭い廊下が奥へ続いており、突き当たりにエレヴェーターがあった。階段の類《たぐ》いは近くになく、きょろきょろと辺りを見回している久嶋に代わって、音喜多がボタンを押す。

「教授。八階まで行くんだろ？」

「はい。屋上へはそこから階段を使うのだと岡さんが言ってました」

エレヴェーターは近くにいたらしく、すぐにドアが開いた。二人で乗り込むとほぼいっぱいになってしまうほど、小さなものだ。定員は五名と書いてあるが、ぎゅうぎゅう詰めにならないと無理だろう。

「…カメラはありませんね」

「かなり古いもののようだし、設置するのも難しいんじゃないか」

音喜多の意見に頷き、久嶋は出入り口からエレヴェーターに乗るまでの間の廊下にも防犯カメラはなかったと告げる。

「こんな昼間でも人気はありませんし、夜中であれば尚更、目撃者も見つからないでしょうね」

「だろうな」

そういうビルだからこそ、自殺を考える人間には適しているのではないか。音喜多がそんな意見を吐くと、久嶋はちらりと彼を見た。物言いたげな視線に感じられ、音喜多がどきりとするのと同時に、八階に着いたエレヴェーターのドアが開く。

一階と同じような細い廊下の先にドアがあり、「関係者以外立ち入り禁止」という注意書きが申し訳程度に書かれていた。久嶋はそれを開け、目の前にある階段を使って屋上に上がる。磨《す》りガラスが上部に嵌め込まれたアルミ製のドアを開けると、屋上に出る。

「…屋上に出てすぐに緑色の鞄が見えたと、岡さんは言ってましたね」

「ああ」

あの辺りでしょうか。久嶋は呟き、真っ直ぐに歩いて行く。屋上はビルの敷地面積の三分の一ほどの広さがあり、給水施設がその半分ほどを占めていた。久嶋が歩いて行った先は西側の道路に向かって開けた場所で、一メートルほどの高さがある転落防止の柵《さく》が設けられていた。

久嶋がそれを摑んで下を覗き込むのを見て、音喜多は慌てて止める。

「教授。危ないからよせ」

「…これを乗り越えて…飛び降りたわけですね…。この程度の高さなら女性でも楽に乗り越えられますよね？」

「だろうな」

「…防犯カメラのないビルを選んで入り、エレヴェーターで八階まで上がり、更に階段で屋上まで出る…。そこに鞄を置いて……一段上がって、柵を乗り越えて……飛び降りる。……覚悟がないと出来ませんね」

「そりゃそうだろう。自殺だぞ」

「発作的なものではない、ということです。電車に飛び込んだり、自宅で手首を切ったりというのは、急な衝動に駆られても出来ますが、この行動には計画性が必要です」

「…前からここで死のうと考えてたってことか？」

眉を顰めて確認する音喜多に答えず、久嶋は柵から手を離して、屋上を一通り歩き回って確認した。それから、「行きましょう」と音喜多に声をかけて、八階へ戻る。エレヴェーターで一階まで下りると、久嶋は寺内が参加していた飲み会が開かれた居酒屋へ寄って行くと言った。

「歩いて行きたいので、半林さんに伝えて貰えますか」

久嶋のリクエストに応え、音喜多は半林に連絡を取って居酒屋へ車を回すよう、指示を出す。歩き出した久嶋の背中に、場所は分かっているのかと聞いた。

「捜査資料にあった住所は覚えています」

「こっちで合ってるのか？」

「それは…」

音喜多に聞かれた久嶋はスマホを取り出し、現在位置を地図アプリで確認する。しかし、重度の方向音痴である久嶋が神妙な顔で沈黙するのを見て、音喜多は居酒屋の住所を教えるよう求めた。

スマホでの場所を調べた音喜多は久嶋を促して歩き始める。ありがとうございますと礼を言う久嶋に、前々から聞いてみたかった問いを向けた。

「教授はどうしてＦＢＩなんかに関わってたんだ？　俺には向いてないように思えるんだが…」

「犯罪心理学は僕のライフワークですから。実際の犯罪者に関わるＦＢＩの仕事は僕にとって非常に有益です」

「……」

久嶋の答えに対し、幾つかの疑問が浮かんだが、口にするべきではないように感じ、音喜多は「なるほど」と相槌を打つだけにした。そもそも、どうして久嶋は犯罪者に興味を持ったのか。きっかけを知りたい気もするが、久嶋が有益だと言うＦＢＩの仕事だけでなく、アメリカからも離れた経緯について、気が重くなるような話を聞いてしまっている。

汐月からの情報が真実なのかどうか、音喜多は久嶋本人に確認出来ないままでいる。確認など必要ないと、久嶋を抱く度《たび》に思わされるせいもある。いつか…久嶋が自らの口で話してくれる日が来るのを願うしか音喜多には出来ない。

久嶋と自分を結ぶ信頼という名の糸がいつか太くなって、彼が全てを打ち明けてくれる時が本当に来るのだろうか。それが一体いつになるのか、想像もつかなくて窓の外を眺めていると、小さく笑う気配を感じた。隣を見れば、久嶋が仕方なさそうな笑みを浮かべて見ていた。

「音喜多さんは優しいですね」

「……。どういう意味に取ればいい？」

神妙な顔付きで尋ねる音喜多に答えず、久嶋は前方を指さして、あれじゃないですかと告げる。居酒屋の店名が入った看板を見て、音喜多は「近いな」と呟いた。

「徒歩五分と聞いてましたが、…ここまで三分くらいです」

「店の前で皆と別れて……あのビルまで一人で歩いて行ったのか」

「何か理由があって遠回りでもしない限り、今歩いて来た道を使ったと考えるべきですね。井口くんは飲み会が終わったのは十時頃だと話していました。通報があったのは十一時十二分。第一発見者は寺内さんが落ちた音を聞いてすぐに通報していますから、発見までに時間がかかったとは考えられません」

「一時間くらい誤差があるってことか？」

「寺内さんは屋上で悩んでいたのかもしれませんが…」

確認するべきですね…と言い、久嶋は音喜多に神楽坂署の岡に連絡を取るように求めた。頼みたいことがあると言う久嶋の顔に笑みはなく、困ったような表情でいるのを気にかけつつ、音喜多は手にしていたスマホで電話をかけた。


久嶋はその場から岡に幾つかの頼みごとをした後、迎えに来た半林の運転する車で音喜多と共に大学へ戻った。その途中、今更ながらな問いを音喜多に向けた。

「そう言えば…音喜多さん。今日は仕事に行かなくてもいいんですか？」

「それは…どっちでもいいんだが、…俺が何をしに来たのかは、話したよな？」

マンションの建設予定候補地が見つかり、久嶋に現地を見て欲しくて研究室を訪ねたのだが、思ってもいなかった邪魔が入り、果たせていない。意見を聞きたいと音喜多が話していたのを、久嶋はもちろん覚えていて頷いた。

「だったら、寄って行きませんか？　岡さんの返事が来るまで動けませんから」

「……」

ついで扱いされるのは気に入らなかったが、問題の片が付くのを待っていたら、日が暮れる…どころでは済まないかもしれない。音喜多は渋々了承し、半林に行き先の変更を告げる。揚羽大学の近辺で探した土地だから、戻る途中に寄ることは容易で、間もなくして車は病院の前に停まった。

音喜多は半林に、病院から大学までは歩くと伝えて車を帰らせる。路上に降り立った久嶋は、ケーキの箱を抱えて辺りを不思議そうに見回した。

「マンションが建てられそうな土地なんか何処にもないように見えますが…」

「この病院を取り壊すんだ。跡取りがいなくて廃業するらしい」

「そうなんですか…」

頷く久嶋に、音喜多はスマホの地図アプリで敷地の広さを確認させた。東南の角に位置しており、一部公道は狭いが、使い勝手が悪いほどではない。周辺の環境もそれなりにいいし、何より、大学に近い場所でこれほどの広さの土地はなかなかない。

音喜多の話を聞いていた久嶋は、スマホから顔を上げて、左右を確認した。それから、左方を向いて、曲がり角に建つ和菓子店を指さした。

「あの店はどうなるんですか？」

「……」

それは音喜多も気になり、部下である長根にも確認した。一緒に買収するつもりだという、長根の答えをそのまま返すと、久嶋は痛い質問を向けて来る。

「あそこも廃業する予定なんですか？」

「……。いや、分からないが…」

「まさか、強引に買収しようと？」

「……強引にとは思っていない。話し合いの場を設けて、紳士的に対応するつもりだ。店が移転して営業を続けたいと言うなら、今の売り上げを保てるような環境を用意するつもりだし…」

「移転するつもりはないと言われたらどうするつもりなんですか？」

音喜多にとっては答えようのない問いかけで、渋い表情になって口を噤《つぐ》む。すると、久嶋は抱えていたケーキの箱を音喜多に預け、和菓子店へ向かってすたすたと歩き始めた。

「おい！　教授！」

何をするつもりなのかと尋ねる音喜多の声を無視し、足早に和菓子店に近づいた久嶋は、そのまま店へ入って行った。まさか立ち退《の》くつもりはあるか、確かめに行ったのではあるまいなと、音喜多は慌てて後を追いかける。

しかし、ケーキの箱を抱えたまま、和菓子店に入ることも躊躇われ、ガラスの引き戸越しに店内を覗くしか出来なかった。久嶋は初老の女店員と話しながら幾つかの和菓子を買い求めているようで、会計を済ませ、渡された包みを大事そうに持って出て来た。

「教授……」

「美味しそうな豆大福《まめだいふく》を売っていたので買って来ました。音喜多さん、和菓子も嫌いですか？」

「……」

久嶋がどういうつもりなのかは読めず、音喜多は渋面《じゅうめん》のままで頷く。和菓子だろうが洋菓子だろうが、甘い物全般が苦手なのだ。久嶋は残念そうに「そうですか」と言い、大学へ向かって歩き始める。その背中を見ながら後に続いた音喜多は、折角の出物だが諦めた方がよさそうだと思い、小さな溜め息を零した。

ケーキの箱を音喜多に持たせ、自身は豆大福の包みが入ったビニール袋を手に大学へ戻った久嶋は、真っ直ぐ池谷の部屋へ入った。デスクで仕事中だった池谷に「ただいま戻りました」と挨拶して、ソファに座る。

「お帰りなさい。どうでした？」

「現場と飲み会が開かれたという店を見て来ました。神楽坂署の岡さんに確認して貰っていることがあるので、その返事待ちです。池谷さん、豆大福を食べますか？」

「いいですね。頂きます」

池谷は嬉しそうにお茶を入れると言って立ち上がる。音喜多は久嶋の代わりに運んで来た箱を池谷に渡して腕時計で時間を確認した。久嶋に建設候補地を見せたことで目的は達せられた。本当はすぐにでも長根に連絡を取るべきところなのだが…。

「音喜多さんの用は済みましたよね？　仕事に行かなくてもいいんですか？」

時間を気にする仕草を見た久嶋が迷いを読んだように聞いて来るのに答えられず、音喜多は彼の隣に腰掛ける。ここまで関わって、結末を見ずに帰るというのは蛇《へび》の生殺しみたいなものだ。ただ、いつまでも待っているわけにもいかないのは事実で、どう考えているのか、久嶋に意見を聞いた。

「教授は自殺か…そうでないか、分かったのか？」

「はい」

久嶋が即答するのを聞き、池谷が「えっ」と声を上げる。ポットから急須《きゅうす》に湯を注いでいた手を止め、久嶋の方を振り返ってどちらなのかと聞いた。久嶋は困ったような笑みを浮かべ、岡の返事が来てから話すと答える。

「けど、自殺でないとしたら、犯人がいることになるんじゃ…」

「ですね」

「もしかして…先生。その見当もついてるんですか？」

驚き顔で尋ねる池谷に、久嶋は頷きながら、サイドテーブルの上に置いていた豆大福の包みを開けた。レトロなデザインの包み紙の中には、豆大福が十個入っていた。大振りなものではないが、ずっしりとあんこが入っていそうな代物《しろもの》を見て、音喜多は眉を顰める。

「まさか…教授。それも全部食べるつもりか？」

「これは池谷さんと一緒に。大福というのは結構、腹持ちがするんです」

「だろうな」

一人で全部食べるつもりだと言われずにほっとしたものの、池谷と半分にするとしても一人五個になる。それでも十分に恐ろしいと思う音喜多が眉を顰めると、スマホに着信が入った。長根が痺《しび》れを切らして催促の電話をかけて来たのかと思ったが、相手は岡で、音喜多は豆大福を摑んだ久嶋に合図しながら電話に出た。

「教授。岡さんだ」

「…お電話代わりました。…はい……そうですか」

右手に豆大福を持ち、左手で受け取ったスマホを耳につけた久嶋は、それとなく立ち上がり席を外す。音喜多と池谷から離れた場所で岡と話をしていた久嶋は、間もなくして戻って来ると、スマホを音喜多に返した。

それから豆大福を美味しそうに頬張り、もぐもぐと食べてしまってから、不思議そうに見ている池谷に、井口を呼び出して欲しいと頼んだ。

「井口くんって…相談に来た彼ですか？」

「はい。答えが出ましたので」

何がどういう形で答えに繋がったのか、池谷も音喜多も想像がつかず、首を捻《ひね》る。不思議そうな二人をよそに、緑茶を飲んだ久嶋は、しみじみとした口調で和菓子に合うと呟いた。


学内にいた井口は池谷の電話から二十分ほどで現れた。相談したその日の内に呼び出されるとは思っていなかったのだろう。驚いた顔でやって来た井口には戸惑いも見られた。

「あの……もう何か分かったんですか？」

「座って下さい。豆大福を食べますか？」

池谷が用意していた丸椅子に腰掛けるように勧め、ついでに豆大福を食べるかと聞く久嶋に、井口は小さく首を振って遠慮した。緊張した様子で椅子に腰掛け、ソファに座っている久嶋を見る。久嶋は豆大福の包みを池谷に渡し、湯飲みのお茶を一口飲んでから、「さて」と切り出した。

「井口くんの望みは、僕の意見を聞きたい、というものでしたよね？」

「はい…」

「では、結論から。僕は寺内沙世さんは自殺したのではなくて、殺されたのだと思います」

殺されたのだとはっきり断言する久嶋を、井口だけでなく、音喜多も池谷も驚いて見た。誰に？という疑問が全員の顔に浮かんでいる。久嶋は組んだ脚《あし》の膝頭に手をかけ、結論に至るまでの自分の考えを冷静な口調で説明し始めた。

「まず、警察がどうして寺内さんの一件を自殺と判断したかですが、捜査に当たった担当者の話を聞いたところ、特定の判断材料があったわけではなく、他殺とするべき要因がなかったから、でした。不審点はもちろんあります。遺書はなく、寺内さんが自殺するような兆候も見られませんでした。しかし、それだけで殺害されたとして捜査を始めるほど、警察に余裕はありません。それに自殺者の多くが遺書を残さず、周囲にとっては突発的な亡くなり方をするという、統計的な事実もあります。警察が自殺として処理したのもやむを得なかったと思われます」

「自殺者は多いと聞きますしね」

「ええ。日本における自殺者は増加傾向にあり、年間三万人以上に及んでいます。対して、殺害されて命を落とす人は減少傾向にあり、数的には大きな開きがあります。寺内さんが飛び降りたと思われるビルの屋上には彼女の鞄が置かれており、他に不審物はありませんでした。不審者がいたという目撃情報もありません。家族や友人たちが『自殺するほど悩んでいたようには見えなかった』というような証言をしたくらいでは、判断はひっくり返りません。警察は寺内さんの自宅やスマホも調べましたが、そこでも他殺を疑わせるような事実は発見されなかったことも影響しました。…だから、あなたが相談に来なければ、このまま寺内さんは自殺したとして、話は終わっていたのだと思います」

「……」

井口を真っ直ぐに見つめて言う久嶋の表情は真剣なもので、笑みはなかった。じっと見つめられた井口は戸惑いを浮かべて、微かに眉を顰める。久嶋はそんな井口からふっと視線を外して、「寺内さんが」と続ける。

「自殺したにせよ、殺害されたにせよ、彼女と親しい間柄にあった人間が関係していると考えました。ビルから飛び降りたという行動の特性上、無差別的な犯行の被害に遭《あ》ったというのは考えにくいからです。そこで寺内さんと親しくしていた…武井さんと中本さんに話を聞いてみました。武井さんと中本さんをご存じですよね？」

「…はい」

「安心して下さい。二人の前であなたの名前は出していません。寺内さんは進路などについて悩んではいなかったと言うので、交際関係について聞いてみたところ、武井さんは誰ともつき合っていなかったと答えました。しかし、中本さんの方は違って…寺内さんがある男性とつき合っていたのを知っていました」

久嶋が「ある男性」と言うのは准教授の重松である。彼が具体的に名前を口にしないのは、井口が同じゼミに所属する学生であることを考慮しているからなのだろうと、音喜多と池谷は考えていた。久嶋は「ある男性」とした重松にも話を聞いたのだと言った。

「寺内さんはその男性と半年前に別れているのと、彼女の方から別れを切り出したので、自殺の原因だとは考えられないというのが中本さんの意見でしたが、その男性はある理由を挙げて、中本さんと同じように寺内さんが自殺したとは考えられないと話しました」

「ある…理由ですか…？」

「ええ。あなたは寺内さんと水族館に行く約束をしていたから、自殺だとは思えないと言いましたね？」

「はい…」

「同じようなことを、武井さんと中本さんも話していました。彼女たちは温泉に行こうと約束していたそうです。そういう先の約束をしていたのだから、自殺するなんてあり得ない…という考えは、一見理《り》にかなっているようでも、実はあやふやなものです。寺内さん自身が、どのような心持ちで話していたか、本当のところは本人にしか分からないからです。もしかすると、その場の雰囲気を壊したくなくて、話を合わせていたのかもしれない」

「いや…そんなことは…」

「否定しようと思っているわけではないんです。ただ…旅行の約束よりも、その男性の話は説得力のあるものでした。寺内さんがつき合っていた相手は既婚者だったのですが、離婚するという話が進んでおり、離婚したら再度つき合ってくれないかと寺内さんに申し込んでいたのです。半年前に別れた時は、既婚者であることがネックとなっていたのでしょう。寺内さんは考えてもいいと彼に答えたそうです。それが…飛び降りて亡くなる三日前のことです。ですから、出張先で自殺したという連絡を受けた彼は、信じられなかったと言うのです」

　これで更に「自殺ではない」可能性が高まったと久嶋は言い、テーブルの湯飲みに手を伸ばして緑茶を一口飲んだ。

「では、寺内さんが何者かに殺害されたとして、一体、誰に殺されたのか。自殺するつもりのなかった寺内さんは、どうしてあのビルの屋上に行ったのか。現場を見て来ましたが、古い建物でセキュリティは緩く、誰でも屋上まで上がれるようになっていました。しかも、エレヴェーター内にさえ、防犯カメラがありませんでした。もしも、ビル内に防犯カメラがあれば、自殺と考えていたとしても、警察は一応、確認していたと思います。しかし、状況から自殺と判断し、ビルの外にまで捜査の範囲を広げたりしなかった」

「外にはあったのか？」

久嶋と共に現場を訪れた音喜多は、彼がビル内の防犯カメラの有無を確認していたのは知っているが、外にまで目を向けていたかどうかは分かっていなかった。訝しげに聞く音喜多に頷き、久嶋はビルから居酒屋までの道程を思い出して欲しいと言う。

「コンビニもありましたし、防犯カメラを設置しているビルも幾つかありました。なので、岡さんに頼んで事件当日の映像を探して貰ったんです。彼は午前中に僕たちが訪ねた後、すぐに防犯カメラの確認を行ってくれていたので、話が早く進みました。何分《なにぶん》、八月の出来事なので、残念ながら映像を保管していた先は一軒しか見つからなかったそうですが、ビルへ向かうと思《おぼ》しき寺内さんと、…その後を追うようにして歩く男性の姿が確認出来ました」

ただ…その映像は顔を判別出来るようなものではなかったと、久嶋は残念そうにつけ加える。

「それでも、これで寺内さんは屋上に一人でいたのではなく、何者かと一緒にいたという推測が得られました。…そして、もう一つ。屋上に残されていた寺内さんの鞄から発見された彼女のスマホには、不審な点があったのです。交際を再開しようとしていた男性とのやりとりが、全て失われていたんです。寺内さんにとって、既婚者である男性との交際は、かつては隠すべきものだったかもしれませんが、離婚に向けて話が進んでいた当時は違っていたでしょう。寺内さんが自ら消したとは思い難い。では、誰が？」

「…犯人か」

音喜多の呟きに、久嶋は重々しく頷く。

「岡さんに確認して貰いましたが、寺内さんのスマホから消されていたのは、その交際相手に関するデータだけだったそうです。では、次に…犯人はどうしてそんな真似《まね》をしたのか」

「嫉妬」

「冴えてますね、音喜多さん」

褒めるような口調でも、久嶋の顔に笑みはない。その事実を音喜多は重く捉えていた。普段、久嶋は笑みを絶やさない。久嶋が機嫌を悪くしたり、怒ったりすることはなく、困っている時でも何となく笑みを湛《たた》えている。そう知っているだけに、音喜多は厭な予感を抱き始めていた。

久嶋が真剣な表情のままで話しているのは…。彼の視線の先には、緊張した井口の顔がある。もしかしてとまさかという考えが同時に浮かび、怪訝な思いでいる音喜多の前で、久嶋は静かな声で井口に話しかける。

「分からないんです」

「……」

「どうしてあなたは僕のところに来たんですか？」

久嶋に「どうして」と聞かれた井口は、しばし放心したような顔付きで彼を見つめた後、大きく息を吐き出した。それから両手で顔を覆って俯く。表情を隠したまま、井口はくぐもった声で久嶋に問い返した。

「…想像はついてるんじゃないんですか…？」

「はい」

久嶋は頷き、小さく息を吐く。

「では、僕の想像を話します。…あなたは寺内さんのことが好きだった。恋愛関係にあったのかどうかは…材料が少なくて判断がつきかねますので、ここでは省きます。あなたは寺内さんがかつて交際していた相手とよりを戻すつもりだと知り、…殺意を抱いた」

久嶋が「殺意」という言葉を口にすると、池谷が「えっ」と声を上げる。音喜多に視線で注意された池谷は神妙な面持《おもも》ちになって慌てて口を閉じた。

「あの日…飲み会の後、何らかの口実を使って寺内さんをあの屋上へ呼び出した。屋上には柵があり、それを越えなくては飛び降りることは出来ません。無理に突き落としたのだとすれば、寺内さんの遺体に防御創《ぼうぎょそう》や痣《あざ》などが残ったはずですが、司法解剖の結果を見る限りでは見当たりませんでした。…ですから、あなたは自分が飛び降りると言って、寺内さんに止めさせようとしたんだと思うんです。あなたの方が先に柵を越え、飛び降りると言って寺内さんを不安にさせた。寺内さんが慌てて鞄を置き、柵を越えて止めようとしたところを…あなたは逆に突き落とした」

「……」

「その後、寺内さんの鞄に入っていたスマホを操作し、メールや通話の履歴を消した。音喜多さんの言ったように、嫉妬に駆られたのだとは思いますが、もう一つ、他殺事件としての捜査が行われた際に、交際相手に疑惑が向くようにと考えた上での行動だった可能性もあると…」

「違う」

久嶋の言葉を遮った井口の声は、やっと絞り出したというような、掠《かす》れたものだった。顔を覆い、俯いたままだった井口は、鈍重《どんじゅう》な動きで両手を下げ、大きく息を吐いた。

「そんなことまで…考えてなかった…。ただ……厭だったんだ…」

苦しげに真意を吐き出し、井口は顔を上げて久嶋を見た。真っ直ぐに自分を見つめている久嶋に、哀しげな表情で問いかける。

「…どうしてなのか…は、分かりますか?」

「……。自分の存在がなかったことになってしまうようで…厭だったのではないですか?」

井口を見返したまま久嶋が答えると、彼は全身で大きく息を吐いた。はあ…という声ともつかない音が室内に響く。井口は緩く頭を振り、唇の端を小さく歪《ゆが》めた。その表情は見る者を辛くさせるような、痛々しさに満ちていた。

「すごい…ですね…。俺の気持ちまで…分かってしまうなんて…」

笑おうとしても、頬が引きつってうまくいかないらしく、諦めて俯く。しばし沈黙した後、井口は堰《せき》を切ったように話し始めた。

「俺は…寺内さんのことが…ずっと好きで…、重松さんとつき合っていた時も…好きで…、別れたと聞いた後につき合って欲しいって頼んだんです。重松さんと別れて寂しかったからか、彼女はOKしてくれて…でも、ゼミの中では絶対にバレたくないと言われました。俺は彼女みたいに優秀じゃないし、地味だし…仕方ないと思って、だから…誰にも知られないようにしてました。…それでもいいって…思ってたんだけど…、重松さんが離婚するらしいって話を聞いてから…不安になって…。彼女が皆に内緒《ないしょ》にしたいって、頑《かたく》なに言ってたのは、いつか重松さんと復縁したいって思ってたからじゃないかって…」

「…自分の疑いが当たっているって…分かるようなことがあったのか？」

音喜多が問いかけるのに、井口は力無く頭を動かす。

「スマホを…見たんです。彼女は重松さんと別れてから、個人的なやりとりは一切してないって言ってたのに……違ってました…。重松さんが…奥さんと別れるつもりで…もう一度会いたいっていうようなメールをして来ていたのに…答えていて…。あの日の…三日前。彼女の後を尾《つ》けて、重松さんと会っているのを見た時……俺は…もう、必要なくなるんだと…思って…。それだけじゃなくて、もしも二人が復縁したら…間近でそれを見ていなきゃいけないんだと思ったら…」

耐え切れなくなったと、井口は告白し、あとは久嶋の読み通りだと認めた。大事な話がしたいと言い、あのビルの屋上へ呼び出し、自殺すると言って寺内を動揺させた。助けようとする彼女を突き落とし、スマホから重松とのやりとりを消して、その場を立ち去った。

ただ、捕まる覚悟は出来ていたのだと、井口は疲れた表情でつけ加えた。

「いつか…警察が逮捕しに来ると思ってたのに…、来なかったんです…。彼女が自殺するような人じゃないってゼミの皆も知ってたはずなのに、自殺したってことで終わってしまって…。どうしたらいいか分からなくなりました」

「でも…どうして教授のところに？　警察に自首すればよかったんじゃないか？」

困った顔で尋ねる池谷に、井口は小さく息を吐いてそうした方がいいのは分かっていても、出来なかったのだと告白する。

「…うまく説明出来るかどうか分からなくて…、怖かったんです。でも、先週…久嶋教授が学内で講演会を行うというポスターを見て……。もしかしたら…分かってくれるかもしれないと思って…」

「それで教授に相談に来たのか」

なるほど…と頷き、音喜多は隣に座る久嶋を見る。久嶋の表情は厳しいままで、笑みはなかった。久嶋は変わっているが、優しい。だから、正直に罪を告白した井口に対し、労《ねぎら》いのような言葉をかけるのではないかと考えていた音喜多は、自分の認識が間違っていたことを知らされる。

「誤解しないで欲しいんですが、僕はあなたのことを『分かった』わけではありません。この場合の『分かった』というのは、理解し、同情するという意味の『分かった』です。あなたは殺人という罪を犯した犯罪者です。どんな理由があったにせよ、あなたが寺内沙世さんという人の未来を奪ったことに変わりはありません」

「……」

淡々と述べられる厳しい事実に、井口は顔色を失う。井口もまた、久嶋の嫋《たお》やかな外見や柔らかな物言いから、音喜多と同じような勘違いをしていた。痛烈な言葉を投げかける久嶋に驚く音喜多と池谷を全く気にかけていない様子で、彼は更に続けた。

「他者を傷つけ、命を奪うような行為は許されないものなんです。あなたが罪を償《つぐな》い、元の生活に戻ったとしても、その事実は変わらないのだと、覚えておいて下さい」

「教授…」

久嶋の言葉は正しかったが、まだ若く、これから裁きを待つ井口にとっては、重過ぎる内容だった。

彼がひどく動揺しているのを見て、音喜多は久嶋を窘めようとしたが、それより早く久嶋は立ち上がる。足早に部屋を出て行ったかと思うと、神楽坂署の岡と他の捜査員たちを伴って戻って来た。

「井口了輔《りょうすけ》だな。署で話を聞くから」

連行を求める岡を、井口は信じられないという顔で見た。しかし、逆らうことはなく、捜査員に促されるまま立ち上がって、両脇を挟まれるようにして部屋を出て行った。最後に残った岡は、ソファに座り直した久嶋に礼を言う。

「ご協力ありがとうございました。また、お話を聞かせて頂くかもしれませんが、その際はよろしくお願いします」

「分かりました」

短く返事をする久嶋に深く頭を下げ、音喜多と池谷にも目礼して、岡は出て行った。ドアの閉まる音が聞こえると、音喜多が「はあ」と溜め息を吐く。

「いつの間に刑事を呼んでたんだ？」

「岡さんから報告を受けた時に、来て下さいと頼んだんです。彼が自白するのは分かっていましたから」

「でも…自首を勧めてもよかったんじゃないでしょうか。自首した方が罪が軽くなると…」

「他者に促された自首に意味はありません」

井口に同情する池谷をきっぱり切り捨て、久嶋は立ち上がって机の上に置かれていたケーキの箱を開ける。しかし、中を見て諦めたようにすぐ蓋を閉めた。もう全部食べてしまっていたのかと音喜多は呆れつつ、代わりに大福の包みを手にする久嶋に、「大丈夫か？」と聞いた。

見る。

「……。いや」

不思議そうに聞いた久嶋は音喜多が発言を撤回するのを見て、大福の包みを手にしたまま、池谷を
「何がですか？」

「僕は部屋に戻ります。明日の資料だけ、よろしくお願いします」

「あ、はい。分かりました」

すたすたと部屋を出て行く久嶋はいつも通りに見えたが、少なからず、彼が何かしらの影響を受けていることは確かなようだった。だが、親しい間柄にある音喜多にも池谷にも、どういう言葉をかけ、態度を取るべきかは迷うところだった。池谷はほぼ毎日、久嶋と顔を合わせている。音喜多は久嶋と特別な関係を結んでいる。それでも、久嶋との間にある距離は、日々を重ねても縮まってはいないと、感じていた。

「…俺も行くよ。池谷さんも振り回されて大変だったな」

「いえ、僕は大したことしてませんから…。音喜多さん、先生のところに寄りますか？」

「挨拶はして行くが…どうして？」

「ケーキを」

机の上に残っている箱を持って行って欲しいと言う池谷に、音喜多は微かに眉を顰める。

「空なんじゃないか？　さっき、蓋をすぐに閉めてただろう」

「ああ、それで…」

音喜多の指摘に頷きながら、池谷は箱の蓋を開けて中身を確認した。すると、箱は空ではなく、ケ

ーキが一つだけ残っていた。それを音喜多に伝えようとした池谷は、箱に書かれた伝言を見つけ、「あ」と声を上げる。

「…これは…先生の字ですが…、僕宛に書かれたんでしょうか」

「Please eat…。池谷さんに食えってことじゃないか？」

「僕の好物ではあるんですけど…」

箱の中に一つだけ残っていたのはピーカンナッツタルトで、池谷が食べたがっていたケーキだった。戸惑い顔の池谷に、音喜多は苦笑して貰っておけばいいと進言する。

「教授には豆大福がある」

「…そうですね。では、頂くことにします。…先生はとんちんかんなところも多いですが……優しい方なんです。本当は」

「……」

池谷が抱いている違和感は音喜多も覚えているもので、小さく息を吐いて頷く。久嶋が井口に対し、あそこまで厳しい態度を取るとは、二人ともが思ってもいなかった。久嶋の意外な一面を見た気分だったが、本当はあれが久嶋の本当の顔かもしれないという思いもある。いつも笑みを浮かべている久嶋は…何かから、自分を守っているのかもしれない。

池谷の部屋を後にした音喜多は、斜め向かいにある久嶋の部屋に立ち寄った。池谷の部屋とは大違いなカオスルームに立ち入り、本に挟まれた獣道《けものみち》を通って奥へ向かう。久嶋は窓際にある自分のデスクで、本を読んでいた。久嶋は読書に熱中すると、周囲が見えなくなる。しかし、いつもと少し様子が違っている気がした。

机に置いた左手の薬指が、規則的に動いている。リズムを取っているような動きは、自分の感情を閉じ込める儀式のように見えた。

「……。池谷さんが喜んでたぞ。なんとかナッツのタルト。彼の好物だから残してたのか？」

「ピーカンナッツです。ナッツに含まれるトリプトファンはセロトニンを生成しますから。池谷さんには必要です」

「セロトニン？」

「脳に幸福感を与える物質です」

それが池谷に必要だということは…彼が不幸だと、久嶋は考えているのだろうか。その辺りの話を聞きたかったが、それよりも…と思い、音喜多は久嶋に「教授は？」と聞いた。

音喜多の問いかけがどういう意味を持つのか気になったのだろう。久嶋は文字を追っていた目を音喜多に向ける。自分を見た久嶋に、音喜多は仕方なさそうな笑みを浮かべて、教授にはセロトニンとやらは必要ないのかと尋ねた。

「……。僕はともかく、音喜多さんは特に必要なさそうですね」

「俺の幸福はもっと単純なところにあるからな」

にやりと笑い、音喜多は机を回って久嶋が座っている椅子に近づく。椅子の背に手をかけ、身を屈めて久嶋に口付けると、彼の耳元に唇を寄せて囁《ささや》いた。

「今日はもう帰ろう」

「…まだ四時ですよ」

「池谷さんが何とかしてくれる」

甘い声で言い、音喜多は久嶋の唇を奪う。俺を幸福にしてくれ。そんな言葉に久嶋は苦笑し、音喜多の手に促されるままに椅子から立ち上がった。


「音喜多さんは甘いですね」

「甘い？　優しいってことか？」

「それもありますけど…」

綺麗《きれい》なカーブを描く久嶋の唇を奪い、音喜多は口内に隠れている快楽を見つける為に、熱心に舌を動かす。深い場所まで探りながら、久嶋のシャツを脱がせてしまうと、裸になった上半身をベッドの上へ押し倒した。

「ん…」

久嶋が鼻を小さく鳴らしたのに気付き、音喜多はキスをやめる。自分の唾液《だえき》で濡れた久嶋の唇を軽く舌で舐めてから、額《ひたい》を覆っている長い前髪を掻《か》き上げる。額の左側に残っている傷痕《きずあと》に、それを消してしまいたいという願いを抱きながら、恭《うやうや》しく口付けた。

「……教授」

「何ですか？」

もしかすると…。そんな思いを抱いて尋ねようとしたのだが、ベッドの中でするには無粋《ぶすい》な質問だと思い、音喜多は先を続けなかった。代わりにキスを顔中に降らせ、首筋から鎖骨《さこつ》へと順番に愛していく。細い久嶋の腰を掴み、自分の昂《たかぶ》りを見せつけるように密着させると、久嶋が小さく息を漏らす音が聞こえた。

微かな気配でも吐息《といき》に含まれる響きは甘く、久嶋が昂揚《こうよう》して来ているのを伝える。音喜多は薄い胸に唇を這《は》わせると、小さな突起に舌先を当てた。

「…っ…」

くすぐったいのか、久嶋が身体を竦ませる。反射的に逃げようとする身体を押さえ、下衣のボタンを外してファスナーを下ろす。衣類の中へ手を忍ばせ、下着の上から形を確認するように掌《てのひら》で包むと、久嶋が息を呑む音が耳に届く。

「ふ…っ…」

唇で胸の印《しるし》を愛撫《あいぶ》し、吸い上げてやると、反応してぷっくり勃《た》ち上がる。舌先で転がすようにして愛撫し、軽く歯を立てる。胸に与えられる物理的な刺激は久嶋の身体を否応《いやおう》なく熱くし、音喜多の掌にもその反応が伝わっていた。

「…ん……っ…、お…ときた…さん…」

途切れがちに名前を呼ぶ久嶋の声は、普段のものと違っている。掠《かす》れた声はひどく色っぽくて、音喜多を夢中にさせる。ぎこちなく動いた久嶋の手が髪を掴んで来るのも構わず、音喜多は行為を続けた。

久嶋の理性を失くしてしまう為に。彼が何も考えず、快楽だけに浸《ひた》っていられるように。

「…ふ…うっ…」

両方の胸の突起が硬くなる頃には、下着越しにも久嶋自身が形を変えていることは明白になっていた。音喜多は両方の胸を舌と指先で愛撫しながら、久嶋の下衣と下着を脱がせる。一糸まとわぬ姿になった彼の細い脚を摑んで開かせると、その間に顔を埋めた。

「あ…」

一瞬、高い声を上げた久嶋は、すぐに後悔したように息を吸う。声音《こわね》に混じる甘さや媚《こ》びた響きが、自分に相応《ふさわ》しくないと思っているから…というのではなく、久嶋が心の底で抱えている恐怖が影響しているのは分かっていた。

だからこそ、音喜多は久嶋を夢中にさせたかった。物理的な快楽だけ追って欲しいと、無理な願いを抱きながら、久嶋のものを口に含んで愛撫する。

「…っ……ん……っ」

音喜多の口淫《こういん》は優しく、大胆に久嶋を翻弄《ほんろう》する。舌で全体を舐め上げるのも、唇を使って扱《しご》くのも、堪《たま》らない刺激を久嶋に与える。事実、久嶋自身はそれに反応して、硬さを増していく。

反り返った先から溢《あふ》れ出す液を、音喜多は余すところなく唇で吸い上げる。いやらしい仕草にさえ身体は昂って、下腹部が小刻みに揺れる。

「は…っ…あ…」

久嶋の息遣いを聞きながら、音喜多は屹立《きつりつ》したものから後ろへと舌を移動させていった。腿《もも》を持ち上げて開かせて秘所に舌先を押し当てると、きゅっと動いて誘うような動きをする。音喜多は慎重に久嶋の反応を窺いながら舌の動きを大胆にしていく。

拒もうとする身体を勃起したものを愛撫することで宥《なだ》め、孔《あな》の周囲を丹念に舐めて柔らかくする。久嶋の体内で少しずつ増えていく快楽が、理性を凌駕《りょうが》し始める。ひくひくと蠢《うごめ》く孔に誘われているように感じ、音喜多は久嶋の脚を下ろして、彼の耳にねだるようなキスをした。

熱い吐息と共に「教授」と呼ぶと、久嶋が半身を震わせる。

「…いいか？」

音喜多の問いかけに、久嶋は緩く目を伏せたまま頷き、俯《うつぶ》せになる。最初に取り決めた「約束」を音喜多はずっと守っている。繋がる時は必ず、後ろから。どうして久嶋がそう望むのか、未だに分かっていないけれど、快楽をより多く感じるからという短絡的な理由でないのだけは確かだった。

「……」

瘦《や》せた背中に浮かぶのは、額に見られるのとはまた別の傷痕だ。銃で撃たれた痕。そして…。腰につけられた焼き印。

「…っ…ん……」

潤滑剤《じゅんかつざい》で濡らした指先で孔に触れると、久嶋は小さく身体を震わせる。久嶋の息遣いを確かめながら、音喜多は指先を動かす。入り口を十分に濡らし、中へ指先を進めていく。

久嶋が息を吸う音が聞こえる。苦しげではないか確かめ、ゆっくり中を濡らしていった。指の存在に慣れると、内壁《ないへき》が蠢き始める。

「教授…」

呼びかける声に甘えた響きを感じ、音喜多は自分自身を苦く思う。久嶋は抱かれることを厭わない。いつでも何処でも…というほどではないが、音喜多の求めには基本、応える。

だから、もっと余裕が持てていいはずなのに、どうしても多くを望んでしまいそうになるのを、音喜多はいつも意識して制しなくてはならなかった。初めてセックスに夢中になった、まだ子供だった頃の感覚を、不思議と久嶋は思い出させる。

「……」

音喜多の呼びかけに久嶋は声では答えず、自分の手を覆っている彼の手を握り返した。指を絡《から》め、ぎゅっと力を込めて来る仕草をいいように捉えて、音喜多は柔らかくした孔から指を抜く。

久嶋の腰を抱え、既に昂っている自分自身を宛《あ》てがうと、身体に緊張が走った。久嶋は行為を拒絶しないけれど、純粋に欲望を抱いて求めているわけではない。彼が何かの「実験」をしているのに、音喜多は気付いていた。

それでも。久嶋と繋がれるだけで、音喜多には十分だった。

「ふ…っ…ん……」

「…教授…。力入れるなよ」

「…っ…あ……ふ……」

「締め過ぎると…奥まで入らない…」

掠れた声で言い、音喜多は久嶋の耳を唇で含み、淫猥《いんわい》な仕草で愛撫しながら、前へ手を伸ばす。液が溢れ続けているそれを両手で持ち、根本から扱いてやると、久嶋はびくびくと内壁を震わせた。

「…っ…すげ…いいんだけど…っ…」

「や…っ……あっ」

緩く首を振り、久嶋は切《せつ》なげな声を上げて自分を解放する。一瞬、身体が緩んだ隙《すき》を突き、音喜多は久嶋の最奥《さいおう》を突き上げる。その刺激に久嶋は一際高い声を上げた。

「あっ…！　……っ…い…やっ…」

「教授……？」

「っ…ふ…っ」

荒い呼吸を繰り返しながら、久嶋は頭を振る。何かから逃れたがっているような仕草に戸惑い、音喜多が「大丈夫か？」と問いかけると、久嶋は掠れた声で思いがけない台詞を口にした。

「…もっ…と…、ひどく……」

「…え？」

「…ひどく…、して…っ…」

久嶋の要求に戸惑う気持ちもあったが、本能の部分が刺激され、音喜多はごくりと息を呑んだ。久嶋の腰を摑んで引き寄せ、激しく突き上げる。繰り返される動きに久嶋の身体が快楽を覚えているのは確かなようだったが、彼の口から嬌声《きょうせい》が漏れることはなかった。

「っ…ふ…っ…は…」

耐えるような息遣いが、シーツが擦れる音の波間に消えて行く。何を求めて久嶋は激しい行為を望むのか。音喜多は想像がつかないまま、肉体的な快楽だけを追うように意識して、久嶋の身体を存分に味わった。


音喜多が中で果て、身体を離すとすぐに久嶋はベッドを離れる。浴室のドアが閉まり、微かに漏れ伝わって来るシャワーの水音を聞きながら、音喜多は久嶋と最初に交わした「約束」について考えていた。

何も聞かないというあれは、いつまで有効なのだろう。当時は久嶋と関係を結びたいという気持ちが強くて、先のことまで考えずに了承してしまったが…。

久嶋との関係は想像よりも長く続いている。自分がここまで久嶋に夢中でい続けていられるとは考えてもいなかった。このままいけば、恐らく、久嶋の方から別れを切り出されない限り、生涯離れることはないのではないかとさえ、思える。

久嶋の方はどうなのだろう。そんなことをぼんやり考えていると、シャワーを済ませた久嶋が出て来るのが見えた。ところどころに水滴を残した裸のまま歩いて来た久嶋は、音喜多が脱がせた衣類を拾い上げて身につけて行く。

淡々と服を着る久嶋が、「じゃ」とあっさり挨拶して帰って行くのは分かっていた。音喜多はその前にと思い、ベッドを下りた。

「教授、飯を食いに行こう」

「遠慮します。僕はお腹が空いてません」

「俺は昼も食べてないんだ。少しくらい、つき合えよ」

「……。分かりました」

久嶋にしてはすんなり引き下がったのを不思議に思いつつ、音喜多は浴室へ向かった。いつもなら、もっとしつこく頼まないといい返事は貰えない。何か目的があるのかと推理した音喜多の考えは当たっていた。

着替えを済ませた音喜多とマンションを出た久嶋は、歩き始めてすぐ、手にしていた包みを掲げて音喜多に見せた。音喜多がマンション建設を考えている敷地の傍に建つ和菓子店で買った豆大福が入っている包みである。

「この豆大福、大変美味しいので、思いがけない出会いだと喜びたいところなんですが…」

「…が？」

「残念ながら、ご主人が高齢で、今年いっぱいで店を閉めるそうなんです」

「…！」

久嶋の話は思いがけないもので、音喜多は驚いて目を丸くする。もしかして、久嶋はこの話がしたくて自分の誘いに乗ったのだろうか。ケーキの箱を持っていた音喜多は店に入れず、ガラス戸越しには久嶋が女店員と何を話しているのかは分からなかった。並んでいる和菓子の話でもしているのだろうと思っていたのだが。

年内で閉店するということは…。もしや、既に何処かへ売るという話が出ているのではないか。すっと表情を変え、デベロッパーとしての顔を覗かせる音喜多を見て、久嶋は苦笑する。

「安心して下さい。店を閉めた後、どうするかはまだ決めていないようでした。ですから、音喜多さんが力になってあげてくれれば僕も嬉しいです」

「……」

「こんなに美味しい豆大福を作る方なんですから。しあわせな老後を送って頂きたいものです」

ということは…つまり、あそこにマンションを建てることを久嶋は了承してくれるということなのだろうか。慌てて確認しようとした音喜多を遮るように、久嶋はお腹が空いて来たかもしれないと口にする。

「そうだ。『双葉《ふたば》』に行きましょう。まだ時間が早いので、席も空いていると思います」

「…教授…」

「厭ですか？」

にっこり笑って聞く久嶋は、自分が折れると確信しているに違いない。特に、マンションの件が絡んでいるだけに、いつも以上に慎重にならざるを得ないのは確かだった。神妙な顔で頷く音喜多を見て、久嶋は更に笑みを深くする。その表情は井口に向けた厳しい顔付きとは全く違って、とても久嶋に似合っている。久嶋の笑みを見ていたい自分は、どんな条件でも呑むしかないのかと音喜多は憂いつつ、「甘い」と久嶋に言われた事実がじんわりと心に染み込んで来るように感じていた。

エピローグ　スクランブルメソッド

久嶋《くしま》が勤める揚羽《あげは》大学では職員の就業時間は九時から五時までと決められており、所用のない人間は大抵五時に仕事を終えて帰宅する。深夜まで残業する多忙な職員も多いが、担当する講義は週何コマかしかなく、学生の指導もしていない久嶋は、特に用がない限りほぼぴったり五時に研究室を出る。

そういう久嶋の習性を知っている音喜多《おときた》は、五時少し前に研究室を訪ねることが多い。その日。四時半を過ぎたところで研究室のドアがノックされる音を聞いた久嶋は、恐らく音喜多が来たのだろうと思い、返事をしなかった。いつも音喜多はノックをしながらも応答を待たずに勝手に部屋へ入って来る。

しかし、しばらくしてもドアが開く音はせず、久嶋は怪訝《けげん》に思って読んでいた本から顔を上げた。

「…？」

もしかして音喜多ではなかったのだろうか。だとしたら申し訳ないことをしたと思いつつ、ドアの方へ声をかける。

「開いてますよ」

在室していることも併《あわ》せ伝える為に、そう告げたのだが、一向にドアが開く気配はない。返事をしなかったので、留守と勘違いして帰ってしまったのか。久嶋は本を置いて椅子《いす》から立ち上がると、積み上げられた本で形成された獣道《けものみち》を通ってドアに近づいた。ノックをした相手はまだいるだろうかと思いながらドアノブを引き、外を覗《のぞ》いてみると。

「…音喜多さん？」

ドアを開けてすぐのところに音喜多が立っており、驚いて声をかけた。何かしら考え込んでいた様子の音喜多は、久嶋を見てはっとしたように軽く頭を振る。

「教授」

「どうしたんですか？」

「いや……。ただ……」

「ただ？」

「…飯《めし》でもどうかと思ってだな」

音喜多らしからぬ歯切れの悪さは、察しの悪い久嶋にも伝わって、彼は少し困った表情になった。何かあったようだと推測しつつ、しばらく待って欲しいと返事する。

「もうすぐ五時ですから。そろそろ帰り支度《じたく》をしようかと思っていたところです」

音喜多もそれを分かっていて訪ねて来たに違いないのだ。久嶋は音喜多に中へ入るよう勧め、自分は先に室内へ戻った。椅子に座り直して読んでいた本を再び手にすると、音喜多が遅れて入って来る。

音喜多は何度も久嶋の研究室を訪れているにもかかわらず、毎回同じ文句を口にする。いい加減片付けたらどうだ。こんな状態じゃ、大きな地震が来たりしたら、本に埋もれて圧死しかねないぞ。そういう音喜多の説教を適当に聞き流すのが、久嶋にとっては常なのに、今日はそれもない。来客用の椅子を占領していた本や書類を無言で退《ど》け、腰を下ろして小さな溜め息を吐《つ》く。

久嶋がちらりと見た横顔には憂《うれ》いが浮かんでおり、全く音喜多らしくないと思えた。警察に連行された時だって、こんなにしょんぼりはしていなかった。そう。今日の音喜多はしょんぼりしているのだ。しょんぼりなんて、全く似合わないのに。

自分が思いついた「しょんぼり」という表現に、久嶋が感心していると、五時を告げる鐘《かね》が鳴った。音喜多を観察している内にいつしか時間が経っていたらしい。久嶋は読みかけの本をデイパックに仕舞い、椅子の背にかけてあったコートに袖を通しながら、音喜多に声をかける。

「音喜多さん、五時になりましたから出られますよ」

「…そうだな」

「食事に行くんですよね？　何処《どこ》に？」

「教授の行きたいところでいい」

「……。『双葉《ふたば》』でも？」

「ああ」

音喜多が自分の提案を少しも厭《いや》がらないのに目を見張りつつも、久嶋は頷《うなず》いて先に部屋を出た。

「双葉」は久嶋のお気に入りの店だが、音喜多はその主人も含めて嫌っている。だから、最終的に折れるとしても、いつだって最初は不満げな顔をしてみせる。それが一言の文句も口にせず了承するというのは…。音喜多は聞こえてなかったのではないだろうかという疑いも生まれて、久嶋は研究室の鍵をかけてから、念を押した。

「音喜多さん。『双葉』でいいんですよね？」

「ああ」

「いつもの『双葉』ですよ」

「ああ」

実になまくらな返事だと思い、久嶋はまた感心する。しょんぼりになまくら。どちらも自分が知る音喜多からはほど遠い言葉だが、今日の彼にはぴったりだ。

一体、音喜多はどうしてしまったのだろうか。隣を歩く音喜多が一言も話さないでいるのに、さすがの久嶋も不審感を覚え始めた。しかし、よくよく考えてみれば、人は無意識の間にパターンを作り、それに慣れ、あたかも当たり前であるかのように錯覚する生き物だ。

音喜多というのは五時少し前にドアをノックし、返事を聞かずにずかずか入って来て部屋の状況に一頻《ひとしき》り文句を言い、自分が行きたい店があると食事に誘い、それに乗らずに「双葉」がいいと言うと盛大に店の悪口を言って、けれど、結局は折れて渋々店に向かい、その間もずっと何かしら話をしている…ものだと、思い込んでいた自分を反省するべきなのかもしれない。

これもまた、音喜多なのだ。久嶋はそう理解し、納得した。今日の音喜多はしょんぼりなまくらモードなのだと捉《とら》え、久嶋もそれに合わせて黙っていようと考えた。よって二人ともが沈黙したまま歩き、いつしか「双葉」に着いていた。

人気店でもある「双葉」は時間帯によって混み合い、空席を待たなくてはならない場合がある。しかし、まだ開店時刻である五時を過ぎたばかりのこともあって、店内に客はほとんどいなかった。

「いらっしゃい。ああ、先生！」

音喜多より先に暖簾《のれん》を潜《くぐ》って店内に顔を出した久嶋を、顔見知りでもある店の主人が笑顔で迎える。カウンター席が空いているのを見て、そこに座ってもいいかと聞く久嶋に、主人は愛想よく頷いた。

「もちろん。先生、一人かい？」

「いえ…」

連れがいるのだと後ろを見て久嶋が言うと、主人はさっと眉《まゆ》を顰《ひそ》める。主人は久嶋を気に入っているが、いつもその連れとしてやって来る音喜多のことは嫌っている。音喜多も主人を嫌っているので、お互い様というやつなのだが、久嶋の後から店に入って来た音喜多が、いつもとは違う様子であるのに、主人はすぐに気がついた。

「…どうかしたのか？」

声を潜《ひそ》めて尋ねる主人に久嶋は首を傾《かし》げる。久嶋も何かしらあったようだと思ってはいるが、詳しい事情は分からない。話を聞いた方がいいかどうかも迷うところで、久嶋は音喜多と並んでカウンター席に座ると、覇気《はき》のない彼の横顔を見た。

パターンで捉えるべきではないと結論付けたというのに、つい考えてしまう。いつもなら。席に着くなり、主人と丁々発止《ちょうちょうはっし》のやりとりをして、おしぼりがないだの、ビールがぬるいだの、出て来るのが遅いだの、クレーマーのように次々文句をつけるというのに。

今日の音喜多は「双葉」に来ても黙ったままで、主人の方も調子が出ない感じだった。小さな厭がらせもせず、素直におしぼりも置いて、「よう」なんて声をかけている。

「何飲む？」

「……ああ。…じゃあ…ビールを貰おうか」

「お、おう…」

主人も「いつもなら」と考えているに違いない。主人が何を飲むかなんて聞いたら、ビールに決まっているだろう、何度来てるんだ、それくらいも分からないのかと、屁理屈をこね始めるのが決まりだというのに。主人は恐る恐る音喜多の前にビールを置き、久嶋にはウーロン茶を出してから、注文を聞いた。

「先生、いつものでいいか？」

「ええ。音喜多さんも…同じでいいですか？」

「……」

「音喜多さん」

「…え？」

「いつものでいいかと聞いてるんです」

「いつものって？」

何の話かと真面目《まじめ》な顔で尋ねる音喜多は、自分がいるのが「双葉」のカウンター席であることさえ、分かっていないようだった。久嶋は小さく息を吐き、音喜多の了承を取らないまま、毎回注文するデラックススペシャルというお好み焼きを主人に頼んだ。それにも音喜多は何も言わず、久嶋の隣でぼんやり座ったままだった。

今日の音喜多はしょんぼりなまくらモードなのだから、自分もそれを理解し合わせようと一度は考えたけれど、やはりこれはおかしいと思い、久嶋は「音喜多さん」と声をかけた。

「何かあったんですか？」

「え…っ…」

久嶋がじっと見つめて尋ねると、音喜多は俄《にわ》かに落ち着きを失くした。きょろきょろと目を泳がせ、ごまかすようにビールを飲んで、噎《む》せ返る。げほっと咳《せ》き込んだ音喜多におしぼりを差し出し、久嶋は何があったのだろうと推理していた。

音喜多と出会って一年以上が経つが、いつでも彼はスマートで、堂々としていた。若くして資産を築き、経営者としても成功している音喜多は、容姿《ようし》にも頭脳にも恵まれた、欠点など何処にも見当たらないような男である。そんな彼がここまで精彩《せいさい》を欠く姿を見せるのはたぶん初めてで…警察に捕まっていた時でさえ、不遜《ふそん》な態度を崩さなかった男だ…どれほどの理由があるのかと訝《いぶか》しくなる。

音喜多の答えを久嶋はじっと待っていたが、彼が答える前に、心配そうな表情の主人がお通しの小《こ》鉢《ばち》を二人の前に置いた。

「調子でも悪いのか？」

久嶋から回答の得られなかった主人は、直接音喜多から理由を聞くことにしたようだった。主人としては自分がそう聞けば、「余計なお世話だ」とでも憎まれ口を返してくると思っていたらしいのだが。

「…別に」

「本当に？」

「ああ」

「だが…何かいつもと違うぞ」

「そうか？」

主人に返事をしつつも、音喜多の耳には言葉が届いてないようだった。久嶋の質問に対する答えを探しているというより、何か…大きなトラブルでも抱えて心ここにあらずといった風に見える。主人が心配しているのを察した久嶋は、再度「音喜多さん」と呼びかけた。

「ご主人は音喜多さんを心配してるんですよ。僕にもいつもと違うように見えます」

「……」

「何かあったんですね？」

今度は確認するように聞くと、音喜多はしばし目線を泳がせた後、盛大な溜め息を吐いた。カウンターに肘を突き、両手で顔を覆う姿はさしもの久嶋も心配になるものだった。腕組みをして神妙な表情を浮かべる主人と顔を見合わせてから、深く落ち込んでいる音喜多に続けて尋ねた。

「深刻なトラブルでも起きたんですか？」

「…ああ」

低い声の返事を受け、「どんな？」と久嶋は更に聞く。音喜多はしばし迷うような間を開けてから、「あの」と話し始めた。

「病院の土地を買い上げて…マンションを建てるって話してただろう」

「…病院……ああ、あの豆大福の和菓子屋さんの？」

「それが……駄目になったんだ」

「仕事の話か？」

マンションを建てると聞き、それが音喜多の仕事に絡《から》む内容なのかと主人は久嶋に確認する。久嶋が頷くと、主人はだったら自分には分からないと肩を竦《すく》め、仕事に戻って行った。久嶋としても、音喜多がこうまで落ち込んでいる原因が、マンションの建設計画が頓挫《とんざ》したからだというのは予想外で、同時に少々肩すかしを食らったような気分になった。

正直なところ、「なんだ」とでも言ってしまいそうだったのである。久嶋の場合、会社が潰れたと言われても「なんだ」という感想しか出て来なかっただろうが。

「そうなんですか。残念でしたね」

それでも、自分の方から尋ねたこともあり、適当に慰《なぐさ》めて、久嶋は箸《はし》を割る。小鉢に入っている長いもの梅和《うめあ》えを食べ始めると、音喜多は顔を覆っていた両手を下げ、信じられないという目付きで久嶋を見た。

「やけにあっさりしてないか？」

「そうですか？」

「ようやく教授と一緒に暮らせそうだと思ってたのに…また土地探しから始めなきゃいけないなんて…。俺がどれだけショックを受けたか、分かってくれないのか…」

「美味《おい》しいですよ。このねばねばとしたやつ」

音喜多が落ち込んでいた原因を知った久嶋はすっかり興味を失い、長いもを箸先で摘《つ》まんでこれは何かと聞く。

「長いもだ。聞いてるのか、教授。教授だってあの場所を気に入って、一緒に暮らしてもいいって言ってくれたじゃないか」

「音喜多さん。それは違いますよ。僕は一緒に暮らしてもいいとは一度も言ってません」

「あの和菓子屋も一緒に買収したら、マンションを建ててもいいって言ってくれただろ？」

「ですから、マンションを建設することについて異論を唱《とな》えなかったのは事実ですが、音喜多さんと一緒に住むとは言ってません」

「だとしても、いつか教授の気が変わるかもしれない。その時の為に、先に納得いく部屋を用意しておく必要があるじゃないか」

それにはマンションを建てないと…と、再び頭を抱える音喜多の思考は久嶋には理解出来ず、箸を置いてウーロン茶を飲む。そもそも音喜多が一緒に住みたいと望む意味が、久嶋には分からなかった。結構なロマンティストである音喜多が、あれこれ語る夢を適当に聞き流して来たけれど、改めてはっきり意思表示をしておくべきかと思い、久嶋はグラスを置く。

「音喜多さん。これまでも何度か話したとは思いますが、僕は音喜多さんと一緒に暮らすつもりはありません。そもそも僕は誰かと一緒に暮らすことに向いてませんから」

「徳澄《とくずみ》教授とは一緒に住んでるじゃないか」

「教授は家主です。関係性が全く違います」

「どう違うんだ？」

「では、音喜多さんはどうして僕と一緒に暮らしたいんですか？」

「どうしてって…」

そんなこと言わなくても分かるだろうと言いたげに、音喜多は大仰《おおぎょう》に肩を竦める。真面目な顔で自分を見ている久嶋をじっと見返し、理由を挙げていった。

「朝起きてすぐに教授の顔が見たいし、夜寝る前にも見たいし、休みの日はずっと一緒にいたいし、…とにかくずっと一緒にいたいんだ。それには同じ家に住むのが一番だろう？」

「しかし、僕は音喜多さんの顔をずっと見ていたいわけではありません」

「……。まあ…その辺りの温度差は…理解してるつもりだが…」

「それにそもそも、音喜多さんは僕の生活を理解し、受け入れることは出来ないと思います」

きっぱりと断言する久嶋に、音喜多はすかさず反論する。そんなことはない。自分は久嶋の全てを受け入れる用意がある。鼻息荒く言い返す音喜多を、久嶋は冷静な目で見て、「ですが」と切り出した。

「音喜多さんもおおよそ気付いているでしょうが、僕の生活はいわゆる一般常識からはかなり外れたものですし、この先それを変えるつもりもありません。音喜多さんは意外と模範的な生活を送っているようですから、耐えられないと思います」

「……」

久嶋の指摘は音喜多が心の隅で抱いていた不安と重なっており、反論することは出来なかった。微《かす》かに表情を曇らせて黙る音喜多に、久嶋は駄目押しする。

「食事は誰かに誘われない限り、甘い物しか食べません。風呂にも毎日は入りませんし、着替えもしませんせん。本を読むことを最優先に生活していますから、眠る時間も決まってません。今は大学に勤務していますので、それに合わせて起床はしていますから、そこだけは規則正しいかもしれませんが、休みの日はその限りではありません。ですから、たとえ一緒に暮らしたとしても音喜多さんが望むように、朝起きた時、眠る前などに僕の顔を見るというのは…まあ、同じ家にいたら可能かもしれませんが、音喜多さんの望むような状況では叶えられないと思います」

それに…と久嶋が続けようとしたところで、店の主人の声が聞こえた。お待ちどうさまと言いながら、二人の前の鉄板に焼き上がったお好み焼きを置く。久嶋はそれを嬉しそうに見つつも、更に話そうとしたが、音喜多に遮《さえぎ》られた。

「先に食べよう」

「…そうですね」

鉄板は熱々の状態が保てるという利点と共に、時間が経つと焼け過ぎてしまうという欠点もある。へらを使ってお好み焼きを皿へ移し、舌を火傷《やけど》しないように気をつけながら、久嶋は焼きたての美味しさを味わう。そんな久嶋を横目に見ながら、音喜多はビールを飲む。

久嶋が自ら言うように、彼の生活が普通ではないのは、音喜多も承知していた。大学の研究室や、徳澄教授宅で間借りしている彼の部屋を見れば、一目瞭然《いちもくりょうぜん》でもある。常に大量の本や書類に囲まれていないと安心出来ないのかとさえ、疑いたくなるほど、久嶋は自分の周囲に彼の「巣」を作るのが上手だ。

一緒に暮らせば…愛情を試されるような場面に、幾度となく遭遇《そうぐう》するに違いないのは分かっているのだが…。神妙に考え込む音喜多を、久嶋はふうふうと息を吹きかけてお好み焼きを冷ましながら、横目に見る。

「…音喜多さんは今の状況に不満があるんですか？」

「不満があるわけじゃないんだが…」

「なら、いいじゃないですか」

「でも…」

もっとと望みたくなるのは自分の欲なのだろうか。普通は…と久嶋に説《と》いても無駄なのは分かっている。そんな音喜多の考えを読んだかのような台詞《せりふ》を、久嶋は口にする。

「たとえば愛し合っている男女が一緒に暮らし始めるのはいずれ子供を作り家庭を築くという目的があるからだと、一義的にですが理解出来ます。けど、僕と音喜多さんは男女ではないし、子供や家庭という目的もありません。愛し合っているという表現も当てはまるかどうか…」

「厳しいな」

久嶋が自分と同じような気持ちを抱いていないのは分かっているが、面と向かって言われるのは辛いものだ。音喜多が微かに眉を顰めると、久嶋は「すみません」と詫《わ》びた。

「僕にはよく分からない感情なので。…でも、音喜多さんと一緒にいていいなと思えることは僕にもあります」

「どんな？」

「音喜多さんは僕が考えつかないような思考回路を持っているから、話していてはっとさせられるし、楽しいです。僕を楽しませようとしてくれるのを有り難いとも思っています。音喜多さんのお陰でセックスもいいなと思えるようになりましたし…たぶん、音喜多さんがいなくなったら、僕は寂しく感じると思います」

「……」

「慣れるとは思いますけど」

最後の一言は余分だと思いながらも、これは久嶋なりの「告白」なのではないかと考える。一緒にいて楽しくて、セックスも厭じゃなくて、いなくなったら寂しいというのは…つまり、それは世間的に言う「恋人」なのではないか。

だが、そう指摘すれば、久嶋は首を傾げるだろうし、弁の立つ彼を納得させられる自信もない。ここは密かな喜びとして胸に仕舞っておくべきか。

音喜多は「そうか」と返し、ビールのお代わりを主人に頼んだ。自然と頬が緩《ゆる》んで来るのを感じていると、久嶋が「そう言えば」と切り出した。

「マンションの建設計画はどうして駄目になったんですか？」

「後を継ぐ気はないと言ってた院長の息子が考えを変えたらしいんだ。資金援助を受けて病院を建て直し、再出発するようだ」

「じゃ…あの和菓子屋さんはどうなるんでしょう。年内で営業を終えるというようなお話をされていましたが」

「病院側に土地を買い上げさせるよう、間に入って交渉しておいた。向こうにとっても利便性がよくなるからいい話だったんじゃないか」

「そうですか。よかったです」

ほっとした顔の久嶋を見て、音喜多は苦笑する。久嶋と一緒に暮らしたい一心での計画が暗礁《あんしょう》に乗り上げ、心底落ち込んだまま報告に来た。久嶋も少しは残念がってくれるかもしれない…という僅《わず》かな期待は予想通り泡《あわ》と消えたけれど、代わりに思いがけない本音が聞けた。

だからこそ…。

「よし。明日からまた、建設用地を探すぞ」

「…!? 音喜多さん。僕の話を聞いてなかったんですか？」

「聞いてたさ」

「だったら…」

「だからこそ、だ」

にやりと笑った音喜多を、久嶋は怪訝そうな顔で見た。そこへ主人がビールのお代わりを運んで来る。泡が多いんじゃないかといつもの調子で文句をつける音喜多に、主人は何処か嬉しそうな表情でそんなはずはないと言い返す。そんな二人を見ながら、久嶋は自分の話が通じていないのではないかという疑問を胸に、熱々のお好み焼きを頬張った。

あとがき

こんにちは、谷崎泉《たにざきいずみ》でございます。この度は「スクランブルメソッド」をお読み頂き、ありがとうございました。

またしても事件絡みのお話で、どうしてもラブ度が低めになるなあと反省しきりなのですが、事件がなくてもラブ度が高くなるわけではないので、どうかご勘弁頂けると助かります…。今回、久嶋《くしま》がちょっと変わったキャラクターだったので、余計に一筋縄ではいかず、なかなか苦労しました。音喜多《おときた》と共に愛を育んだ気分です。

二人の出会いから、おおよそ一年経った頃までを三話に分けて書いてみました。人の気持ちが分からない久嶋なりに、音喜多を大切に思うようになるまでが書けていたら…読者様に伝わればいいなと願っております。一つ、心残りなのは八十田《やそだ》と久嶋の出会いとなったエピソードを書けなかったことでしょうか。八十田が密かにお気に入りなのです。

そして、今回の挿絵は笠井《かさい》あゆみ先生にお願いすることが出来ました。担当さんからお話を頂いた時、これまで一ファンとして拝見していた笠井先生の絵が頭の中をぐるぐる回り、「私では役者不足だ！」と非常に焦りました。本当にいいのだろうかと、今でも不安は消えませんが、笠井先生のファンの皆様にあたたかく見守って頂けたら有り難いです…。

ですが、そんな焦りに反して、キャララフを頂いた時には小躍《こおど》りしてしまいました…。表紙絵もいわずもがな、さすが！　と担当さんと一緒に感動してしまうようなもので、本当に馬子《まご》にも衣装…豚に真珠…、こんな内容でごめんなさいと、この場を借りて、笠井先生とファンの皆様にお詫《わ》び申し上げておきます。

毎回、面倒かけ通しの担当さんにも厚くお礼申し上げます。色々とんちんかんなところも多い私ですが、いつも優しく接して下さってありがとうございます。感謝しております。いつか恩返し出来るよう精進致します。

読んで下さった皆様に楽しんで頂けていたらいいなと心から思っております。またお会い出来ますことを。

春の気配と共に　谷崎泉

初出　　スクランブルメソッド――書き下ろし

スクランブルメソッド

2017年2月28日　第1刷発行
2022年2月20日　第2刷発行

著者……谷崎《たにざき》 泉《いずみ》
発行人……石原正康
発行元……株式会社　幻冬舎コミックス
〒151-0051
東京都渋谷区千駄ヶ谷4-9-7
電話 03-5411-6431（編集）
発売元……株式会社　幻冬舎
〒151-0051
東京都渋谷区千駄ヶ谷4-9-7
電話 03-5411-6222（営業）
振替 00120-8-767643
印刷・製本所……中央精版印刷株式会社

検印廃止

ISBN978-4-344-83928-1 C0093
Printed in Japan

幻冬舎コミックスホームページ
https://www.gentosha-comics.net